母親的肖像

徐訏文集

戲劇卷

導言　徬徨覺醒：徐訏的文學道路

陳智德

「個人的苦悶不安，徬徨無依之感，正如在大海狂濤中的小舟。」[1]

——徐訏〈新個性主義文藝與大眾文藝〉

在二十世紀四、五十年代之交，度過戰亂，再處身國共內戰意識形態對立夾縫之間的作家，應自覺到一個時代的轉折在等候著，尤其在當時主流的左翼文壇以外，被視為「自由主義作家」或「小資產階級作家」的一群，包括沈從文、蕭乾、梁實秋、張愛玲、徐訏等等，一整代人在政治旋渦以至個人處境的去與留之間徘徊，最終作出各種自願或不由自主的抉擇。

1 徐訏〈新個性主義文藝與大眾文藝〉，收錄於《現代中國文學過眼錄》，臺北：時報文化，一九九一。

一

一九四六年八月，徐訏結束接近兩年間《掃蕩報》駐美特派員的工作，從美國返回中國，直至一九五〇年中離開上海奔赴香港，在這接近四年的歲月中，他雖然沒有寫出像《鬼戀》和《風蕭蕭》這樣轟動一時的作品，卻是他整理和再版個人著作的豐收期，他首先把《風蕭蕭》交給由劉以鬯及其兄長新近創辦起來的懷正文化社出版，據劉以鬯回憶，該書出版後，「相當暢銷，不足一年，（從一九四六年十月一日到一九四七年九月一日），印了三版」[2]，其後再由懷正文化社或夜窗書屋初版或再版了《阿剌伯海的女神》（一九四六年初版）、《烟圈》（一九四六年初版）、《蛇衣集》（一九四八年初版）、《幻覺》（一九四八年初版）、《四十詩綜》（一九四八年初版）、《兄弟》（一九四七年再版）、《母親的肖像》（一九四七年再版）、《生與死》（一九四七年再版）、《春韮集》（一九四七年再版）、《一家》（一九四七年再版）、《海外的鱗爪》（一九四七年再版）、《舊神》（一九四七年再版）、《成人的童話》（一九四七年再版）、《西流集》（一九四七年再版）、潮來的時候（一九四八年再版）、《黃浦江頭的夜月》（一九四八年再版）、《吉布賽的誘惑》（一九四九再版）、《婚事》（一九四九年再版），[3]

[2] 劉以鬯〈憶徐訏〉，收錄於《徐訏紀念文集》，香港：香港浸會學院中國語文學會，一九八一。

[3] 以上各書之初版及再版年份資料是據賈植芳、俞元桂主編《中國現代文學總書目》、北京圖書館編《民國時期總書目，一九一一—一九四九》。

粗略統計從一九四六年至一九四九年這三年間，徐訏在上海出版和再版的著作達三十多種，成果可算豐盛。

《風蕭蕭》早於一九四三年在重慶《掃蕩報》連載時已深受讀者歡迎，一九四六年首次結集成單行本出版，沈寂的回憶提及當時讀者對這書的期待：「這部長篇在內地早已是暢銷一時的名著，可是淪陷區的讀者還是難得一見，也是早已企盼的文學作品」[4]，當劉以鬯及其兄長創辦懷正文化社，就以《風蕭蕭》為首部出版物，十分重視這書，該社創辦時發給同業的信上，即頗為詳細地介紹《風蕭蕭》，作為重點出版物。徐訏有一段時期寄住在懷正文化社的宿舍，與社內職員及其他作家過從甚密，直至一九四八年間，國共內戰愈轉劇烈，幣值急跌，金融陷於崩潰，不單懷正文化社結束業務，其他出版社也無法生存，徐訏這階段整理和再版個人著作的工作，無法避免遭遇現實上的挫折。

然而更內在的打擊是一九四八至四九年間，主流左翼文論對被視為「自由主義作家」或「小資產階級作家」的批判，一九四八年三月，郭沫若在香港出版的《大眾文藝叢刊》第一輯發表〈斥反動文藝〉，把他心目中的「反動作家」分為「紅黃藍白黑」五種逐一批判，點名批評了沈從文、蕭乾和朱光潛。該刊同期另有邵荃麟〈對於當前文藝運動的意見——檢討·批判·和今後的方向〉一文重申對知識份子更嚴厲的要求，包括「思想改造」。雖然徐訏不像沈從文般受到即時的打擊，但也逐漸意識到主流文壇已難以容納他，如沈寂所言：「自後，上海一些左傾的報

[4] 沈寂〈百年人生風雨路——記徐訏〉，收錄於《徐訏先生誕辰100週年紀念文選》，上海：上海社會科學院出版社，二〇〇八。

紙開始對他批評。他無動於衷，直至解放，輿論對他公開指責。稱《風蕭蕭》歌頌特務。他也不辯論，知道自己不可能再在上海逗留，上海也不會再允許他曾從事一輩子的寫作，就捨別妻女，離開上海到香港。」[5]一九四九年五月二十七日，解放軍攻克上海，中共成立新的上海市人民政府，徐訏仍留在上海，差不多一年後，終於不得不結束這階段的工作，在不自願的情況下離開，從此一去不返。

二

一九五〇年的五、六月間，徐訏離開上海來到香港。由於內地政局的變化，其時香港聚集了大批從內地到港的作家，他們最初都以香港為暫居地，但隨著兩岸局勢進一步變化，他們大部份最終定居香港。另一方面，美蘇兩大陣營冷戰局勢下的意識形態對壘，造就五十年代香港文化刊物興盛的局面，內地作家亦得以繼續在香港發表作品。徐訏的寫作以小說和新詩為主，來港後亦寫作了大量雜文和文藝評論，五十年代中期，他以「東方既白」為筆名，在香港《祖國月刊》及臺灣《自由中國》等雜誌發表〈從毛澤東的沁園春說起〉、〈新個性主義文藝與大眾文藝〉、〈在陰黯矛盾中演變的大陸文藝〉等評論文章，部份收錄於《在文藝思想與文化政策中》、《回到個人主義與自由主義》及《現代中國文學過眼錄》等書中。

5 沈寂〈百年人生風雨路——記徐訏〉，收錄於《徐訏先生誕辰100週年紀念文選》，上海：上海社會科學院出版社，二〇〇八。

徐訏在這系列文章中，回顧也提出左翼文論的不足，特別對左翼文論的「黨性」提出質疑，也不同意左翼文論要求知識份子作思想改造。這系列文章在某程度上，可說回應了一九四八、四九年間中國大陸左翼文論的泛政治化觀點，更重要的，是徐訏在多篇文章中，以自由主義文藝的觀念為基礎，提出「新個性主義文藝」作為他所期許的文學理念，他說：「新個性主義文藝必須在文藝絕對自由中提倡，要作家看重自己的工作，對自己的人格尊嚴有覺醒而不願為任何力量做奴隸的意識中生長。」[6]徐訏文藝生命的本質是小說家、詩人，理論鋪陳本不是他強項，然而經歷時代的洗禮，他也竭力整理各種思想，最終仍見頗為完整而具體地，提出獨立的文學理念，尤其把這系列文章放諸冷戰時期左右翼意識形態對立、作家的獨立尊嚴飽受侵蝕的時代，更見徐訏提出的「新個性主義文藝」所倡導的獨立、自主和覺醒的可貴，以及其得來不易。

《現代中國文學過眼錄》一書除了選錄五十年代中期發表的文藝評論，包括《在文藝思想與文化政策中》和《回到個人主義與自由主義》二書中的文章，也收錄一輯相信是他七十年代寫成的回顧五四運動以來新文學發展的文章，集中在思想方面提出討論，題為「現代中國文學的課題」，多篇文章的論述重心，正如王宏志所論，是「否定政治對文學的干預」[7]，而當中表面上是「非政治」的文學史論述，「實質上具備了非常重大的政治意義：它們否定了大陸的文學史論述」[8]，徐訏所針對的是五十年代至文革期間中國大陸所出版的文學史當中的泛政治論述，動

---

[6] 徐訏〈新個性主義文藝與大眾文藝〉，收錄於《現代中國文學過眼錄》，臺北：時報文化，一九九一。

[7] 王宏志〈心造的幻影——談徐訏的《現代中國文學的課題》〉，收錄於《歷史的偶然：從香港看中國現代文學史》，香港：牛津大學出版社，一九九七。

[8] 同前註。

輒以「反動」、「唯心」、「毒草」、「逆流」等字眼來形容不符合政治要求的作家；所以王宏志最後提出《現代中國文學過眼錄》一書的「非政治論述」，實際上「包括了多麼強烈的政治含義」。這政治含義，其實也就是徐訏對時代主潮的回應，以「新個性主義文藝」所倡導的獨立、自主和覺醒，抗衡時代主潮對作家的矮化和宰制。

《現代中國文學過眼錄》一書顯出徐訏獨立的知識份子品格，然而正由於徐訏對政治和文藝的清醒，使他不願附和於任何潮流和風尚，難免於孤寂苦悶，亦使我們從另一角度了解徐訏文學作品中常常流露的落寞之情，並不僅是一種文人性質的愁思，而更由於他的清醒和拒絕附和。一九五七年，徐訏在香港《祖國月刊》發表〈自由主義與文藝的自由〉一文，除了文藝評論上的觀點，文中亦表達了一點個人感受：「個人的苦悶不安，徬徨無依之感，正如在大海狂濤中的小舟。」[9]放諸五十年代的文化環境而觀，這不單是一種「個人的苦悶」，更是五十年代一輩南來香港者的集體處境，一種時代的苦悶。

三

徐訏到香港後繼續創作，從五十至七十年代末，他在香港的《星島日報》、《星島週報》、《祖國月刊》、《今日世界》、《文藝新潮》、《熱風》、《筆端》、《七藝》、《新生晚

[9] 徐訏〈自由主義與文藝的自由〉，收錄於《個人的覺醒與民主自由》，臺北：傳記文學出版社，一九七九。

報》、《明報月刊》等刊物發表大量作品，包括新詩、小說、散文隨筆和評論，並先後結集為單行本，著者如《江湖行》、《盲戀》、《時與光》、《悲慘的世紀》等。香港時期的徐訏也有多部小說改編為電影，包括《風蕭蕭》（屠光啟導演、編劇，香港：邵氏公司，一九五四）、《傳統》（唐煌導演、徐訏編劇，香港：亞洲影業有限公司，一九五五）、《痴心井》（唐煌導演、王植波編劇，香港：邵氏公司，一九五五）、《鬼戀》（屠光啟導演、編劇，香港：麗都影片公司，一九五六）、《盲戀》（易文導演、徐訏編劇，香港：新華影業公司，一九五六）、《後門》（李翰祥導演、王月汀編劇，香港：邵氏公司，一九六〇）、《江湖行》（張曾澤導演、倪匡編劇，香港：邵氏公司，一九七三）、《人約黃昏》（改編自《鬼戀》，陳逸飛導演、王仲儒編劇，香港：思遠影業公司，一九九六）等。

徐訏早期作品富浪漫傳奇色彩，善於刻劃人物心理，如〈鬼戀〉、〈吉布賽的誘惑〉、〈精神病患者的悲歌〉等，五十年代以後的香港時期作品，部份延續上海時期風格，如《江湖行》、《後門》、《盲戀》，貫徹他早年的風格，另一部份作品則表達歷經離散的南來者的鄉愁和文化差異，如小說《過客》、詩集《時間的去處》和《原野的呼聲》等。

從徐訏香港時期的作品不難讀出，徐訏的苦悶除了性格上的孤高，更在於內地文化特質的堅守，拒絕被「香港化」。在《鳥語》、《過客》和《癡心井》等小說的南來者角色眼中，香港不單是一塊異質的土地，也是一片理想的墓場、一切失意的觸媒。一九五〇年的《鳥語》以「失語」道出一個流落香港的上海文化人的「雙重失落」，而在《癡心井》的終末則提出香港作為上海的重像，形似卻已毫無意義。徐訏拒絕被「香港化」的心志更具體見於一九五八年的《過客》，自我關閉的王逸心以選擇性的「失語」保存他的上海性，一種不見容於當世的孤高，既使他與現實格格不入，卻是他保存自我不失的唯一途徑。[10]

徐訏寫於一九五三年的〈原野的理想〉一詩，寫青年時代對理想的追尋，以及五十年代從上海「流落」到香港後的理想幻滅之感：

多年來我各處漂泊，
唯願把血汗化為愛情，
遍灑在貧瘠的大地，
孕育出燦爛的生命。

但如今我流落在污穢的鬧市，
陽光裡飛揚著灰塵，
垃圾混合著純潔的泥土，
花不再鮮豔，草不再青。

海水裡漂浮著死屍，
山谷中蕩漾著酒肉的臭腥，
潺潺的溪流都是怨艾，

10 參陳智德《解體我城：香港文學1950-2005》，香港：花千樹出版有限公司，二〇〇九。

多少的鳥語也不帶歡欣。

茶座上是庸俗的笑語，
市上傳聞著漲落的黃金，
戲院裡都是低級的影片，
街頭擁擠著廉價的愛情。

此地已無原野的理想，
醉城裡我為何獨醒，
三更後萬家的燈火已滅，
何人在留意月兒的光明。

「原野的理想」代表過去在內地的文化價值，在作者如今流落的「污穢的鬧市」中完全落空，面對的不單是現實上的困局，更是觀念上的困局。這首詩不單純是一種個人抒情，更哀悼一代人的理想失落，筆調沉重。〈原野的理想〉一詩寫於一九五三年，其時徐訏從上海到香港三年，由於上海和香港的文化差距，使他無法適應，但正如同時代大量從內地到香港的人一樣，他從暫居而最終定居香港，終生未再踏足家鄉。

四

司馬長風在《中國新文學史》中指徐訏的詩「與新月派極為接近」，並以此而得到司馬長風的正面評價，[11]徐訏早年的詩歌，包括結集為《四十詩綜》的五部詩集，形式大多是四句一節，隔句押韻，一九五八年出版的《時間的去處》，收錄他移居香港後的詩作，形式上變化不大，仍然大多是四句一節，隔句押韻，大概延續新月派的格律化形式，使徐訏能與消逝的歲月多一分聯繫，該形式與他所懷念的故鄉，同樣作為記憶的一部份，而不忍割捨。

在形式以外，《時間的去處》更可觀的，是詩集中〈原野的理想〉、〈記憶裡的過去〉、〈時間的去處〉等詩流露對香港的厭倦、對理想的幻滅、對時局的憤怒，很能代表五十年代一輩南來者的心境，當中的關鍵在於徐訏寫出時空錯置的矛盾。對現實疏離，形同放棄，皆因被投放於錯誤的時空，卻造就出《時間的去處》這樣近乎形而上地談論著厭倦和幻滅的詩集。

六七十年代以後，徐訏的詩歌形式部份仍舊，卻有更多轉用自由詩的形式，不再四句一節，隔句押韻，這是否表示他從懷鄉的情結走出？相比他早年作品，徐訏六七十年代以後的詩作更精細地表現哲思，如《原野的理想》中的〈久坐〉、〈等待〉和〈觀望中的迷失〉、〈變幻中的蛻變〉等詩，嘗試思考超越的課題，亦由此引向詩歌本身所造就的超越。另一種哲思，則思考社會和時局的幻變，《原野的理想》中的〈小島〉、〈擁擠著的群像〉以及一九七九年以「任子楚」

11 司馬長風《中國新文學史（下卷）》，香港：昭明出版社，一九七八。

為筆名發表的〈無題的問句〉，時而抽離、時而質問，以至向自我的內在挖掘，尋求回應外在世界的方向，尋求時代的真象，因清醒而絕望，卻不放棄掙扎，最終引向的也是詩歌本身所造就的超越。

最後，我想再次引用徐訏在《現代中國文學過眼錄》中的一段：「新個性主義文藝必須在文藝絕對自由中提倡，要作家看重自己的工作，對自己的人格尊嚴有覺醒而不願為任何力量做奴隸的意識中生長。」[12]時代的轉折教徐訏身不由己地流離，歷經苦思、掙扎和持續的創作，最終以倡導獨立自主和覺醒的呼聲，回應也抗衡時代主潮對作家的矮化和宰制，可說從時代的轉折中尋回自主的位置，其所達致的超越，與〈變幻中的蛻變〉、〈小島〉、〈無題的問句〉等詩歌的高度同等。

＊陳智德：筆名陳滅，一九六九年香港出生，臺灣東海大學中文系畢業，香港嶺南大學哲學碩士及博士，現任香港教育學院文學及文化學系助理教授，著有《解體我城：香港文學1950-2005》、《地文誌——追憶香港地方與文學》、《抗世詩話》以及詩集《市場，去死吧》、《低保真》等。

12 徐訏〈新個性主義文藝與大眾文藝〉，收錄於《現代中國文學過眼錄》，臺北：時報文化，一九九一。

目次

兄弟

兄弟[1]

時：現代

地：中國

人：蘇秉群、蘇太太安蓮、蘇小姐麗玲、李王子美（即念梅）、李晃（即何特甫）、王媽（蘇家女佣）、廣原少佐（日本軍官）、野村少佐（日本軍官）、陳亮白（蘇秉群的朋友）、史墨起（蘇秉群的朋友）、鈴寶（妓女甲）、愛妹（妓女乙）、婷玉（妓女丙）、謝蒼（抗日便衣隊員）、王道度（抗日便衣隊員）、韓雄飛（抗日便衣隊員）、劉以唐（抗日便衣隊員）、孫重（抗日便衣隊員）、秋田少將（日本軍官，李晃的哥哥）、蔣秘書（秋田的秘書）、荒雄中尉（日本軍官）、兵甲、兵乙、侍僕、獄卒甲、獄卒乙、副官、看守長、其他

---

1 原名《何洛甫之死》。

第一幕

時：一個秋天的傍晚。

地：北方的一個都市。

人：蘇秉群、其妻安蓮、其女蘇麗玲、李王子美、李晃（即何特甫）、王媽。

景：一間雖不富麗而頗精致的房間，門二，一通套間。鋼琴像想要把屋子分為兩間似的放在舞臺中間，幕啟時，已有那悅耳的歌聲與琴聲可聽見。

子美：（唱）笑容堆在臉上，甜蜜種在心頭，我要把你的眉兒淺淺畫，把你的唇兒淡淡搽，把你的頭髮打個鴛鴦結，再把玫瑰霜在你身上灑，這樣我要把你擁進羅帳，聽更鼓兒一更更打。

（眾人齊鼓掌）

秉群：唱得好極啦，這才是太平時代的歌曲！再來一曲！

麗玲：李太太，再唱一曲！再唱一曲！你知道我今天是多麼快活。游擊隊打退，我父親已是這裡的要人，至少是一個局長的地位，爸爸，是不？局長，你看，我們可以有汽車。我愛坐著汽車去玩，衛兵站在旁邊。我們可以天天去看梅蘭芳，戲院裡天天給我們預備好位子，不要花錢。
安蓮：唱，李太太，唱！啊，麗玲，你去叫張媽拿香檳酒來。在客堂裡，我記得還有三瓶。
子美：香檳酒？
安蓮：是的，香檳酒，那還是她父親過去做軍需處處長時候別人送的。
麗玲：我自己去拿去。
（麗玲下）
子美：香檳酒，好極啦。我們當初在上海，天天同阿晃跳舞喝香檳，那時候真快活。現在他要做生意，叫我一個人在這裡，香檳酒也好久不喝了。
（麗玲拿著香檳酒，女佣捧杯盤上）
子美：啊，麗玲小姐，謝謝你，謝謝你。我今天真是快活，快活極了，比你們還快活！
（女佣開酒，倒好，獻給她們）
子美：（先拿了一杯，喝了一大口）呵，香檳酒，這使我回想起當初在上海時候的情形，那時候阿晃在南吳大學讀書，我在中學裡，每到星期六晚上，他帶我去跳舞，香檳酒，我們愛喝香檳酒。（她又喝了一口）啊，那時候真快樂，現在叫我一個人在這裡。
秉群：不過現在好了，華北的天下打平，太平的時節也快到，你們小夫婦終可以在一起了。
麗玲：（喝了一口酒）李太太，你再唱一曲。
子美：麗玲，你先唱，唱我教你的歌。
麗玲：我唱得不好。
子美：不要緊，你唱，你唱完了我再唱。今夜我要盡力的唱，我還要跳舞，因為我實在快活，麗玲你唱，唱〈牧歌〉也好。

（她說著在鋼琴上按起來）

麗玲：（唱）小妖精，小妖精，誰偷你的雞兒肥？誰偷你的菜兒青？我要你一雙的溜溜的眼睛，同水一般藍，同天一般青，像一顆亮晶晶的星，她伴我趕牛到天明。

（大家鼓掌）

麗玲：現在你唱，李太太。
子美：好，我唱。（唱）走是苦，坐是勞，靜臥在床上更悽楚；雨天黯淡，晴天熱燥，陰沉的天時心更煩；希望時光快，希望日子跑，生命更消磨得悽慘。西風笑我人瘦，東風笑我人老，於是菊花楊柳都是愁。啊！你看我聲音都變了，我快活得聲音都變了，我有點熬不住，我要告訴你們，我有一件比你們都快活許多的事！

安蓮：子美，你還有祕密沒有告訴我的嗎？

子美：我只是快活，我沒有祕密，我還想唱。（她唱）走是苦，坐是勞，靜臥在床上更悽楚；雨天黯淡，晴天熱燥，陰沉的天時心更煩……怎麼樣？我的聲音有點變麼？哈哈，我實在快活得全身細胞都放不穩了，我興奮得歌都不會唱了。

麗玲：那麼你一定有什麼特別高興的事了。

安蓮：告訴我們，讓我們盡量快樂一下。你快活得歌都不能唱，今天還是第一次呢？

子美：麗玲，你猜，你一定猜得著的，昨天夜裡我就情不自禁地在我嘴裡泄露了。

麗玲：啊，媽，我知道了，那一定，一定是她的……

安蓮：對啦！這一定你的小丈夫要回來了，告訴我們，他在什麼時候回來？呵，一定是的，我記得你同我說過，你一想到你可愛的小丈夫就感到苦悶，一悶就唱歌，今天連情歌都不會唱，那一定，一定……

子美：一點不錯，他就要回來了，今天，今天，就在這一刻。

秉群：呵！恭喜恭喜。你為什麼不早告訴我們？

安蓮：這樣快活的事，你為什麼不早告訴我們？

麗玲：你為什麼不早說？李太太呵，怪不得你今天換了一件這樣漂亮的衣服？

子美：本來我不想告訴你們。一直等他進來了才給你們介紹，給你們一個驚奇。但是現在，我的心跳得厲害，我不能不先告訴你。

秉群：來，讓我們來一杯，慶賀慶賀李太太。

（秉群斟酒，大家碰杯喝盡）

子美：麗玲，你來同我跳舞。（她拉了麗玲跳舞）

麗玲：（跳了一會舞，突然的）呵，我要去換一套衣裳。

（麗玲下）

秉群：李太太，到底你丈夫什麼時候可以到？

子美：啊！現在的火車哪有一定？下午我到車站去問，他們說最晚一班車是九點鐘。我想他現在不到，一定坐這班車來了。（她看看桌上的鐘）哎喲，怎麼這鐘走得這樣慢，才八點一刻啊！啊，蘇先生，請你看看你身上的錶，是不是八點半？別是我的鐘慢了。

秉群：（看錶）正是八點一刻，一點不錯，李太太，你不要想它，時間是越想越慢的，三刻鐘常常比一天還長呢？

安蓮：三刻鐘還不容易麼？子美，你快把鐘放在抽屜裡，來，讓我們談談，把你這種期待忘去。

子美：謝謝你，蘇太太。但是我的心在跳，我的神經在跳，我的每個細胞都在跳，哎喲，我坐不穩，我坐不穩；好像我丈夫一定會早回來似的。

安蓮：你靜一靜心。我來把你的鐘藏走。（她過去拿鐘）

子美：（搶檯鐘）不，我要看著鐘等他。你聽，安蓮，這鐘聲嘀嗒嘀嗒響著，好像每秒鐘都報告我丈夫要到來似的。我要它走快一點，啊！（她擺鐘）現在比方已經九點鐘，不，九點鐘車子剛到，他到這裡也許是九點廿分。啊，你看，他來了，他到這裡，先在門口問：「這裡有李王子美麼？」啊，不，他一定說南方話，「儂此地阿有李王子美？」於是王媽說，「有啊！」別是王媽不知道我的名字。（她喊）王媽，王媽！

（王媽上）

子美：回頭有人問「李王子美」，記住，李王子美就是我，我就是李王子美；你就叫他進來，叫他快進來。

王媽：是！李太太。

子美：那麼你好好等在外面吧。

（王媽下）

子美：（追出門口）啊，王媽，王媽，來的是一個漂亮的男人，他也許說南方話，你聽不懂，那也就是找我的。

（子美回身）

子美：比方這樣，他就進來了。他穿什麼衣裳？西裝，他愛穿西裝，西裝，不，往內地來，一定穿中裝，中裝他穿中裝也很漂亮。啊，不，他一定穿西裝，當火車快到的時候，他想到來看我，一定換西裝。於是他抛換帽子，就叫：「子美！子美！」……啊，安蓮，我不能想到，我一想到他快活極了。啊，他也許要來了，現在的火車沒有一定，也許早到，也許晚到，可不是。啊，門外是誰的聲音，啊，怕是他來了。（她跑到門口）

（進來了麗玲，她換了一套新衣裳進來，頭髮也妝梳得更加美麗了）

麗玲：李太太，你駭我一跳。

子美：啊，是的。你穿這件衣裳真是漂亮極了。讓我抱你跳舞。（她抱住麗玲跳舞）啊，我要開開無線電。（她去開無線電）你聽，你聽。這是一支好曲子，讓我們跳，我們跳！（她與麗玲跳舞）

安蓮：子美，你真的把我女兒教壞了。

子美：她非常聰明，一教就會。

安蓮：自從你來了以後，子美。麗玲被你帶得越來越摩登了，她學會跳舞，學會了唱歌。

子美：還是她長得漂亮呀！

安蓮：你們不要跳了！

子美：啊，幾點了？（停舞）啊，已經九點多了，他該來了。

安蓮：怎麼，子美，你真是瘋了。這鐘是你自己撥的，你忘了麼？

子美：啊，我真是太興奮了。不錯，現在才八點三刻吧？

秉群：（看錶）八點四十分，才八點四十分。李太太，你坐下來，靜靜談一談，時間就很快過去了。
安蓮：（拉子美）子美，來，坐在這裡。告訴我你丈夫的情形。
秉群：我從來沒有看到你們這樣要好的夫妻。
安蓮：新婚的夫妻誰不是這樣。我們年輕的時候，你出門了，我也是這樣的等你。
秉群：但是李太太真有點多情。
安蓮：女人都是這樣，只有男人在外面會忘了在家裡的太太。
子美：不，安蓮，他可不是這樣，他只愛我一個人，只愛我一個人，他永遠想著我。
秉群：你們結婚以後就分別的嗎？
子美：可不是！
麗玲：但是你們在上海戀愛，那生活已經夠快樂了，每星期六一同跳舞呀，玩呀，玩到天亮。
子美：我們還時常旅行，到蘇州呀，到杭州呀！啊，可惜你們沒有去過，那才是美麗的地方呢。我們那裡有一句話：「上有天堂，下有蘇杭。」每逢春天秋天，我們在上海的漂亮人都去，西湖裡划划船，喝喝龍井茶。花呀，到處是花！不用說別的，月亮也比這裡好，圓的時候分外圓，俏的時候分外俏……
麗玲：啊！
秉群：沒有結婚，你們就一同去旅行呢？
子美：是呀，一同旅行。以先我也不敢，後來看同學們都這樣，我也就去了。但是我們在旅館裡，我總同他兩個房間。

麗玲：他不要求你住一個房間麼？
子美：自然他要求，但是我不敢，沒有結婚我總不敢。
秉群：那還好。
子美：但是有一次在無錫所有的旅館都滿了，只有一個房間。
麗玲：那麼怎麼樣呢？
安蓮：他肯麼？
子美：自然一個房間住下了。但是我叫他睡在沙發上。
子美：啊，他非常聽話，規規矩矩睡去了。
安蓮：他真是好。
子美：但是他太好了。到現在我後悔，早知道結婚後就要分離，過著淒淒涼涼的日子，那時候何必不儘量快樂呢？
秉群：但是今天起好了，只要華北太平，他在這裡做買賣，就可以永遠伴著你。（斟酒）來，來喝這一杯，這一杯祝你同丈夫永遠在一起。
安蓮，麗玲：（舉杯）祝你同丈夫快樂。

（大家喝酒）

子美：（看鐘）啊。他怎麼還不來？別是走錯了地方。
安蓮：啊，李太太，怎麼會呢，你待丈夫太好了。

秉群：我想你丈夫一定是一個很好可愛的人物。
安蓮：這是一定的，能使像她這樣的人想他，他一定是一個漂亮的人物。
子美：真的，他怎麼還不來？會不會出什麼岔兒？
安蓮：不會的，不會的，這是你想得太厲害了。
子美：啊，他來了，他來了。

（她到門口去開門。進來的是王媽，她手裡拿著晚報）

子美：啊，是你！（她失望地把報紙往桌一擲，倒在沙發上）

（王媽出。秉群順手拿了報紙翻閱）

安蓮：你不要心急，子美，讓我們再談談，他就要到了。
麗玲：今天總可以到，早晚也不過幾十分鐘，急什麼？
秉群：（在讀晚報）啊，有一列車出軌了，死了不少人，啊，這大概又是游擊隊幹的。
子美：（搶報紙看）是開來的嗎？
秉群：是開進來的車子。
子美：（拋報）啊，我怕他真會在裡面。

（麗玲看報）

安蓮：你不要神經過敏了，哪有這樣巧？

子美：（突然興奮地站起來）我要去看去，我要去。

安蓮：你去看看什麼用？一時也不見得知道。

子美：我要去。

秉群：而且這車子是兵車，不是客車。

麗玲：且這是兩點鐘的車子，你等的是九點鐘的。

子美：但是也許他早來呢。我要去，我要去看看，請你們原諒我。

（子美到衣架上拿大衣，但又回到麗玲手邊看報，驀地一驚，不過立刻鎮靜起來）

子美：（沉吟地）蘇先生，（沉思地）報上說何特甫被捕了。

秉群：哪一個何特甫？

安蓮：是那個神出鬼沒的何特甫麼？

子美：（將報紙交給秉群，她冷靜地思索）

秉群：要是何特甫真的捉到，我們就可以太平了。

麗玲：是怎麼被捕的？

秉群：（讀報）早晨六點鐘的時候，司令部特務隊接到報告，得悉何特甫與青年男女二十餘在國民大學開會……
麗玲：媽，你以為這是真何特甫麼？
安蓮：子美，怎麼啦？
麗玲：你還在擔憂火車出軌的事情麼？
子美：麗玲，自然，啊，你沒有嫁人，不知道一個女人嫁了丈夫，這做丈夫的男子對她有什麼樣的意義？（站起，不安地來回地走）你想我應當到車站去打聽麼？
王媽：李太太，客人來了。
子美：啊，他來了，他來了。王媽，你請他進來。
（王媽下。子美脫去穿上一半的大衣，對鏡子理自己的衣裳與頭髮。麗玲也跟著理自己衣裳與頭髮。就在這時候，李晃提一只皮包進來，他是一位非常健美的男子，高高的身材，有光的眼睛，烏亮的頭髮，整飭的西裝。大家都站起來，另眼看他，他沒有看別人，一眼就看到子美）
子美：啊，阿晃，阿晃，我等得儂急來！
李晃：喔，子美，子美，儂讓我看，儂格頭髮改樣子了。眉毛嘸沒變，眼睛挖進了，鼻子還是照樣玲瓏。啊，儂瘦了，儂有點瘦了，儂阿是因為想我？
子美：儂呢？儂也瘦點，還黑了眼。哪能，頭髮剛剛剪過……啊，我真的快活得連介紹都忘了。哈哈，這是蘇秉群先生，蘇太太，麗玲小姐，這是我的丈夫李晃。
李晃：（鞠躬並握蘇秉群的手）久仰久仰，內人每次寫信來，總提到諸位待她好。伊還是一個小囝，要諸位費心照料，我非常感激。啊，對勿住，我講南方話，因為我北方話講得勿好。啊，蘇太太儂阿懂南方話？

安蓮：懂一眼眼，懂一眼眼。剛才報上說火車出了事，子美駭得要命，她怕你別是出了什麼岔兒，她想趕到車站去看，碰巧你來了。

秉群：我說這車子是兩點鐘的，你要等九點鐘到，怎麼會是你呢？

李晃：其實我倒是四點鐘就到的，我跑去剃剃頭，刮刮面孔，我想到此地吃飯也勿便當，就在外面吃了一點東西，後來我又去浴一個浴。儂想，在現在的火車上，跑了這許多路，煤灰啦，土啦，人還像人麼？

子美：儂也應當先通知我一聲，儂勿曉得我等在這裡著急。

李晃：但是我難道齷齷齪齪來會我的好太太麼？

子美：那麼儂勿會打一個電話麼？

李晃：我哪能曉得儂軋電話，啊，勿要說了。是我勿好。現在我已經回來了，我說今朝夜裡好到，勿是嘸沒失信麼？

子美：可是我到車站去問，伊拉說，夜裡車子頂晏是九點鐘，那麼我哪能會勿著急。

安蓮：子美，你不要說了，小夫小妻今天好容易在一起，早點休息吧。（對秉群）

秉群：我們讓她們早點休息吧。

子美：再坐一回，再坐一回。

安蓮：不。你丈夫路上也累了，早點休息吧。

李晃：我還好，我雖是很累，但還勿想睏覺。

秉群：早點休息吧，明天我為李先生洗塵。
李晃：這不敢當。（這句是非常勉強的北方話）
秉群：一定，一定，我們要快樂一下，你知道，李先生，這次開來的日本軍官都是我以先的同學呢。
李晃：啊！那麼明朝讓我來請蘇先生、蘇太太，謝謝你們照拂我的內人。
安蓮：那太客氣了。我們哪裡有照拂她，她倒教會麗玲許多東西，跳舞呀，唱歌呀。
秉群：明天我請，你們來隔天再說，一定我請，我是東道主，新來的軍官我認識很多，我一同請他們，替你介紹，你知道無論做什麼買賣，多認識政界軍界的要人，可以方便許多。
安蓮：那麼，現在，我們走吧，讓他們早點安歇。
秉群：那麼，明天見。你們早點休息吧。
李晃：明朝會，真是交關對不起。
麗玲：明天見。那麼李太太，明天早晨還教我唱歌麼？
子美：自然，怎麼不教你呢？
安蓮：得啦，明天還學什麼唱歌？麗玲，明天不用學了。明天見，明天見！

（安蓮，秉群，麗玲下）

安蓮：明天見，明天見。
李晃：明朝會，明朝會。

李晃：（送他們到門口，回來，故意打個呵欠，大聲地說）啊！子美，懈惰來，快點睏吧！哈哈，哈哈。

子美：儂一定吃力了，儂一定吃力了。（一面說著，一面到門口望望，把門鎖好）啊，特甫！你實在化裝得太好了，要是在路上看見，我一定不認識你。還有你的態度，表情，說話，都好得不得了，簡直換了一個人，你真可以去做戲，到好萊塢去做電影明星。

李晃：你也不壞，你也裝得不壞。我們這樣說話不要緊麼？

子美：你放心，他們都是飯桶，現在早去睡了。

李晃：（跑到窗口）啊，念梅，這下面是什麼地方？你布置好出路沒有？

子美：我好容易找到這裡，哪有不想到出路的。這下面是一個小院，晚上不會有人進出，你看，這裡跳下去是煤柴棚，那裡面有梯子，也有繩子，對面小門可以隨便你出入。這面的門是通廚房的，我也配好鑰匙，萬一有什麼用處，可以從廚房進去，也可以鎖住了不讓別人出來。

李晃：念梅，不錯，你工作得不錯。（他吻子美）

子美：為你做工作，我總是光榮的。

李晃：怎麼為我呢，為民族前途！為抗戰！我們不是為民族在工作麼？

子美：但是我愛你。

李晃：是的，我知道，而且我也愛你。但是現在我們都獻身於抗戰，不是麼？

子美：是的，這些我都知道，但是真正使我在危險之中感到生命的意義，那還是因為我愛你。剛才我聽說火車出事了，我怕你陷在裡面。我怕，我實在怕！這種怕，絕不是完全站在工作的立場上，以為我們民族損失了一個人才，而大半是站在我自己立場上，我怕的是我失去了一個愛人。我怕，要是真的失去了，我將怎麼活下去！

李晃：這無論如何是自私的情感，念悔！但是我們且不談這些。我不是說要到晚上才到麼？怎麼你會疑心我在兩點鐘的車子裡面。

子美：這是直覺的。而且你不是常常神出鬼沒麼？在工作之中，我想到可以有許多環境會使你改變你預定的計畫，那麼你到底什麼時候到的？

李晃：我是昨天夜裡兩點鐘到的。

子美：昨天夜裡？

李晃：不錯，昨天夜裡。但是要說到城裡，則是今天下午。你知道兩點鐘時候車子的出事，正是我的工作。

子美：啊！你真是了不得！還沒有到這兒，狂風已經到了。神出鬼沒，你工作得簡直神出鬼沒。但是你要當心，現在這裡對於你的游擊隊的活動，非常注意，他們派了不少的暗探在偵查。

李晃：那麼你有點怕了？

子美：我怕，是的。你看，（將報紙遞給特甫）這裡是你被捕的消息。

李晃：（接報，大意地一瞥，露著閒適的笑容說）那麼你難道被這消息駭倒了？

子美：初一看，真的駭壞了我，但仔細一想，這消息實在太可笑了。

李晃：你難道相信我會這樣被捕麼？

子美：等我覺得這消息可笑的時候，我才奇怪我是這樣的幼稚，現在我覺得那完全因為我愛你，愛你使得我理智幾乎消失了。

李晃：那麼你還怕什麼？

子美：我所怕的還是那火車出軌的事。要是你出了什麼事，那麼一切怎麼辦呢？我奇怪你會自己擔任這樣危險的工作？

李晃：這自然因為我合適。

子美：但是這是人才，我們不能損失你這樣的人才，因為即使在建設時期，也還需要你這樣人才。

李晃：但是這個工作是非常重要的。一定需要我這樣的人。尤其在這個區域裡，恐怕沒有一個人像我這樣，能夠清清楚楚地知道每一塊石板同每一根草。

子美：但是我終覺得我們應當寶貴人才同我寶貴錢財一樣。

李晃：（猛然省悟地拿起報紙細看）那麼這群可憐的青年將頂著我的名字而殉難了。

子美：這難道還不好麼？你現在可以有更大的自由做你的工作了。

李晃：但是站在我的立場，子美，我怎麼可以讓這群無辜的孩子為我而死呢？

子美：為你而死難道還不光榮麼？

李晃：無論如何這是不對的，我不能夠允許有這樣的事情發生。二十幾個有教養的青年，子美，這都是我們民族的人才，為我這個何特甫的名字而犧牲，那麼你說我算是為誰在服務？

子美：為工作呀？工作所代表的是全中國的人民，是整個的民族，並不是二、三十個大學生。

李晃：但是他們都是進步的大學生，是民族的優秀分子。

子美：那麼你打算怎麼樣呢？

李晃：我必須救他們。

子美：救他們？

李晃：自然，我必須救他們。我甚至會對敵人去說，何特甫是我，我就是何特甫，他們都是沒有關係的人。

子美：這樣的結果是怎麼樣呢？你得到良心的平安而死了，但是抗戰因你良心的平安而挫折了。這還不是你那一套書呆子的道德！

李晃：也許，但是我相信這二十幾個青年當中，裡面一定有何特甫，也許還不止一個。

子美：笑話，這是自私的安慰。

李晃：自私？子美，你說這是自私？我倒要問問你內心的意識，是否是因為珍貴我這個李晃，因為你愛我這個李晃，你要占有我這個李晃，所以對於這群不相識的青年毫不吝惜他們的犧牲呢？

子美：也許我有自私的感情，但是這與民族的利益是一致的。你是中央直屬的游擊隊副司令，你的生命是屬於工作的。

李晃：因為我是屬於工作的，所以我更不願工作有負於社會。二十幾個進步的青年，你想想，他們就是我們前途，那麼我們有沒有資格做有負於他們的事情，我是一個領袖，我的人格應當是他們的模範。

子美：我不想同你辯論，特甫，無論如何，你的觀念是錯誤的。你明天可以同謝先生他們去談談。現在我想你也累了，我希望你早點休息，晚點決定。

李晃：好，不說了。我還要做點事，明天還要早起。

（他跑到書桌跟前，開開檯燈，拿出日記簿，又從鞋底裡拿出紙條幾片，將紙條的字抄到簿子上去）

子美：（跑過去，開開檯燈，唸李晃抄出的東西）鈴木的步兵一師紮王家莊西北一帶，王山力騎兵團，精騎六百，駐紮城北北仔灣地方……

李晃：不要唸了，要是有人聽見不是玩的。

子美：晚上這裡同古廟一樣，這是我知道的，你放心。要不然，一對南方夫婦，久別重逢，不趕快睡覺，說了半天北方話也是不像樣。

（李晃在抄寫，子美開箱子，拿出一本簿子看，舞臺暫寂）

李晃：（寫完站起）你打聽到什麼消息麼？

子美：（唸）暗探一千三百名由林百懷帶領，在城中各處工作。八號開到山本七郎一旅，九號開到大田大佐一師，師團長秋田於十號夜到此，部下分紮城外。大田大佐師於十一號調西郊八唐灣一帶，城中由八十八旅駐紮……

李晃：你是說這次開來的是秋田？

子美：是的。是秋田何大郎。

李晃：那麼到底碰到了！

子美：怎麼？
李晃：他是我的哥哥。
子美：你的哥哥？你說是你嫡親的哥哥？
李晃：是的，是我嫡親的哥哥！但是有十多年沒有碰到了。
子美：日本人？
李晃：你不知道我母親是日本人嗎？
子美：但是……
李晃：母親死了以後，我被叔叔帶回來，他在軍校唸書，所以就變成了日本人！
子美：怎麼以先沒有聽你說起過？你們感情好麼？
李晃：沒有說過，是的。我們感情從小一直好極啦，就在我後來到日本留學的時候，我們也整天在一起，只因為我們立場不同，各人走各人的路，所以就一直不來往了。
子美：那麼，特甫，這次你可以想法子同他談談，使他歸化中國不很好麼？
李晃：這是不可能的。
子美：那麼給他更高的地位，或者給他錢收買他。
李晃：他不是這樣的人，他雖然意識錯誤，但是個性卻同我一樣的倔強。
子美：那麼你將怎樣呢？
李晃：沒有怎麼，同他不是我的哥哥一樣。
子美：那麼假如他落在你手裡呢？
李晃：當然是俘虜。

子美：不能使他歸化嗎？

李晃：這是不可能的。

子美：那麼假如你落在他手裡呢？

李晃：我逃脫或者是死。

子美：我想他也會以上等的俘虜對你的。

李晃：不會的，因為我不是陣地上的俘虜，我是一個間諜，是……

子美：但是你可以用手足之情打動他，甚至於可以叫他放你。

李晃：不想，這是不可能的。

子美：你們最後一次什麼時候會面的？

李晃：在我二十三歲的時候，那時我在日本留學，後來在帝大畢業。他叫我留在日本做事，可是我看輕他，拒絕了他的要求，自己走自己的路。呵，（他打個呵欠又說）不早了！明天還有許多事。（他跑到床邊回頭看看）啊，這房間布置得真好！你真有美術天才。

子美：但是你呢？你是戲劇家，剛才的化裝表情實在好極了。

李晃：（轉身用手按按床）床不壞，我就睡在這裡麼？（他躺倒床上）

子美：自然。

李晃：那麼你呢？

子美：我自然也睡在這裡。

李晃：（驀地從床上站起）這成什麼話呢？難道我要藉著工作做啥一樣？念梅，你難道沒有想到我帶著疲倦的身子來這裡？為什麼不預先向房東借一張睡椅給我睡呢？

子美：你倒是規矩人，但是可惜我沒有想到你心裡還有這許多禮教習慣同書呆子的紳士習氣。你叫我去借床，難道一個女子等久別重逢的丈夫回來，先要預備分床睡覺，這會不引起別人的疑心麼？這兒有兩條被，很方便的，只要你肯克制一點自己。

李晃：我不是說這個，念梅。我是怕我的睡相不好，會把你踢到床下的。

子美：廢話……我先來睡！

（子美奔進通套間的臺右小門下）

李晃：（到鋼琴邊坐下，開開鋼琴上面的燈，隨便按幾小曲的音符，嘴角浮出淺淺的笑痕）……

（子美穿著睡衣從套間出來，把房燈滅了，跳上床，開開床燈）

子美：（用南方話，嘻皮笑臉地大聲地）李晃，我等著儂，來睡吧！

李晃：（站起來，滅鋼琴上檯燈，伸一個懶腰，微笑著走過來。嘴裡哼著琴上未奏盡的小曲）拉拉……拉拉。

——幕徐下——

第二幕

時：第一幕之翌日。

地：華麗的飯館。

人：蘇秉群，李晃，廣原少佐，野村少佐、陳亮白，史墨起，侍者，妓女甲（鈴寶），妓女乙（愛妹），妓女丙（婷玉）。

景：這是飯館的特別雅座，右後面一張圓桌，桌上杯盤狼藉，右面是沙發三把，中間置小圓桌，桌上有水果、茶、香煙、煙灰碟……四周都坐著人。大家面孔紅紅的，肚子實實的，有的在喝茶，有的抽煙，這是酒醉飯飽以後，正是高談闊論大笑的時候。幕啟的當兒，野村帶醉地往後面圓桌拉著陪他的妓女下來，他是最後吃完的一個人。

眾：（一陣大笑）哈哈哈哈……

野村：你們快不要笑，聽我的乖乖唱，鈴寶，唱！

妓甲：我沒有姐姐唱得好。

妓乙：（她坐在陳亮白的旁邊）你不要推給我……

野村：她也要唱，你先唱，你先唱。（他忽然看見蘇秉群與廣原少佐在角上談話，他跑過去說）你們倆幹麼，說什麼私話，快說給大家聽聽。

廣原：他在問我關於何特甫的事情。

野村：啊，你又在那裡誇功，老實說，這算不了什麼，這個人你們看他厲害，我可瞧不起他。
亮白：什麼，關於何特甫什麼？
廣原：是這樣的。今天早晨……啊，這事情司令部叫我們不要對外面說，不過我們都是好朋友，說說不要緊，但是你們可不要對外面去說去。
秉群：少佐，快不要講，這裡飯館裡耳目很多，也許有他們的人聽見。
墨起：老蘇，你也太膽小了，他們已經打敗了，還有什麼人敢出來？
亮白：難道這裡會有他們的同黨？
秉群：我怕隔壁也許有人……
野村：廢話，有人聽著，我不把他帶來斃了。有我在這裡怕什麼，有人說他們多麼勇敢，多麼不怕死，可以沒有人擋得住我的軍隊衝鋒。怕什麼？老蘇，我替你代說。雖然沒有什麼了不得，但是功勞終是你的。我告訴你們，何特甫今天早晨被廣原捉住了，所以他很得意。司令部不許將這個消息傳出去，但是我已經聽廣原說了十多次了。其實司令部也太膽小，廣原也太逞能。何特甫這樣算得了什麼？我打死了不知道多少敵人，捉住了不知道多少他們黨羽，我沒有以為了不得；他捉住一個何特甫就以為不得了，哈哈……
亮白：但是聽說何特甫不但是游擊隊副司令，而且是專幹祕密工作的人，他是神出鬼沒的。
野村：神出鬼沒，咱們打仗的哪一個不是神出鬼沒。
墨起：少佐，就讓廣原少佐說一說，我們不會打仗的人聽起來終是有趣的事情。
亮白：在什麼地方捉住的？
廣原：你看，他們都要聽。

野村：那麼你再說一遍得意的事。我可聽夠了。（他拉著妓女甲坐到較遠的地方）

妓丙：那麼講啊！（她到廣原前面）他怎麼會讓你捉去的？

廣原：怎麼，你同他有交情麼？

妓丙：啐！

廣原：好，現在聽我講，（他興奮地連說帶表演）那是今天早晨，我們聽說國民大學學生們在開會，我就帶了人去。我把人埋伏在周圍，我就在門外偷聽，他們正在討論怎麼樣援助游擊隊的事情。忽然有人說我們擁護何特甫，那時我就看見主席臺上的主席，個子很高，眼睛發光，年紀也不像大學生，我就叫大家抓人。誰知何特甫眼快，一下子就從窗戶跳出去，我就去追著他，結果沒有人逃脫，一網打盡。我就親自押著何特甫出來，那時路上看見的人就說：「是何特甫！」「何特甫捉住了！」哈哈，你看，這就是何特甫。

李晃：（用不純熟的國語說，直到被捕後同此）這真是大快人心，大快人心，廣原少佐儂真是英雄！那麼後來又殺掉他麼？

亮白：那麼怎麼樣呢？

廣原：怎麼樣？你想，有何特甫在裡面，這還了得。我就小心地把他押到司令部，路上又有人叫著何特甫被捕了。可是帶到司令部，我審問他們，他們都不招認他是何特甫，說他們裡面根本就沒有何特甫，要是有何特甫，大家都是何特甫，你想多少刁滑。大家都想把他做了，你知道我們過去吃過他多少虧，但是司令命令，叫我們送他到偵察處去。

墨起：留著他的命幹嘛？

廣原：幹麼，要他招出來啊。這裡留著的同黨有多少？在哪裡？有些什麼計畫？

秉群：要是他不招呢？
廣原：這可不是我的責任了，這要靠他，（指野村少佐）看他的本事，他是偵察處的副處長。喂，怎麼樣，你有沒有叫他招出來，野村？
野村：到我手裡哪有不招的，雖然他還不肯說說他們的祕密，但是終是遲早的事。鐵打的人都要他招，不要說是肉做的。
亮白：怎麼？
野村：怎麼？我們有的是刑具。我們用水灌到他鼻子裡去，我們用鋼絲通到他肚臍眼裡去，我們用煨紅的鐵燙他的屁股。他媽的，他要再不招，我們還有電刑。
妓乙：啊唷，這太怕了！
妓丙：這不是做死了麼！
野村：做死，用冷水一浸就活了！活了再做，他還敢不招麼？
李晃：啊，野村，那麼為什麼不好好審他呢？
野村：這一群賊，他媽的，好好審他，他會招麼？
李晃：那麼要是冤枉的呢？
野村：冤枉的，活該，你們中國最多是人，死幾個有什麼關係？
李晃：這真是英雄的話！英雄，英雄。

（這時墨起站起來，要走）

墨起：諸位對不起，小弟還有點事情，失陪了。
亮白：墨起兄，我也走，我同你一起走。蘇先生，謝謝，謝謝，我失陪了，諸位再見。
廣原：再見，再見。

（史墨起與陳亮白出，秉群送他們出去）

野村：讓他們走，這群沒有用的東西。我們再來酒好不好？玩一個痛快。
李晃：好，好！
廣原：怎麼？你這個小伙子也贊成麼？好，讓咱們交一個朋友。
野村：我們叫蘇老頭兒也回去，讓咱們三個人來玩。這三個姑娘都還不壞，讓她們陪著我們。
李晃：好，好。

（蘇秉群上）

廣原：老蘇，我們還要喝酒，你先回去吧。
秉群：哪有這個事情！叫我自己先走。
野村：不要緊，老蘇，我們也許要喝一個通宵。老朋友了，不要客氣。
秉群：諸位興致真好，我老頭兒在這裡也許反而掃你們興，那麼我就失禮了，不過賬都算我的，我在櫃上說好了，你們不要客氣。（對李晃）那麼你呢？你同我一同走麼？

野村：老蘇，你不要把他叫走。咱們同他正要交一個朋友，你先回去吧，回頭我送他回去。
秉群：好，好，那麼就這樣。諸位，再見。啊，廣原少佐，我的事情不要忘了。
廣原：不會，不會。再見。
野村：再見！
李晃：明天見！
秉群：明天見。
野村：現在好了，就剩咱們三個人，讓我們痛快喝一喝。夥計，夥計。

（侍者上）

野村：來酒，再來酒。
侍者：白乾兒還是黃酒？
廣原：咱們喝什麼酒？
野村：來外國酒。
廣原：好，那麼就來白蘭地。
李晃：我的酒量可不好，我還是來點啤酒吧。
野村：不行，不行，啤酒算是什麼酒？
李晃：我也喝白蘭地，但是少喝一點。
廣原：好，好，那麼兩樣一同來。

侍者：要什麼菜嗎？
野村：隨便來幾樣冷盤。
侍者：是，是！

（侍者下）

野村：現在好了。咱們一個人一個姑娘。（他拉了妓女甲）
妓乙：但是老爺，我還要到別處出堂差。
野村：不行，不行，你不許走。
妓丙：但是……
野村：怎麼，你要不服從咱老爺麼？
李晃：不要走了，就陪我們一晚，你要知道這兩位軍官都是英雄，他們來了，這個城以後就太平了，你們將生意更多，還計較這一晚麼？

（侍者拿酒菜上）

李晃：來，讓咱們先喝一杯，（他替妓女們斟啤酒）來，讓我們大家祝廣原少佐捉到了何特甫，祝野村少佐功德，使何特甫招出他們的同黨！

（李晃與妓女碰杯。隨後妓女們為廣原野村斟白蘭地）

廣原：好！好！小乖乖，你自己也喝一杯白蘭地！

野村：你也喝一杯，李先生。

妓乙：我喝一口，我就在你那裡喝一口。

（妓乙在廣原手上喝一口）

野村：好極了！好極了！鈴寶，你也來喝一口。

（妓甲在野村手上喝一口）

野村：好極了，小乖乖！聽說中國女學生現在也去當游擊隊，哈哈哈哈……

李晃：我們可要女人陪著喝酒。

廣原：陪我們睡。

野村：喝酒，喝，廣原！

（廣原、野村喝酒）

李晃：（拉著妓女丙，到較遠的地方去。他擁著妓女，坐在角邊）啊！你幾歲了？
妓丙：十九歲。
李晃：不壞，不壞。你嫁給我好不好？現在太平了，我就要在這裡做生意。做生意發財，發財你跟我享福。
野村：我們打仗，你倒先想發財了。
廣原：還早著呢！
李晃：怎麼，我明天就想找地方開鋪子。市面一好，我的鋪子準可以發財，你知道我有做生意的本領。
廣原：但是你不怕城裡打起來麼？
李晃：怎麼，這群土匪難道還要反攻麼？
野村：自然啦，不把他們全殺光，他們總想反攻。
廣原：他們要不想反攻，為什麼派何特甫來做間諜？
李晃：現在何特甫捉到了，還怕什麼？而且，我們不是有許多軍隊在這裡麼？聽說有三萬，後面還有不斷的接濟。
廣原：實際上只有一萬七八千，一大半不行。這兩天聽說衡縣戰事很吃緊，所以調走了兩旅。接濟自然有的，但是只有西面一條路，他們一截去就壞了。
李晃：西面不是駐有重兵嗎，怕什麼呢？
廣原：重兵，劉騰的部隊，你們中國軍隊都是飯桶。也許我們於最近開去幫他。
李晃：那麼就有幾千人了，怕什麼？

廣原：但是臨鎮方面也來要救兵。

野村：怎麼，女人不談，談打仗麼？來來，來喝酒！你們放心，明天我叫何特甫招出祕密，我們一網打盡游擊隊，這就可以不怕他們了。這個城由我來守。現在且讓我們快樂。女人在手裡，我們還談什麼打仗！

廣原：不對，我倒以為我們要帶著女人去打仗，陪我們在壕溝裡。

李晃：（拉著妓丙走過去）不錯，男人都應當當兵，女人都應當給男人白相。

野村：對，對，讓我們來喝酒！你們少談打仗，我們要快樂。啊！我剛才叫她們唱，怎麼，啊，廣原，就被你打斷了。

李晃：好，來，小姑娘，儂先唱，唱一曲好聽的給將軍們聽。

廣原：好，唱一曲，唱一曲！

妓丙：鈴寶唱得好，

妓甲：知道你唱得好。

廣原：不要客氣，大家唱一支，愛妹也唱一支。

李晃：那麼你先唱，你先唱。

妓丙：那麼唱什麼呢？

李晃：隨便什麼，隨便什麼，挑好的唱。來，將軍們，來，讓我們吃酒。

（廣原野村乾杯，李晃只喝了一口）

妓丙：（唱）小奴奴家在南方，但是小奴奴還有情郎，他為打仗呀，流落他鄉。我尋他呀，一直尋到北方，尋到北方呀，流落在煙花房……

李晃：好！好！少佐先生，咱們喝酒，現在你唱，鈴寶。

妓甲：（唱）小奴奴家有銀牆，小奴奴家有金房，就為那強盜們來啊！把我們搶得精光，搶得精光呀，小奴奴流落在煙花巷。

廣原：這歌不好聽，不好聽。

李晃：少佐先生，咱們喝酒！假如看得起我，咱們做個朋友，夜裡咱們到姑娘家去。

野村：好的，好的，咱們做個朋友，但是我回去，我有事情呀！

李晃：半夜裡有什麼事情？

野村：我的事情就在半夜裡。

廣原：他要審許多第五縱隊。上面有命令來，要他把何特甫同他的口供解上去，所以他這兩天每天要去。

李晃：他不是已經招認了麼？

野村：我們要他招出同黨，招出計畫，招出祕密組織。

李晃：你已經用過許多刑罰了麼？

野村：用過，用過許多，但是他不招，這傢伙真有點厲害。當我煨紅了鐵針從他指甲裡刺進去的時候，他說「招，招！」但是招的都不是真話。哼，我看這也許不是何特甫，但是荒雄大佐說一定不會錯，說因為是何特甫，所以這樣厲害。其實何特甫也是人，又不是鐵打的。暈去了十來次還敢撒謊。

李晃：暈去了十來次？

野村：自然，他又不是鐵打的。照荒雄大佐的意思，不管是真是假，把他槍斃豈不是乾脆。但是我可一定要口供。而且秋田少將還要我們於後天把人同口供一同交去呢。

廣原：人同口供，一同交去？那麼你們怎麼辦？

野村：交去，自然交去。

廣原：但是秋田少將是最講法律的，他不贊成用私刑。

野村：所以我們要養幾天交去。

李晃：你是說秋田少將講法律麼？

野村：是呀，但是我不贊成。法律是不徹底的事情，我主張鐵血。

李晃：鐵血主義？

野村：鐵血就是鐵血！我主張殺，殺，殺。在南洋，在中國，在印度，在整個東亞，整個世界殺光了那些愛搗亂，愛作惡的人，殺得乾乾淨淨的。只剩些好人，讓我們大日本皇軍來管，此後就用不著苦苦打仗？所以在我管轄之下，我就是殺，有一點嫌疑就殺！（野村漸漸有點醉了）

李晃：話的確不錯，但是專門殺嫌疑犯，真正的犯人老是抓不到，這還是沒有用。

野村：你這是什麼意思？

李晃：我的意思是抓些沒有罪的嫌疑犯在打在做，讓真正的犯人逍遙法外，在外面笑你上當，這不是要被別人暗笑你是傻子麼？

野村：那麼難道把嫌疑犯都放了？

李晃：自然，這才是英雄的見識。

野村：你不壞，人說中國南方人聰明果然不錯，你有做我秘書的資格。但是嫌疑犯終是嫌疑犯，究竟還沒有證明他們沒有嫌疑。

李晃：但是經過你的刑審而沒有招，你想他們還會有什麼祕密藏在胸中麼？

廣原：但是是何特甫呀，這傢伙自然不容易招供的。

李晃：但是何特甫也是人呀，他究竟不是鐵打的。

野村：我的少佐，不錯呀，你看，我看你還是少吹點牛吧。要是真是何特甫，到我手裡早就露出原形了，我想還是你把稻草人當作妖怪抓來了。但是我的責任也不過兩天，好好壞壞做，打一個口供送上去，也就算了。好，現在時候不早，我該回去工作了，老朋友，我終盡我的責任叫他們招一個究竟。

（野村站起來）

李晃：那麼我可以跟你去看看麼？

廣原：去看看，我想你會駭壞的，當我用銅絲兒往他們肚臍眼裡打進去的時候，他們臉上一陣紅，一陣白，「喲喲」地叫起來，到最後只剩一口氣的時候，眼皮一翻……這副神氣你瞧吧。

妓丙：（駭得顫抖了，想說什麼但未說什麼）……

野村：怎麼？你也想去看看嗎？好，大家去，大家去，我們到那面再去喝酒去。

妓丙：我不去了。

妓乙：去，去，見識見識去。
妓甲：去，去，我們陪他們去。但是，老爺，要是太害怕了，我們可要先走的。
廣原：那自然隨便你。

（眾下，幕在外面汽車聲中徐下）

第三幕

時：前幕之翌日。
地：中國方面的一個與游擊隊聯絡的祕密機關總部。
人：謝蒼，念梅（即李王子美），蘇秉群，安蓮，王道度，韓雄飛，劉以唐，其他。
景：一個院落，後面是短牆，短牆之中是門。院中有一株大樹，樹下有桌子一，桌上有些文具飲具。幕開時，謝蒼、王道度坐在桌旁。李王子美站在較遠的地方，她的神情不安，態度倉皇，說話有點焦急不自然。

謝：怎麼？你急也沒有用。坐下等著。回頭把蘇家的人綁來了，總可以知道一個下落。現在你先把你知道的告訴我們。
子美：我什麼都不知道……我看到昨天的晚報，說是昨天早晨被捕的。但是昨天早晨他還在家。昨天晚上蘇秉群請客，也請了他。但是他一直在飯館，沒有回家來，到十點時候蘇秉群回家，說他還在喝酒，但一直沒有回來。
謝：蘇秉群請客，沒有請你？
子美：沒有女客。
謝：還有別的什麼客人呢？
子美：不知道，據說還有幾個軍官，都是蘇秉群的朋友。
謝：那麼他一定是被賣了。
王：怎麼，你在蘇家怎麼久，會不知道蘇秉群偵探著你們。
子美：這是不會的，我敢擔保。
王：那麼這明明是蘇秉群做好的圈套。
謝：那麼，十點鐘時候蘇秉群回來，他怎麼說？
子美：他說李晃還在喝酒。
謝：那麼今天早晨他怎麼說呢？
子美：他也很驚奇，怕是吃醉了酒，被軍官們拉到窯子裡去。你以為他真會在窯子裡麼？
謝：不，我所知道的他的確於昨天夜裡被捕了。這是從許多地方打聽來的消息，一點不會錯。
子美：但是報紙說是昨天早晨，今天報紙沒有說起。
謝：不，昨天早晨他們捉到是一個假何特甫，我想這個煙幕彈再好沒有。以後他們再不會知道何特甫還在這裡。
子美：但是特甫可不贊成那群青年為他犧牲。
謝：是的，他上午來過，也同我談起這個。

子美：那麼一定是他去自首了。
謝：這個不難證明，因為在晚上，我們已經買通了兩個去侍酒的妓女，叫他們注意何特甫。現在我已經叫人去找那兩個妓女。不過我所想到的，這還是蘇秉群做好的圈套，但是蘇秉群怎麼會識透何特甫呢？我奇怪了。所以我先要問你。
子美：你難道疑心我出賣何特甫麼？
謝：這個不是問題。因為我們已經要把蘇秉群同他太太綁來，一問就知道的。
子美：那麼你真有點疑心我了！
謝：也許是的。
子美：你疑心我？老實說，老謝，我不明白你們為什麼允許他做這樣危險的工作，叫他在這樣危險中冒險？我倒是要疑心你們有人在出賣他！現在倒說我。
王：念梅，你不用急，這事情很容易證明。回頭蘇秉群一綁到就可以水落石出。
子美：但是何特甫，何特甫的人呢？要是他真的被捕了，那一定沒有活的希望，那麼我也只有一死。
謝：你這是什麼意思？
子美：我是什麼意思？我的意思很簡單，我愛何特甫，我為他工作。我不是為你們工作。
（她哭）
王：為我們工作。難道我們不是為抗戰麼？
子美：啊，你們叫他冒最大的危險，現在他被捕了，你們倒說我出賣了他？（她哭）

（有人敲門，王道度去應門）

謝：（拿手槍交王）帶著這個。

王：（把槍放在袋裡去應門）誰？

韓：是誰？

（王道度開門，進來韓雄飛及同夥二人，押著蘇秉群與其妻安蓮，他們夫婦兩人，手倒捆著，眼睛被布包著）

謝：（對子美）不要響。（對蘇秉群）你們不要害怕，我們請你們來，不是為別的。是因為聽說住在你們家裡的上海人李晃今天失蹤了，想問問你看。你老老實實回答我，就沒有什麼，否則可要對你不起！

秉群：我不知道。

謝：不知道？奇怪啦，他昨天不是同你一同在吃飯的。

秉群：但是昨天我走啦，他同幾個日本軍官還在喝酒。

謝：那幾個日本軍官是誰？

秉群：是我以前的同學。

謝：也是你請的客人嗎？

秉群：是的。

謝：他們以先不認識這個上海人麼？
秉群：不認識。
謝：不認識就一同喝酒嗎？
秉群：他們竟認作了朋友！
謝：在這裡，你可要說實話，要不然就要對你不住。（對安蓮）你說，蘇太太，到底你丈夫同你商量過什麼？
安蓮：一點沒有，一點沒有，你們饒了我吧！
謝：你還說沒有？
安蓮：的確沒有。
秉群：你們到底要什麼？要多少錢？用不著裝腔作勢。
謝：不許你說話。
安蓮：你們要錢，我們有的都可以給你，饒了我吧。
謝：少說廢話！你好好回答我，你就有命。否則，可就要對你不住。我問你，住你們那裡一個女人有麼？
安蓮：有的。
謝：她叫什麼名字。
安蓮：她叫子美。
謝：你們同她好麼？
安蓮：同她很好。

謝：這個李晃回來的時候，她怎麼樣？

安蓮：她非常焦急地等她丈夫回來。後來回來了，我們就睡覺了。

謝：那麼你丈夫請客是怎麼說起的？

安蓮：我丈夫本來第二天要請幾個新開到的軍官，見李晃李先生新到，也一同請請他。

謝：蘇先生，我問你，昨天請客，李晃什麼時候到的？

秉群：他到得很早。

謝：他同你們談些什麼？

秉群：他沒有同我談什麼。他是生意人，想在這裡做買賣，好像很想巴結巴結日本軍官似的，所以同他們說話很多，並且很恭維他們。

謝：那麼後來席散了，他們還在那邊，你是主人，怎麼先走了呢？

秉群：是的，他們都有點醉了，還要喝酒，說要喝一夜，我要早睡，而且我是老頭子，我想混在他們一起也掃他們興，所以先回家了。

謝：那麼後來呢？

秉群：後來，我回家就睡了。天亮，李太太說是她丈夫沒有回來，急了一早晨。

謝：那麼你沒有去問你那些日本軍官的朋友麼？

秉群：我當時就打電話去問。但是他們說不知道，只叫我立刻去看他們去。

謝：那麼你沒有去看他們？

秉群：我剛要去，就被你們綁到這裡了。

謝：這些日本軍官知道這個上海人是你的新朋友嗎？

秉群：我就是這樣介紹的。
謝：他們知道他同他太太住在你們家裡麼？
秉群：好像沒有說到過，他有太太可更沒有人知道了。而且那位李太太同我說過，她丈夫到了就要尋房搬家的。
王：（同謝耳語）……
謝：（點點頭，對站在旁邊的夥伴）把他們關起來。
（站著的兩個夥伴推蘇氏夫婦）
秉群：關起來，你們這算是為什麼？你們要什麼快說，為什麼把我們關起來？
安蓮：啊喲！（哭）你們要什麼儘管說，快饒了我們的命。
謝：請你們放心，我們只是調查一點事情，調查清楚就放你們回去。現在只好委屈你們一點了。
（蘇氏夫婦被推進右面門內，韓雄飛同幾個夥伴同下）
謝：（對王）你看怎麼樣？
王：我看他們好像真不知道似的。
謝：也許真的不知道，不過我們且等各區的報告再說。
子美：現在你們還疑心我出賣何特甫麼？

謝：我想假如我們判斷不錯，那麼的確錯疑心了你！但是你要原諒我們。我們想到的，以為如果何特甫被你們房東賣了，昨天晚上被他們捉去，哪有你可以平平安安到今天早晨逃出來的。除了你出賣了何特甫！

子美：我不是逃出來，我因為何特甫沒有回去，所以來問來。

謝：那麼你的東西呢？

子美：難道這些祕密留在家裡被人來檢查嗎？要是何特甫落在別人手裡，檢查是有點難免的。而且我的東西很簡單，要是事實上要我回去，我還是很容易搬回去的。

謝：（若有所悟地到右面門口）把他們帶來！

（韓推蘇氏夫婦上）

謝：現在已經查明，那裡面有點祕密，你們快招出來。

秉群：我們知道的已經都說啦。

謝：還要抵賴！我們可不客氣啦！

安蓮：實在我們再不知道什麼了。

謝：（突然大怒）把女的先帶去用刑！

（韓拉安蓮）

安蓮：（大哭）秉群，你有什麼祕密快說吧，救我的老命。

秉群：你們不要這樣，我知道一定說。但是我別的實在不知道。

謝：你還不招！你以為用刑的是你太太不是你麼？（對韓）把女的放下，先帶男的去上刑，把他吊起來用火來燙。

（韓拉秉群）

謝：蘇太太，你先把你知道的說出來。

安蓮：（哭著說）我實在不知道什麼，秉群，你快說，快說。

秉群：啊唷，我實在不知道什麼了。

謝：你是不是同你認識的日本軍官串通了，把那個上海人騙去。

秉群：沒有沒有。我請那幾個日本軍官完全因為我要謀一個差使，順便帶請了這個上海人。

安蓮：本來我叫你分兩次請，請上海人也請他太太一同去，你要省錢，現在好，鬧出事來了。

（門外有人敲門，王備槍去應門）

謝：把他們先帶下去！

王：是誰？

（韓帶蘇氏夫婦下）

劉：是劉以唐。

（王開門，劉是一個衣服漂亮，舉止瀟灑的少年。不知道是化裝如此，還是本來如此。他帶著兩個被蒙眼的女子——妓乙與妓甲——進來）

劉：（瀟灑而幽默地）好，現在到了，我叫你們不戴什麼首飾，就是省得你們害怕。（他替她們解開蒙眼的綢帕）你看，這裡的人你都不認識吧？但是不要緊，請坐請坐。（他從桌上倒兩杯茶給她們）喝杯茶。好好地說。

妓甲：（驚惶地，但看到劉毫不緊張的態度。也就安心地說出來）他們……他們先在酒樓裡喝酒，後來姓野村的丘八說到他們的偵察隊去，我們大家就去了。

劉：（抽上一根紙煙）你們也去了？

妓乙：是的，你不是叫我們設法跟著他麼？

劉：那麼怎麼樣呢。

妓乙：到了那邊，我們看見了可憐的犯人。

妓甲：都是年輕的大學生。

劉：（幽默地）都長得很漂亮吧？

妓甲：但是已經被他們弄得不像人了。

妓乙：簡直把我駭壞了。

劉：那麼後來呢？
妓乙：後來那個叫廣原的軍官把我們帶到隔壁，說是叫野村的就要把他們上刑了。
劉：那麼那位上海的李先生同野村在一起？
妓甲：是的，他們在一起。
劉：後來呢？
妓乙：後來我們只聽見犯人的慘叫。
妓甲：還有野村的審問。
劉：那麼那位李先生呢？
妓乙：我駭得要命，不知道他在幹嘛。
妓甲：好像聽見他在勸姓野村的。
妓乙：一直到最後，他們兩位吵起來了，於是廣原也進去了。
妓甲：我想跟進去，但被那個叫廣原的推出來，我只聽見那位姓李的說：「你們這飯桶，放在你們面前何特甭不抓，一直折磨這些孩子幹什麼？」
謝：（一直像石像般立在旁邊）後來呢？
妓乙：我聽見他們相打的聲音。
妓甲：後來叫廣原的同野村這兩個日本鬼子出來，氣呼呼的，什麼話都不說，拉著我們喝酒。
妓乙：他們兩個人的衣服很亂，一個眼睛邊、一個脖子上好像都有點傷。
劉：（對謝）還有什麼話問麼？
謝：（冷澀地）帶走吧。

劉：謝謝你們兩位，這是一點點薄禮。（他從袋中抽出兩疊鈔票，分贈她們）但是如果你們將今天的事告訴別人，你們就要被野村的抓去上刑了。現在，對不起，我又要蒙起你們的眼睛了。

（劉用手帕蒙妓甲妓乙的眼睛，她們完全莫名其妙地接收鈔票，莫名其妙地聽他擺布。最後劉像挽情人一樣，一臂挽一個人走出去，王為他開門，等他瀟灑地走出門後，王又謹慎地關門。但門尚未關好的時候，有一個人匆匆地闖進來，那是孫重同志）

孫：謝，非常可靠的消息，何特甫就要解到日本司令部去了。

王：真的嗎？那麼讓我同你到西區去，要是打聽到確實時間與地址，讓我們準備半路上把他搶下來。

子美：我也同去，我也同去打聽。這個辦法很好。讓我們從他們手上搶他回來。

王：你不用去。你在這裡等我消息。

謝：念梅，你留在這裡，也許還有別的工作。道度，當心些。

王：知道。

（王道度下）

子美：老謝，你現在總可以知道這事情是怎麼發生的了？

謝：那麼他實在太不對了。
子美：但是他也有他的理論。
謝：他要救的是這整個的民族與國家，怎麼可以為救幾個人就冒這險。
子美：但是別人有什麼罪，為什麼無緣無故要替何特甫去死呢？
謝：問題不在這裡。現在我們為救何特甫，不是準備更多的人為他去死麼？難道我們都有什麼罪麼？
子美：但是我們願意，我們是獻身給抗戰，獻身給我們的事業與民族的前途的，我們隨時準備犧牲，而這些冤枉的人，是並沒有這樣準備，他們要死得不明不白。
謝：在橫暴殘忍的敵人壓迫之下，死得不明不白的人多的是。我們在抗戰建國的理想之下犧牲幾個同志，更是無法避免的。
子美：那麼，這樣說，你肯不惜犧牲什麼來救他了。
謝：我個人自然可以。
子美：我更可以，現在你告訴我，我們怎麼樣可以救他？
（有人敲門，謝扳好手槍，納入袋中去應門）
謝：是誰？
王：是我。

（謝開門，王上）

謝：怎麼那麼快回來了？

王：我到西區，西區方面已經探聽到消息，說何特甫就要從偵察處解到日本司令部去，並且借此還要先遊街。

子美：這是他們示威的方法。好，我們就來劫他們。

王：不可能，沒有法子來得及，因為我回來的時候，他們恐怕已經出發了。

子美：什麼來不及？難道叫何特甫就這樣犧牲了麼？

謝：他們突然的解去，舉行遊街，就是免得我們準備，那麼……

子美：你們不去，我一個人去。

王：念梅，你冷靜一點。要是有成功可能，咱們不怕犧牲，要是沒有成功可能，我們何不留著力量看以後的機會呢？

子美：不行，謝，你一定要想辦法。你一定要想辦法。

（大家在驚慌之中，子美在焦躁哭泣，謝捂著頭來回地走，王在那裡靜思。突然有人敲門，王去應門）

王：是誰？

孫：是我。

（王開門，孫重進）

孫：遊街已經快到了，他們布置得非常周密。

王：劫人是不可能的事。

（這時，軍樂聲自遠而近，謝、王、子美等靜聽。於是牆外人聲嘈雜起來，許多雪亮的刺刀擁著囚犯白簽在牆頭移過，大家望著）

謝：這無論如何是不可能了。

子美：你們膽小，我一個人去！（她從大衣袋裡拿出手槍欲出）

謝：你瘋了麼？子美。（他拉住子美）

子美：（哭）怎麼你們看他坐著囚車在你們面前走過都不救麼？且不管他是多麼有用的人才，只管你們的友誼。

謝：子美，你冷靜一點。我們保住實力，還有機會。我們一點沒有布置，這樣去，結果一定被他們一網打盡。你愛特甫，老實說，我比你更愛他！

孫：聽說秋田同何特甫是認識的，現在解到總司令部，也許不會把何特甫害死。

謝：是在日本的同學麼？

王：那麼也許不會處死。

子美：我知道他們不但認識而且是嫡親兄弟，都是日本母親生的。但是這有什麼用。

謝：是兄弟？

子美：是的，他們的母親是日本人，後來一個回國，一個留在日本，所以現在也就是敵人，因此他們間沒有寬恕。

謝：你怎麼知道？

子美：何特甫同我說的，他說正如秋田到了何特甫手裡一樣。

王：怎麼，他們兄弟間有這許多仇恨麼？

子美：不，各人更須忠於自己的民族與信仰。

謝：那麼我們給他錢。

子美：錢於別人有用，但是於秋田是沒有用的，何特甫親口同我說，他的話向來是可靠。

王：那麼我們只好準備劫法場了。

謝：有了這次遊街，也許就不到外面來執行死刑了。許多夥伴不都是在裡面無聲無息的就完了麼？

子美：那麼他就死定了麼？（她哭）

謝：不，不！

子美：那麼你說辦法，你快說辦法。

謝：（沉思）子美，原諒我這一會兒，我一定想出辦法。我同何特甫在兩年中經過多少危險，每次在最無辦法之中，我會想出辦法。在最危險之中，他會脫險。那麼說原諒我這一會兒，讓我想，讓我靜靜地想。

子美：但是，我急，我急……（頓足）

王：子美，不要太用情感，讓我們用理智。大家坐下！我們好好來商量。

（王於子美坐下後，自己坐在她的旁邊，謝雙手按著前額也坐倒在子美的對面）

——幕徐下——

第四幕

時：與前幕相隔不久。

地：司令部。

人：秋田，淺島秘書，何特甫，小川中尉，兵甲，兵乙，侍僕等。

景：秋田少將辦公室。舞臺後右有門一，左有窗，與窗鄰近有一個較小的門。幕開時，秘書在副桌上理案卷，兵丁二人押李晃進。

秘書：帶來了？

兵甲：是。

秘書：（站起來，走過去）坐在那邊吧。（李坐在門口邊一根木凳上，兵甲、乙分守在兩面，秘書對李詳視）啊！我道是什麼三頭六臂的人呢！現在可落到我們手裡了。呵——呀——呵！

李晃：請放心，先生。我不會在你們手裡久留的。

秘書：你打算跑麼？哼，這次是不可能的。在別人手裡可以，在秋田少將手裡就難了。我現在去通知司令去。唉！其實最好你不落到這裡司令的手裡。

（淺島秘書下）

李晃：（四面張望一下）……

兵乙：（按他的肩膀）安定一點，規規矩矩坐著，混蛋東西。

（秋田進，秘書隨著，秋田冷靜地走到寫字檯旁坐下）

秋田：帶來。

秘書：帶過來。

（兵甲、乙帶李晃到桌前）

秋田：把案卷拿來。

（秘書從自己桌上拿卷案，放在秋田面前，退到自己位子上。秋田靜靜地翻閱案卷有四分鐘之久，舞臺肅穆無聲）

秋田：那麼你是何特甫？
李晃：你自然認識我。
秋田：你也就是李晃？
李晃：不錯。
秋田：（翻閱案卷）你也就是白鳳飛？
李晃：對的。
秋田：（把案卷翻下去）你還叫做杜阿福？
李晃：也許是的。
秋田：（把案卷翻下去）你還有假名叫做 John 李？
李晃：好像有過。
秋田：（把案卷再翻下去）你也曾叫做王啞巴？
李晃：大概是的。
秋田：你殺過人，放過火，毀壞鐵路，劫車，污辱皇軍，擾亂治安……
李晃：不要說下去了，我都有。但是假使我是犯罪的，你們侵略中國是什麼呢？
秋田：（不理會李晃的話）你到底落在我手裡了。
李晃：……
秋田：你承認你所犯的罪麼？
李晃：我沒有犯罪。

秋田：現在不必動用你的口才，請你招出你們游擊隊的總部與駐在這裡的機關，還有……
李晃：不會有這樣的事。
秋田：那麼為免麻煩起見，我要判你死罪。
李晃：許多人都說你是講法律的，原來你也是這樣武斷。
秋田：這是軍法。
李晃：那麼……
秋田：只有一條生路，如果你招出你所知道的一切我可以免你死刑，當作俘虜待你。
李晃：我願意死！
秋田：真的！你毫不猶豫？
李晃：毫不。
秋田：那，那我判你死刑。
李晃：……
秋田：那麼你在死前有什麼話說麼？
李晃：我沒有話說。只是有點奇怪，你不想用點私刑叫我招麼？
秋田：在我的手裡不會有。我的主張是合理與法律。
李晃：這個我知道，這是軍法呢。
秋田：請你不要說別的，你沒有話留下麼？
李晃：假如可能的，我要寫一封信，一封簡單的信。
秋田：你以為要立刻就寫麼？

李晃：最好。最好讓我在這裡，因為你們的牢獄，我知道一點也不合理，一點也不合法律。

秋田：（對秘書）讓他寫信。（對李晃）你就在那面寫好了。（對兵）開他的手鐐。

（於是秘書讓位，給他信箋信封。李晃坐下，兵甲開其手鐐，秋田準備好手槍，為座位的關係，正對李晃的背後，於是李晃作書。大概一分鐘後，桌上電話鈴響，秋田接電話）

秋田：喂！啊……是的，你哪兒？啊，我是。怎麼樣……還沒有，不，我想照法律辦理……用私刑，不，不，我不贊成……我不破例。野村麼？我不愛這傢伙。也許我不要他招了。唔……我想立刻執行死刑。不，這是法律。什麼？梅莊方面敗下來啦？那麼……唔，唔？我知道啦。再見，再見。（掛上電話，沉思了一回）

李晃：（已經把信寫好。一面封信，一面說）秋田少將，你太相信你自己了！

秋田：你信寫好了麼？

李晃：是的。

秋田：那麼留在那個桌上，我替你寄出，你還有什麼話？

李晃：沒有。

秋田：你就這樣赴死了麼？

李晃：是的。

秋田：好的，帶出去。立刻執行死刑。（把公文一紙交秘書）

（兵甲、乙各執李晃一臂。李晃毫不抗拒，從容站起。秘書拿著公文先出。兵甲、乙押李晃隨後。走到門口時，秋田突然發言）

秋田：且慢！

（秘書與兵止步）

秋田：何特甫，在你死前的一剎那，你不想同你的親屬訣別一下麼？

李晃：我沒有別的親屬，只有一位哥哥。

秋田：那麼你不想同你哥哥訣別一下麼？

李晃：假如我還有當我弟弟的哥哥的話。

秋田：（指揮秘書及兵丁）你們出去，把犯人留下。

（秘書把公文置秋田桌上，偕兵甲、乙出。秋田握手槍坐在寫字檯邊不動）

秋田：現在，特甫，你同你哥哥說話。

李晃：假如在我面前是我久別的哥哥，他一定先叫我坐，假如我哥哥身邊有錢，一定拉我喝酒抽煙……

秋田：（按桌上電鈴）都可以辦到。（他拿桌上雪茄洋火給他）

（侍僕上）

秋田：兩瓶啤酒！拿兩個杯子來。

僕：是。

秋田：現在你坐下，讓我們過一會弟兄的生活。

李晃：（坐下）這是想不到的，哥哥……回憶我們童年的時候，我們在一起住，一同讀書，一同在母親旁邊，這是什麼樣的生活呢？以後母親死了，我由叔叔帶回到中國，一直到我又到日本讀書，我們一同在東京，這一段生活回想起來是什麼樣的滋味？我們雖然意見不一致，但是沒有隔膜，大家痛快地坦白地爭論，在酒店，在咖啡館，在我們公寓裡，我們整夜地辯論，這是多麼痛快的事情。

秋田：是的。這些思想的不一致，當時反而幫助我們談話的資料，擴充我們生活的範圍，增進我們兄弟的感情。

李晃：但是從這思想出發，因而各人走各人的路。一直到現在，重逢的時候，你用手槍指著同我說話了！

秋田：（納手槍）現在讓我們痛快地重回到過去的日子。

（侍僕拿啤酒上，開酒）

秋田：再開那瓶。

（侍僕又開酒。秋田拿酒親自斟一杯遞給李晃）

秋田：你出去好啦。

（侍僕下，秋田把第一瓶酒遞給李晃。李晃站起，拿那杯桌上的酒向秋田）

李晃：祝你勝利。
秋田：（舉杯）祝你……

（李晃飲酒，秋田未飲，把杯子放在桌上）

秋田：特甫，為什麼你的思想一直錯誤下去。
李晃：我也是這樣想你的。
秋田：但是思想是思想，民族是民族，至少你有優秀民族的血液，為什麼你甘願做劣等國家的人民。
李晃：（諷刺地）但是母親的血液似乎比我們還純粹，而她竟甘願做劣等民族的妻子。
秋田：但始終是優秀國家的人民。我想如果你肯在帝大畢業時聽我的話，在日本做事，或者你不做事，讓我養你，那麼無論你思想是怎麼樣主張人類平等，我們也只在酒杯前辯論，不會有今天這樣行動上的衝突。

李晃：但是行動不過是思想的一部分，思想不過是行動一部分，二者有時候不能夠分離的。

秋田：假如我不做軍官，那時候就同你到日本鄉下種田，我們倆在綠油油的野田旁坐下，抽著煙斗，談談我們的思想，是多麼自由？或者在收獲完畢以後，我們在冬天的太陽下面，喝一杯自己釀的酒，辯論到月亮出來。這是多麼快樂的事？再或者像我們幼年時候一樣，在夏天的夜裡，滿天是星斗，滿野是流螢，清風吹著我們的頭髮，我們對著青山，坐在稻場上，討論到改造世界促進社會，多麼爭吵都會是無上的快樂。是不是？但是現在我們都在實現我們理想。理想衝突，就變成生命的衝突。

李晃：這是沒有辦法的事。

秋田：到底誰的理想是對呢？這是只有單方面的判斷。獨有我們的愛，父母遺留我們的愛，我們從小在一張床上，一張桌上，一個院子裡，一個小學裡的愛是我們共有的。

李晃：是的，哥哥。

秋田：那麼為什麼要將我們共有的愛，要為我們單方面的判斷所毀滅？

李晃：這因為我們還有更深的愛，在我們所屬的民族與世界上。

秋田：這是不是出發於我們的血液呢？

李晃：不，我想還是出於我們思想上的選擇。正如我們同一血液的人，要選擇不同的世界。

秋田：但是思想是後天的，情感是先天的。為思想而互相殘殺，是不是同為一筆遺產而互相殘殺一樣的卑鄙？

李晃：不，哥哥，這因為我們為愛不同的民族與世界而爭鬥。
秋田：那麼是不是同兩兄弟同愛一個女人而互相殘殺一樣的可笑呢？
李晃：不，哥哥。我們所代表的已經不是自己，是我們的立場。你是擁護民族的優劣理論，我是信仰人類的平等思想；你要世界不平等，我要平等。
秋田：是的，這是我們根本不同的地方，但是就為這點不同，叫我們忘去在同一張床、同一張桌子、同一個院子、同一個小學裡一同生長的，同父同母的孩子互相殘殺麼？
李晃：但是現在殺我的權柄在你手裡。
秋田：可是這同我的生命在你手裡一樣，我們所討論是根本問題。
李晃：可是事實上我在你的手裡。
秋田：但是我已經說過，假如你招出你所知的祕密，你還是活的。將來我們還要在一個屋頂下一同生活。
李晃：你是叫我拋棄我的思想，我更大的愛情，與我所愛的對象，來求饒一條命麼？
秋田：不是這樣說，特甫。我們到底活的是什麼？我們以為我們的工作是為民族的平等世界的幸福，但是怎麼知道將來不是反而有害呢？拿破命為法國打了勝仗，於人民是好是壞，誰作過正確的統計？發明火藥，發明飛機，到底於人類益多害多，誰知道？為什麼我們不能放棄一切，謀自己一點幸福……
李晃：哥哥，你用許多聰明的話，是不是要騙我供狀？
秋田：不是這樣說，特甫。我願意告訴你，是我在求你保住你的生命，聽我的話……
李晃：為你的報功與升官發財麼？

秋田：為你的生命，為我們的愛。
李晃：那麼你放我就是。
秋田：但是我手中的法律……
李晃：你不願背叛你的法律，你的民族，叫我背叛我的民族國家。
秋田：不，只要你招供，我願意隨時，在戰後隨時伴著你一同過平民的生活。
李晃：……
秋田：你不相信我麼？還是不相信你供了以後可以不死，還是不相信你供了以後我不辭職？
李晃：……
秋田：相信我，特甫，我的人格你是知道的，我從小沒有騙過你。
李晃：我相信，正如你相信用最毒的刑具不能逼我的供狀。
秋田：那麼我求你，求你招出來，讓我給你極輕的徒刑，將來讓我們在平靜的地方過平凡的生活。
李晃：那麼我不招也是一樣，我們一同逃出去，設法逃到中立國去，讓我們隱居，在那面荒僻的地方去做工，去種地。
秋田：但是這是我手中的法律，這不是我的信仰。只是我執行這個法律，不能夠徇私。
李晃：我不能招。
秋田：請聽我的話，特甫。為我們的父母，他們怎麼樣愛我們，教養我們。在父親臨死的時候，他怎麼樣叫我們互相愛助，奉養母親。在母親臨死的時候，她怎麼樣叫我們跪在床前，叮嚀我們永遠相愛，叮嚀我永遠保護你，幫助你，指導你，還怎麼樣叫你聽我的話。（聲淚俱下）

李晃：（哭泣）啊！哥哥……

秋田：你招，你招！弟弟，我只有你一個弟弟，你只有我一個哥哥，在這世界上。我們聽見過一切的聲音，歌唱家的歌，名人的演說，但是最清楚的這是母親臨終時的話。它永遠在我們的心底。你終還記得那張木床，那些藥瓶，那盞油燈，把我倆的影子照在帳子上，母親的聲音雖是微弱，但是清楚，清楚得現在還在我們的耳邊，是不是，弟弟？

李晃：（哭）啊，哥哥！

秋田：你再想，我們在父親死後是怎麼長大的？在母親死後是怎麼樣長大的？我怎麼樣叫你用功？教你數學？怎麼樣為你補習日文？怎麼樣陪你去考帝大？鼓勵我們的是什麼？安慰我們的是什麼？是母親的愛！是我們的愛！這愛是三位一體的。弟弟，現在我覺醒了。我要伴你到鄉下過平民的生活。我要皈依母親。現在不是我救你，是求你救我，請你供了。你供了，我終算沒有因私廢公，讓我保住一個完整的人格來愛你。弟弟，你供。

李晃：哥哥！唉！我寧使你用刑，用最毒凶的刑具！

秋田：我求你，弟弟，用母親的名義求你，當你這是八歲當我是十六歲時候，你記得那一年曾經有一次，為一本圖畫我打了你一下，母親告訴我應當原諒你，愛你，向你道歉的事麼？現在我的權力等於我當時的力氣，可以施在你的身上，但是我應當愛你，我不能下手，你知道麼？那麼你救我，讓我一方面做個有人格的人，不因私廢公，另一方面還做個好的哥哥，做個母親期望的兒子。

李晃：不，哥哥，原諒我！我不能招。正如我原諒你殺我一樣，殺我是你的責任，你沒有錯。矛盾的是我們不同的民族立場。

秋田：弟弟！

李晃：唉！哥哥。

（二人皆流淚，最後大家沉默）

秋田：（振作起來）那麼我沒有辦法了，現在我把你的死刑延擱到後天早晨，（秋田在公文上簽日期，按電鈴）讓你再仔細想一想，我希望你在這個時間裡覺悟。

（秘書與兵甲、乙進來）

秋田：（遞公文給秘書）帶出去！

（秋田沉痛地，堅決地從臺後之門進。秘書拿公文出，李晃就在這時候私拿桌上小刀握在手中，當兵甲、兵乙過去押李晃時，李晃出其不備將小刀直戳兵甲之咽喉，左手立即攫取兵甲之手槍指乙。於是他倒退幾步，將手槍指兵甲、兵乙）

李晃：把手舉起來，不許作聲！

（兵甲、乙舉起手）

李晃：告訴我這裡的出路。
兵甲：沒有，四面都有兵。
（李晃四面張望一下，退到窗口望望，隨手開開與窗鄰近之小門。原來那不是一個出路，是一個小間。李晃靈機一動，用槍指揮兵甲、兵乙）
李晃：快到那裡面去。
兵乙：唔……唔。
李晃：快，不然我就……
（兵甲急趨進小門，兵乙隨後）
李晃：不許作聲，否則我就對不住你們。（拉住乙，一面關上小門，把甲關在裡面。對乙說）你等一會進去，把你的衣服脫下來。
（兵乙脫衣，李晃將上衣穿上）
李晃：脫褲！

（乙脫褲，但就在這一瞬間，小門內忽然哨聲大作，李晃急拉此門，但門已下鎖，無法拉開）

李晃：你再吹一聲哨，我就開槍。

（但哨聲仍響，李晃乃對門開槍，凡三發，可是哨聲仍響著。最後外面有荒雄中尉帶日兵多人奔上）

荒雄中尉：不許動。

（李晃見一隊兵都以槍向他，乃止）

荒雄中尉：把槍交給他。（指兵乙）

（李晃授槍於兵乙，兵乙初又膽怯，繼乃受槍）

兵乙：好傢伙！

（荒雄中尉乃走近李晃，加以手銬。一時小間內哨聲還響著）

兵乙：快出來吧，何特甫已經抓住了。快出來吧。

（兵甲從小間出）

兵乙：我倒想不到你還有這一手。

兵甲：好傢伙！

（荒雄中尉帶一隊兵押李晃下）

兵乙：怎麼？你倒沒有吃到槍彈？

兵甲：我躲在裡面鐵箱後面。要不然還不完了。

（外面有秋田的聲音）

秋田：（聲）怎麼樣？

兵乙：司令來啦。

（兵甲、乙大家立正恭候）

兵甲：你的衣服呢？
兵乙：啊喲，還在何特甫手上喲！

——幕下——

第五幕

時：前幕翌日之深夜。
地：監獄。
人：李晃，秋田，王道度，謝蒼，野村，李王子美，獄卒甲，獄卒乙，看守長，韓雄飛，劉以唐，其他。
景：以鐵柵為界，臺之右後部為禁囚何特甫之獄室，臺之前部與左部為走廊，左面有門通外，開著。廊中置板桌一，凳二。桌上放著一瓶燒酒，一只盛著酒的茶盅，一把粗茶壺，一付竹做的牌九桌，還有一盞手提燈。全室非常昏暗，壁角上一盞半明不滅的電燈，還不及桌上那盞手提的煤油燈亮。幕開時，舞臺甚為死靜，何特甫在鐵門內瞌睡著，獄卒甲抽著旱煙在「打五關」。門外是悠悠的呻吟聲，頗像鬼哭。許久許久以後，門外突然有凶厲的人聲發生。

獄卒乙：（聲）他媽的，你哭什麼，半夜三更的！

（呻吟聲還是響著）

獄卒乙：（聲）他媽的，你再哭，我可不客氣啦。

（呻吟聲漸微）

獄卒乙：（嘰咕著走近左面的門口）他媽的，半夜三更的哭，把我吵醒啦！啊，老王，你值夜班嗎？

獄卒甲：是呀。你又在那面罵人，這又何必呢？

獄卒乙：我實在受不了。整天整夜是這些聲音，嘆氣呀，咒罵呀，哭泣呀，呻吟呀。日班還好，夜班，那簡直像聽鬼叫。我恨不得要打他們，我要他們大聲地叫，大聲地嚷，索性把這空氣弄得熱鬧一點，省得永遠是鬼世界。

獄卒甲：你還是小孩子，老實說，你忍耐幾年就會慣的。別這樣焦躁，喝一杯酒吧。（倒酒給乙）老實說，我們做一天閻羅大王就得聽一天鬼叫，做一天和尚撞一天鐘。

獄卒乙：但是這口鐘也撞夠了，我不知道我在做什麼，整天看著這些鐵籠，籠裡關著的是什麼？是人，是狗，是老虎，是耗子，我們都不知道，也不讓我們知道。他們送進來，我們就把他關起來，以後就看守他，看他瘦起來，憔悴起來，看他頭髮白起來，鬍鬚長起來。聽他哀冤，哭泣，憤怒，嘆息，守著他醒，守著他睡，守著他吃飯拉屎……他媽的，我們算是幹什麼？一輩子就看守人！
李晃：（在睡夢中嘆氣）唉……
獄卒乙：他媽的，嘆什麼氣。
獄卒甲：你不要這樣凶，你知道這裡是日本人抓來的犯人，那多半是好人，也許是最愛國的英雄，也許是中國的好官。
獄卒乙：我很奇怪，為什麼這次日本人要把犯人送這裡來，不押在自己司令部。
獄卒甲：聽說這個日本司令很講究法律。
獄卒乙：笑話，日本兵還講究法律，我想是表面做給我們看看罷了，不然外面何必布滿了這許多兵。

（門外有悠長的女子呻吟聲）

獄卒乙：你聽，這像什麼？是不是鬼，他媽的！（他要出去干涉）
獄卒甲：坐下，來，來喝點酒。（他拿起酒瓶遞給獄卒乙）

（獄卒乙拿酒瓶喝酒）

獄卒乙：喝酒！只好喝酒！你看，這裡做事情的人誰不喝酒！整天整夜，看的是這群鬼相，聽的是這些鬼叫。黑黝黝的，我們犯什麼罪，叫我們也永遠在地獄裡討生活。

獄卒甲：但是我看了許多過去很闊的人死在這裡，我倒也覺得心平氣靜。我那樣雖然不好，但還活著，下班的時候到家裡還可以看看老婆兒子。
獄卒乙：但是這不是人的生活，我寧使痛快地闊綽幾年，再死在這裡，不願意在這裡待一輩子。
獄卒甲：以前我也是這樣想，可是後來我結婚了，生孩子了，我覺得做人就這麼一回事，大家挑一種監獄坐坐，坐到老，坐到死。到底這裡是空閒的，沒有什麼大事，雖說薪水不大，但是外快不是還不少。
獄卒乙：就是為這個，要不是外快好，我一定要離開這裡。
獄卒甲：那麼知足一點吧，喝點酒，喝點酒。

（獄卒乙喝酒，甲抽起旱煙）

獄卒乙：老唐，聽說城西方面的戰爭又起來了。你知道麼？
獄卒甲：我聽說，聽說吃緊得很，日本兵也許又要退了！

（就在這時候，外面進來王道度，他提著燈，作獄卒一樣的打扮）

王：噢！這位是唐老伯麼？
獄卒甲：怎麼，你是誰？你是王三魁的侄子可是？
王：是的。我嬸母病厲害了，叔叔叫我來替他值班，他已經同看守長說好，叫我一直來找您。

獄卒甲：是的，他昨天也同我說過。（他摸出一只大而笨的錶來看）但是還早呀，還有半個鐘頭。

王：我怕誤了事，所以早點來。現在我既然來啦，老伯就可以回去休息吧。

獄卒乙：聽說外面消息很緊，城西已經打得很吃緊了。

王：可不是，外面非常緊張，恐怕日本兵又預備撤退了。

獄卒甲：這才是好消息。

王：那麼，唐老伯你先回去吧，回頭恐怕馬路上要很亂了。

獄卒甲：那麼就勞你駕了。（他站起，收拾桌上的零星物件）啊，你沒有帶酒吧？

王：要酒有什麼用？

獄卒乙：酒？這裡做事一定要喝酒。難道王三魁沒有同你說麼？值夜班，沒有酒怎麼行？難道沒有聽見這些聲音麼？都是鬼叫，都是鬼叫。老實告訴你，這裡比地獄還要悽慘，你看，陰森森的，一到半夜三更，這些關著的人都變成了鬼，這裡就是鬼世界，你知道。

獄卒甲：你不要駭他。（對王）你沒有帶酒？好，這裡有，你要是沉不住氣，喝點酒就好了。那麼再見。

（獄卒甲下，獄卒乙隨下。王道度向四周看一看，望望何特甫，但又理理桌上什物。他靜靜地跑到欄前，看何特甫睡著，搖搖頭又踱過來。這時門外似有人進來。王走到桌邊，倒酒，作預備喝的樣子，野村上）

野村：（帶著酗醉進來，看桌上有酒，他又倒了一杯喝。然後問王）怎麼，犯人很好麼？

王：很好。

野村：（驕傲地走過去，到鐵柵前面）何特甫先生，您好？

李晃：……

野村：何特甫先生！何特甫先生，快不要再睡了。我來報告您好消息。

李晃：（醒）……

野村：你好，真是久違了，何特甫先生。

李晃：怎麼，您倒是很不錯似的。

野村：不錯，果然不錯。只是時常想你。

李晃：我倒也想到你。

野村：所以我今天來看你，並且我來給你一個消息，你們的軍隊又快打進來了。我們正預備撤退，這世界又是您們的了。

李晃：少佐，好說，世界永遠是您的。

野村：自然，現在還是我的，所以趁這世界還是我的，我特地來一趟。我總覺得我們的總司令太迷信法治，要不然，我一直同你在一起，你一定已經把什麼祕密都告訴我，也許你們軍隊沒有法子打進來。

李晃：那麼現在，你不還可以使我告訴你麼？

野村：這是不可能的，你不要妄想。我們的刑具，不在這裡。啊，時間也許來不及，老實告訴你，一點鐘以後，我就要上汽車向北撤退，從此就要同你永別了。

李晃：不會的，少佐，我一定還要同你碰到。

野村：這是你的空想，何特甫先生，我不到這裡來，你也許還有一天可以看到我，也許我處在你現在地位，你穿著整齊的軍裝來看我。但是我已經來看你了，你休想再會見我。實在說，這是我的規矩，我離開一個地方，我一定不忘記我的犯人。（他拔出手槍），現在，小李晃，你有什麼話說？

李晃：我沒有什麼話說，不過我告訴你，我永遠為你懊悔。

野村：為我懊悔？

李晃：是的，為你懊悔，你為什麼半夜三更到這裡來？也許你要弄得歸途都沒有了，也許我們軍隊已經攻進了。

野村：這是不可能的，何先生。你以為我連這點時間觀念都沒有麼？（他看錶）對了，我沒有太多的時間來同你談話，實在可惜，但是這是命運！好，現在我讓你歸天吧。但是你放心我不會把你屍身帶走，我要把你屍身留在這裡，等你們軍隊進來了，替你舉行大出喪，那時候有許多人會對你獻花圈，有許多人會為你哭，有許多人會對你歡呼。你雖然死了，但是世界還是你的，是不是？好，再見了，原諒我這樣做，因為這是我的規矩。

李晃：但是我要永遠為你痛惜，像你這樣聰明的人，竟會為打死我這樣一個人，而失去了你的歸途！

野村：那麼請你為我可惜吧，我是沒有時間為你可惜了。對不起，我要失敬了！

（他深深地一鞠躬，拿手槍向李晃瞄準）

（於是槍聲立刻發生了，可是倒下的不是李晃，是野村。因為王道度在那面的桌邊，他在這時候不得不發槍了。野村倒地後尚未死絕，他想再對李晃放槍的時候，王道度又發一槍，野村痙攣一下就靜躺在地上了）

李晃：是誰？

王：是我。

（王說著把屍首拉在陰暗角裡，脫自己棉襖揩去地上的血，蓋在屍身上面）

李晃：誰？

王：是我。（王說著走到欄前）

李晃：啊，道度，你怎麼來的？

王：是謝叫我來保護你。你知道我們的軍隊快攻進來了。謝現在要指揮一個內應，不到天明，這個城市就在我們的手裡了。我們怕他們撤退的時候，要把你殺掉，所以叫我來保護你。

李晃：那麼你怎麼進來的？

王：我們買通了這一個獄卒，叫做王三魁，叫他同看守長告假，說好由我扮做侄子來替他值班。

李晃：看守長就答應了麼？

王：給他錢，自然還是給他錢。

李晃：現在幾點鐘了？

王：大概三點鐘，怎麼？你想不到事情是這樣的變化吧？

李晃：我永遠相信在我最危險的時候，事情會有變化，但想不到你來這裡。怎麼，好像有人來？

（王匆匆離開欄前。獄卒乙上）

獄卒乙：怎麼，好像有槍聲，你聽見麼？

王：槍聲，是的，我也好像聽見，別是在城裡打起來了？

獄卒乙：不會，老實告訴你，這裡時常有古裡怪氣的聲響。

王：你在哪裡聽見的？

獄卒乙：我在那邊打瞌睡，可是沒有睡著。我好像聽見有一個人笑著從這門口進來……

王：啊喲，你快不要駭我。

獄卒乙：真的，真有一個人從這門口進來，你難道沒有看見？

王：沒有，沒有，啊喲，那一定是鬼，一定是鬼。

獄卒乙：不要怕，快喝點酒，這裡見鬼是常事，你不知道這裡前後死過多少人！

（王喝酒，一面拉住獄卒乙）

王：那麼，好哥哥，讓我跟你在外面待一忽兒吧。

（王假裝害怕地拉著獄卒乙出來。舞臺暫空。只有李晃在欄內不安地若有所思地躑躅。大概有三分鐘左右。外面有說話的聲音，可以讓觀眾聽見）

秋田：（聲）怎麼？野村少佐來過？

日兵：（聲）是的。

秋田：（聲）你沒有跟他進來？

日兵：（聲）沒有，他問我這裡的號子，叫我不必起來，他就自己進來了。

（秋田上，日兵隨上）

秋田：犯人很好麼？

日兵：犯人好麼？怎麼，看守的人不在，哪裡去了？

李晃：剛才野村來，拉他一同出去了。

日兵：那一定少佐有特別任務，要找人去找他麼？

秋田：不必了，你也出去，把門關上，無論誰，都不許進來。

日兵：是，是。

（日兵下，把門關上）

秋田：現在好，特甫，我又來看你了。

李晃：謝謝你。但是我不知道來看我是我的哥哥，還是我的敵人。

秋田：也許是你的敵人，也許是你哥哥。不，一半是你敵人，一半是你的哥哥。

李晃：那麼你是來殺我的？

秋田：也許，但也是為救你。剛才聽說野村來過，我很害怕，我恐怕你已經遭他毒手，連我都不能見你一面了。實在告訴你，現在我們已預備從這個城子撤退了。許多人都怪我沒有把你刑審，不然你也許會招出你們用兵的祕密，我們可以打勝仗。但是知道你個性的是我，我知道你一定不會因刑審招供，所以我想由我來審你。可是在審你的時候，我感到我們兄弟的情感，我感到人世的渺茫。我誠心誠意的，要救你。我把你關到這裡，也就是怕在司令部裡人們容易毒害你。你不答應，我判你死刑，但是特意晚兩天，讓你再想一想。可是誰知道戰爭的變化這樣快。現在完了，我們要撤退了，但是我們的責任是不能讓你這樣重要犯人活著回去的……

李晃：那麼你是來殺我的了？

秋田：也許是的，但是我的意思是殺一個人無非是減少我們一點障礙和困難，除非現在你願意脫離你的工作，我還是願意放你出去。

李晃：叫我……

秋田：你要什麼都可以，做買賣，種田，只要你做不抗日工作。

李晃：不，不，那是叫我自殺。

秋田：怎麼？

李晃：我的工作就是我的事業，我的事業就是我的生命，你叫我不抗日，就是叫我自殺。
秋田：我不想同你辯論，總之在法律上你是犯罪的。站在你哥哥立場上，我要救你，但是必須保證你不再抗日。
李晃：好，那麼你放我。
秋田：真的？那麼，你跪下。你說，用我們母親的名義作發誓，從此決定不再幹半點抗日工作，不再發表半點抗日思想。

（李晃跪下，但是略一思索，又站起）

李晃：哥哥，不行。我不能夠了。
秋田：怎麼，你不能夠，那麼我站在法律立場上我只好殺你。
李晃：……
秋田：聽我的話，你答應我。我求你。
李晃：……
秋田：時間現在來不及了，你要不答應，我只好站在你敵人的立場，來殺你了。你說一句。

（秋田拔出手槍）

李晃：哥哥，那麼你殺，我願意死。

（秋田舉槍，但是隨即垂下手）

秋田：不，不，我不能夠殺你！我不能夠殺你！我好像看見母親，她在死的時候叫我管你，叫我帶你，叫我永遠在危難之中救你，叫我扶植你，那麼，弟弟，你難道不想想母親麼？她不是好像在我們旁邊麼？聽我的話，我用母親的愛求你。

李晃：但是哥哥，你儘管殺我，我原諒你，我知道殺我不是你，是「你」的民族，母親也會原諒你的。

秋田：那麼我只好，只好……因為時間實在沒有了。

（秋田拔槍瞄準。但痛苦一陣，又把手垂下）

秋田：我不能殺你！我實在不能這樣做。因為如果我的手染上你的血，我還有什麼心腸來做人！弟弟，那麼請你給我一個餘地。

李晃：（在沉思中）……

秋田：憑著母親，我求你聽我的話。讓我伴你脫離民族的立場，讓我們倆一同逃出這些糾紛和苦悶的境界，讓我們再到中立國去做個小百姓，讓我們倆去開一家鋪子，或者去種一點田，讓我們簡簡單單生活，這樣難道你還不贊成麼？

李晃：……

秋田：你快說「好」。

李晃：不，不，不好。

秋田：那天我審你的時候，我叫你招，你不招，說在不招的條件下，可以同我一同隱居。現在為什麼又變了呢？

李晃：那時候你用這個方法叫我招，我不招已經算是一種成功。現在我不死才是一種成功，我的生命不是我的，我已經獻給我的民族，我可以為民族死，但不能為怕死而違背民族。那時候我的民族叫我不招，如果可以使我不招而死去，我願意。隱居在我就是死。你答應我不招，我自然可以陪你去死。現在我的信仰是生，是前面的工作，是繼續去貫徹我的主張。

秋田：那麼你以為現在的生是你的信仰，但是你知道你不能夠生。所以我不願意因怕死而抹煞信仰。

李晃：但是我為信仰不怕死。哥哥，你為什麼在那天不允許我在不招的條件下，同我一同設法到中立國去隱居，今天又不要我招而拉我去隱居呢？

秋田：那天我的責任必須你招。

李晃：是的，哥哥，我知道，今天你的責任是叫我死。

秋田：是的，因為場合不同，我的責任不同。但是要你死的，是你的立場與行動，以及你同中國的關係，我要救你生命。

李晃：但是我的行動就是我的生命。

秋田：母親生你的，只是你的生命。

李晃：生命在生長之中就有行動，我的行動與我的生命是一體的。這是沒有法子分開。

秋田：現在不要把話講遠了。弟弟，我希望你聽我的話，讓我們回到我們的根上去，我們是同根生的，讓我們一同在根上生活。

李晃：……

秋田：這是我最後的話。你不能接受嗎？

李晃：不能，哥哥，這是不可能的。老實告訴你，哥哥，我們的軍隊這樣快反攻，雖然勝利，損失一定很重，我相信這完全為我，否則一定要等一個時期才反攻，可以免除許多損失。所以這損失是為我，而我為一條生命的安全就退出了。這不是可恥的事情麼？

秋田：那麼你是無法挽回了。

李晃：是的。

秋田：那麼為著紀律，我只好站在你敵人立場上叫你死。

李晃：那麼請你執行。

秋田：（他從袋裡摸出一個小瓶）但是我不能殺你，好！這裡是毒藥，請自己喝去，弟弟，這可以減少你的痛苦，也可以減少我的痛苦。

李晃：不，不，哥哥，這是絕對不可能的。絕對不可能，這是自殺，別人將以為我怕受刑而自殺了。我不會怕痛苦，我知道我的死會引起我們的軍隊的敬仰。如果我是自殺，我要被別人看輕。在我的事業之下，我一定要做別人的模範，也就是我事業中之模範。

（副官闖入）

副官：報告司令，敵人便衣隊已經暴動了，我們必須快走。
秋田：什麼，便衣隊已經暴動了？好，好，我就出來，你先出去。

（副官下）

秋田：好，好，現在已經是最後一分鐘了，你願意接受這毒藥麼？
李晃：不。絕對不。
秋田：好，那麼我只好叫我副官來執行。
李晃：假如我可以有一個請求的話，我希望你自己執行。
秋田：不，我要叫我副官執行。
李晃：哥哥，那麼難道你願意你的弟弟讓一個毫無知識，毫無思想的無名小卒打死嗎？哥哥，我求你自己執行，只有死在你的槍下在我是光榮的。
秋田：好，那麼你跪下！

（李晃跪下）

秋田：你對母親說，原諒你的哥哥。
李晃：母親，殺我的不是哥哥，是哥哥所屬的民族。
秋田：你閉起眼睛！

（李晃閉起眼睛。秋田遲疑一會，即下了決心，發槍，李晃應聲倒地。秋田拋掉手槍，用手掩面，略一鎮靜，即奔向欄邊，屈一膝俯視李晃）

秋田：母親，原諒我。弟弟，這是光榮的死！祝你靈魂平安。

（副官又闖入）

副官：報告司令，便衣隊已經在闖監獄了。

秋田：你們都自己走好了。

副官：那麼，司令……

秋田：我自有道理。

副官：是。

（副官下。秋田坦然拿出毒藥，傾瓶自飲）

秋田：（走到欄前）弟弟，讓我也帶著光榮來伴你吧。

（秋田拉李晃的手，背欄倒坐在地下）

秋田：弟弟，這是你的手，我現在拉著你，正如我們童年的時候拉著一樣。我們曾經拉著手在月光下跑，在山上採花，在夏天裡我們捉蝴蝶……正如我領你上學的時候一樣。那時候我同你說什麼來著？我告訴你學校的情形，先生的樣子，還告訴你上課時候的規矩。我拉你這只手，帶你進小學，帶你考大學，那些時候是怎麼過的？我們兩個人一直彼此相信，彼此相愛，沒有一點隔膜……還有母親死的時候，我們倆拉著手，一同跪在她床前，那時候我們的感覺是怎麼樣？我們兩個人只有一個心，哭的是一個聲音，流的是一股眼淚……以後，啊，以後，以後我們兩個人一直同一個人一樣，從來沒有半點隔膜，隨時隨地我可以為你死，隨時隨地你也可以為我死，這是什麼樣一種境界？我們真不相信會有東西分開我們。我們不相信世界上還有這樣的力量可以把我們分開。但是現在竟有這樣的東西把我們分開了，這是什麼？這是這個鐵欄，這鐵欄是我們的山。但是並沒有把我們分開，我還可以拉你手，同以前拉你手的時候，一樣的沒有隔膜，我領你進小學，考大學，我們攜手遊山玩水，現在我們攜手去死，同以前一樣的美麗，一樣的快樂，我笑著，弟弟，你也笑！我們沒有分開，是不是？永遠不會分開，不會分開，我不相信世界還有什麼力量能把我們分開……

（秋田在這時候已經奄奄一息，但是忽然有人闖進來，那是王道度）

王：特甫，我們便衣隊已經攻進來了。

（秋田發槍，王道度倒，但秋田亦萎然倒在欄上。外面有許多聲音，謝蒼，李王子美，韓雄飛等

多人進）

謝：（一見王道度）怎麼？他死了？

韓：王道度死了？

子美：（奔向李晃，一見李已死去，悽慘地呼出）特甫！（她一膝屈下，陷於悲慟之中）

謝：怎麼，子美！

韓：他……他……（支持不了自己）

謝：唉……他（伏倒在鐵欄上）

（餘人大家都支持不了自己，這因為他們的目的原在救何特甫，而現在完全失望了。他們有的倒在凳上，伏在桌角上；有的倒在門框上；有的靠在牆上……）

——幕徐下——

一九四一，二，一七，午。

《何洛甫之死》後記

在去年十二月出版《三思樓月書》的後記中，我提到《何洛甫之死》是今年要出版的書目之一，現在終於要出版了，日子在對照中實在過得驚人。當時我曾經說到這個劇本是我舊作重寫，但在要發排之前，我在檢閱中又感到許多不滿的地方，起初是輕微的改動，後來是無情的刪、增，到最後決定再來重寫一遍。經過這第二次的重寫，我覺得當時那樣的提及完全是多餘的，因為在最後我竟沒有採用舊作中一個觀念與一句話，這不但使它與舊作成為不同的東西，而成為完全沒關係的東西了。同時，舊作不但沒有給我新作上的便利，反給我許多妨礙，為踢開這些妨礙，我用許多枯燥的書籍與刺激的生活，將我留在腦筋裡之舊作洗淨。此中產母的痛苦與沉重有誰知曉？

我自己都奇怪，我的思想與情感在近幾年來會有這許多變化，在這本書完成以後，我再翻閱初稿，使我發現裡面許多處的幼稚淺薄與單純，這些固然是表示我的進步與成熟，但同時也表示我心境的衰老。那麼回憶著過去，體驗著現在，再望望未來，一種渺茫的悲哀使我更感到我生命的渺小了。

這本書的初稿中，所寫的是力與力的衝突，以後我寫成人格與人格的衝突，現在在這裡所表現的，則是每個人內心中兩方面的衝突：先天的愛與後天信仰的衝突，自然的情愛與社會習慣的衝突，情感關係與組織關係的衝突……為這些一切自身內心上的衝突，使人與人的衝突在最後反而融為一體了。我相信每個人常常會有這樣衝突的——也許不是這樣劇烈或這樣明顯。至於如何解決這些衝突，在這個劇本裡雖然用死亡調和了兩個敵對的生命，但留在那裡的還是「問題」。悲劇的主因，不外命運的播弄，社會組織的殘缺，人事的顛倒，好事的多磨；在這裡，這些似乎都降於陪襯的地位，而所提供主因中的問題，無意中是要求觀眾與讀者，來同時同情戲中兩個敵對的生命，我不知道這要求是否有點太奢了。

關於本劇的時代與地址，我從不確定改到確定，現在又從確定改到不確定了。這因為當初是浪漫的寫法，以情熱為中心，後來我改為寫實，成為反映確定的時代與社會的悲劇；如今我又寫成理想，覺得這悲劇的主因是任何時代與背景都會產生的。因此讀者可以任意配置他們所見所聞的情景。如果要上演的話，勝任的導演，在這些地方自然會隨時添動，我相信在相當限度內，這些添動是無妨於本劇的主旨的。

在最後校對時候，我自己發現一個無法補救的缺點，那就是tempo太快，這樣的tempo於本劇性質稍微有點不適宜。我相信這還是我的初稿影響我寫作情緒的緣故，偏偏這又不是略略改動可以修正，而我對這個劇本已沒有勇氣再重寫了。假如還可以有勇氣的話，我相信我會將劇中人的心理寫得更加細膩與曲折，但我也很難擔保我不會失去本稿中的一些什麼。那麼就讓我留一點自己感到的缺憾來請讀者指教吧。二次自覺的缺憾也許就是第二次的進步呢。

末了，我要鄭重地謝謝錢仁康兄，是他為本書譜美麗的插曲。

一九四一，三，一，夜。

月亮

月亮[1]

背景：太平洋戰爭爆發以前的上海。那時候，租界上的人都有說不出的苦悶，連富有的企業家們都是一樣。他們已經慢慢地感到敵人經濟與政治方面的壓力，想全部內移又不可能，作一部分犧牲又捨不得，於是大都是猶疑不決，委曲求全，苟延殘喘。但是愛國的工人們反對廠家與日方逐漸妥協，最後鬧成了罷工的風潮。

人物：李勳位，就是上述的企業家之一。他有一個溫柔能幹的太太，有兩個在大學裡讀書的聰敏的孩子。在平時，這個家庭自然是非常幸福的。但現在，他的工人們在罷工，他的投機又不順利，影響著銀行的信用。他的兒子聞道，一直勸他父親摒擋內移，因他父親不能接受，因而參加了愛國的學生們援助工人的罷工，使他父親在與日本人妥協之中，成為心理上的矛盾。大兒子聞天，倒是一個溫柔敦厚慈愛的人，也了解他父親的苦衷，但身患肺病，性情又消極，愛好文藝，於他沒有幫助，這是代表信用資本家的一家。

1 本劇最初於一九三九年由珠林書店出版，原為三幕劇；一九四一年，改寫為五幕劇《月光曲》，由夜窗書屋重版；一九四四年再經改寫，並易名《黃浦江頭的夜月》，在成都由東方書社出版；一九七〇年臺北正中書局收入《徐訏全集》，沿用原名《月亮》。

張盛藻，李家的司機，他的家庭裡有妹妹元兒以及他們的母親，這是一家代表沒落的舊式商人的破落戶；還有大亮與月亮，他們貧窮之中有兩種這樣不同的環境與職業，養成了他倆不同的意志與氣質。

此外，陳雲峰是李動位銀行的經理，劉正榮是李動位工廠的經理，都是靠李的企業而生存的，周逢仙是在奔走拉攏撮合之中謀利的。

沈廣，李家的男僕。還有其他比較不重要的角色。

第一幕

人物：月亮、李動位、李聞天、陳雲峰、劉正榮、周逢仙。

時間：晚夏，夜八時。

景點：位在都市靜美的住宅區，李公館的客廳，相當的美麗，電話、沙發是戲中必要的道具。需要三個出路：一個通外；一個通樓上，或者就是樓梯；一個通飯廳。窗是臨花園的，園外就是街，所以可聽見外面汽車來時的聲音，但如果窗帷沒有放下，車燈的光亮就會貫窗而入。幕開時陳雲峰、劉正榮在座，湊巧電話鈴打斷了他們的談話，李動位正過去接電話。

李：（接電話）喂，這裡是李公館，唔，我就是。你哪裡？警察局？啊，吳科長……什麼我的孩子，聞道麼，被捕三天啦？不會吧……啊，謝謝你，謝謝你。什麼？要一點錢開銷開銷，一千元……啊，我就派人來。好，再見，再見。（掛上電話，對陳、劉）這奇怪！說是我的孩子被捕了。
劉：為什麼？
李：說是同工人在一起抓去的。他們不知道是我的孩子，今天才問出來……會同工人在一起？
陳：他怎麼說？
李：他說他就替我弄出來，不過要一千元開銷開銷下頭人。
劉：也許不是令郎呢？
李：也難說。他住在學校裡，誰知道他怎麼回事？
陳：年輕人在學校裡也難免受人利用。
李：這孩子……啊！老陳，回頭請你替我去一趟吧。把他送到這裡。因為你同小吳熟一點。
陳：好吧。
李：你剛說什麼來著，說周逢仙怎麼樣？
陳：他有來看過你麼？
李：沒有。
陳：他打電話到行裡來問你，你剛走，我告訴他也許回頭會來。
李：有什麼事麼？
陳：也許同外面謠言有關係。
李：那麼銀行還是有許多人提款子？
陳：外面對我們信用很不好，說不定要擠兌。
李：是不是為了工廠方面罷工。

陳：這自然有關係，但是多半還是他們的謠言引起來的。

李：我想，他們的力量也快完啦，所以要從側面來打倒我們，造我們謠言。你說我們的力量夠不夠把市面上的公債都吃進來？不知道他們到底有多少力量來拋空？

陳：這次他們可以支持這麼久，我有點想不到。昨天聽說他們拉攏了一個華僑在裡面。

李：華僑，你早不曉得麼？

陳：我昨天才曉得的。

李：是不是……

陳：我想也沒有什麼了不得，假使我們行裡不擠兌，假使工廠裡罷工的事情早點解決，那他們就沒有法子來同我們對敵的。

李：（對劉）那麼工廠方面怎麼樣呢？

劉：工人總不相信我們，一定說我們同日本人妥協，出賣他們。

李：你不是計畫收買一部分工人麼？

劉：收買的那些工人倒還忠實，那白清元被捕了以後，他們工會裡意見也不一致。我的意思，現在最好找新工人，把第三廠先復工了，那麼他們內部就會動搖起來，那時候再叫我們的人在裡面一煽動，他們就只好屈服了。

李：那麼就這樣辦吧，罷工早解決一天，經濟也可以早活動一天，銀行也就多一點辦法。

劉：不過要是這樣辦的話，先需要一筆錢。第一他們工人糾察隊在廠門外守著，新工人要沒有一點薪水就不容易招；第二警察局方面一定要一點錢，才可以叫他們保護我們新工人上工，否則他們鬧起來就沒有辦法了。

李：（對陳）那麼銀行可以支出這筆款子麼？

陳：現在銀行每天有許多人提款，同時，照現在這謠言，擠兌也很有可能，實在不能再提出現錢了。昨天張經理提一筆款，今天陸老闆提一筆款，實在有點為難。所以這事情倒是先要把工廠復工了，訂貨的款子來了，銀行的周轉才能夠靈活。

劉：要工廠復工，除了剛才一個辦法以外，就只有對工人屈服。現在我們已經支持了兩個月，這樣屈服，自然不太好。而且據他們現在的條件，要求逐漸把工廠內移，補發這兩月的工錢，我們怎麼辦得到呢？所以總只好支持下去，我想最多一月，工人方面也難支持了，他們先前由別行的工人募款，現在罷工擴大，大家沒有錢，所以只好到別處募款，目前最有力量的是學生的援助。可是再一個月以後，學校也要放假了，他們就更沒有辦法，那時候他們就只好屈服了。所以現在不用第一個辦法，就只好這樣支持下去。

李：但是如果銀行一擠兌，我們無法應付，工廠沒有辦法，公債更沒有辦法，那我們不是整個兒破產了嗎？

陳：……

劉：……

李：這是一個重要問題，雲峰，你先不說可以支持半年麼？

陳：我料不到公債會這樣……

李：那麼你呢？（對劉）正榮，你不說工廠方面的工人都收買得很好麼？

劉：我實在想不到所有五金、麵粉、紗廠的工人都會罷工，聽說，公共汽車也要罷工了。

李：那麼叫我怎麼辦？

（沈廣上，拿著一張片子）
沈廣：周老爺來拜訪。
陳、劉：是周逢仙麼？
李：是他。請他進來吧。（沈下）看他有什麼事。
（周上）
周：啊，老李。啊，陳先生，劉先生。
李：老陳同我說，你打電話找我，現在我正等著你呢。
周：我不然早來了，在大馬路碰見維也納的鈴鈴，一定要我請吃點心，所以來晚了一點。我也有點話要同你說。（看劉的意思是說這話有點祕密）……
李：都是自己人，不要緊，說吧。
周：公債怎麼樣？
李：現在局勢還有怎麼樣？非常明顯，就是我們同他們兩家在對賭。
周：你知道外面對於你銀行謠言很多。
李：我知道的。（他好像不願聽別人說起這可怕的謠言似的，所以把話支開了）你的公債呢？
周：我早斬斷了，虧一點算啦。
李：那不是上星期一麼？

周：是呀，後來一直沒有做，不然還了得！外面對你銀行謠言很多，所以我特為來告訴你，我想與你們工廠罷工有關係的，大概因此對你就造很多謠言。
李：他們造謠……
周：我想謠言於你利害很大。
李：他們用這卑鄙的手段，實際上是反映他們的實力有點吃不消了。
周：這很難說，這一次他們預先有一點布置。
李：聽說有一個華僑，是不是？
周：豈止華僑，又豈止一個，聽說有許多華僑同英國商人都夾在裡面。
李：嗄……嗄……嗄……
周：所以我看你最好把工廠復工啦，那麼銀行的謠言也可以少了。
李：不過……
周：這一次的市面，你們的人沒有他們整齊，準備似乎也沒有他們充足。他們也不見得多麼強，也不見得能支持多久，也不見得能這麼拋空下去，不過至少他們還能繼續兩個星期，每天多少都可以拋出來，你們能繼續收進來麼？（周在試探李的力量，所以他用了一種尖銳的眼光看李）
李：（在計算中）兩星期？
周：假使銀行起風波？
陳：兩星期？
周：假使罷工繼續下去？

劉：兩星期？

周：（他已經知道他們是支持不久的）所以你假如要什麼，你一定要趕快準備，現在還來得及。

李：準備？

周：這就是說要有後備軍。

李：但是我們的力量已經全集中了。

周：是呀，所以要找救兵才好。

李：哪裡可以找這救兵呢？

周：因為是多年朋友關係，所以我來提醒你，現在有幾個機會，你要是錯過的話，以後就難補救了。

李：哪一方面，你說？

周：自然是外國的了。

李：外國的？

周：自然，在上海，中國經濟的力量不已經全在你們兩方面的手裡了麼？

李：哪一國的？

周：（耳語）……現在，不瞞你說，自然是日本的。

李：你是說可以向他們借款麼？

周：你假如要的話，我自然可以幫你去說去。

陳：是私人還是公司？

周：是一個洋行，就是那三洞洋行，你一定知道的。

劉：三洞洋行貸款，難道拿工廠去抵押麼？
周：當然要有東西抵押啦。
李：他們是不是想在這裡投資，所以找你來……
周：不瞞你說，他們最近想在這裡投一筆很大的資本，許多人都在替他們拉線，我想你近來的情形不大好，所以叫你不要錯過這機會。你現在就算押了一兩個廠，銀行可以穩定，公債可以勝利。至於廠，以後不可以贖回來麼？而且照這次罷工的情形，實在還是把廠押出去好。
李：（對陳、劉）這是一種侵略。但是暫時利用他們，是不是一個辦法？
陳：（看看劉）……
劉：（看看陳）……
周：我們因為是老朋友，所以才把這筆資本拉給你。你要是不快決定，我很怕別人會把他們拉到對方去。假如他們再一成功，那麼他們就可以在一天，不，一點鐘之內，一刻鐘之內把你整個兒拖倒。
李：你是說這三洞洋行的款，有被他們用作拋空的可能麼？
周：不但可能，而且的確有人在拉攏。
李：（看看陳、劉）……
陳：（看看劉）……
劉：（看看陳）……
陳：我想讓我們從長計議一下吧。
李：那麼老周，明天下午讓我來看你，再作決定好麼？

周：我不瞞你說，我來拉這條線，總要把他打一個結。我很怕他們會捷足先登。所以事情是越快越好。

李：（考慮地）假如他立刻可以付我四十萬的話，我想把第一、第二兩廠押給他們也好。

周：第一、第二廠，實在同你說，他們頂想要的是第七、第八廠。

劉：第七、第八廠，那是最新的機器，最新的裝置。

李：啊，原來他們是看中我的第七、第八廠，叫你來對我們……

周：就算他們看中你的新廠，但是押不押在你，是不是？至於我，我不過為你們兩方的好處，跑跑腿就是了。

李：不行，我不押，我不借他們的款子。這是一種侵略！

周：不押自然隨你，至於不借他款，你的敵人要借他款，借了他的款在幾分鐘工夫內把你們整個兒打敗……

陳：周先生，我想這樣一件大事不是一剎時可以談好的，我們明天談吧。

李：好，明天午後我來看你。

周：好，明天，明天中午我請諸位到梅花樓吃飯好了，我也不備帖子啦。

李：何必客氣。

周：不是客氣，因為那面談話可以靜一點。現在，啊，時候不早啦，我先回去了。你們再談談，再見再見。

李、劉、陳：再見再見。

（周下）

李：原來他是來拉這份買賣的。

陳：我以為假使我們沒有別的辦法，只好走這條路。

劉：我想總不能把兩個新廠去押給他。

李：不過他是看定新廠的。

陳：假使押了廠，真的可以把銀行維持了，公債勝利了，而且把罷工解決了，那麼不是很快就可以贖回來麼？

李：你們覺得是不是有把握？

陳：假使押五十萬，那我想公債是總可以勝利了，銀行一時也不怕擠兌。

劉：那麼我對於處置罷工的計畫也可以實現。招一千個新工人，請軍警來保護著開。只要能把貨出來一點，定貨的錢也就可以到手了，我想。

李：那麼決定這樣辦。

陳：今天我們大家想一想，明天上午我們在行裡再商量一次，再看看交易所市面，看看外面對我們的信用看，也許可以有另外的辦法。

李：好，就這樣。

陳：那麼我去了，我到警察局接令郎去。

劉：我同你一同走，明天見。

（陳、劉下）

李：（送到門口）再見，再見。

（李勳位很疲乏地回到沙發上，慢慢地抽煙，接著站起來望望窗外，窗外月亮初升，有微風吹來）

李：（忽然覺醒似的叫）月亮！月亮！

（月亮上）

月亮：老爺，有什麼事？

李：啊，月亮，大少爺的朋友們都散了？

月亮：是的，早散了，他們說去看電影去。

李：大少爺沒有去麼？

月亮：沒有去。

李：他在哪裡？

月亮：在樓上，老爺要叫他麼？

李：不，不用。你剛才也在樓上麼？

月亮：沒有，我在收拾小客廳。
李：你沒有將剛才的事告訴大少爺麼？
月亮：什麼事？
李：盛藻母親來過的事情。
月亮：沒有，他對這種事也不會愛聽。
李：很好。你說盛藻的母親來得多麼古怪？
月亮：怎麼？
李：她好像有什麼事要說似的。
月亮：她說些什麼？
李：她只是說盛藻好久不回去，叫他回去一趟。我想為這點事總不必來見我，她心裡一定還有什麼別的事情。
月亮：（警覺地）啊，她始終沒有說出？
李：她說了些不相干的話。啊，我叫你陪她出去，她同你說些什麼沒有？
月亮：沒有，老爺。
李：一直沒有？
月亮：沒有。
李：後來你就替她雇好黃包車走了。
月亮：黃包車還是門房去雇的。
李：你陪她等在門口？

月亮：是的。
李：那麼她沒有同你說什麼？
月亮：沒有。
李：她嘴裡嘰咕些什麼沒有？
月亮：沒有。
李：真沒有？
月亮：沒有。
李：（歇一會）月亮，我問你，我待你怎麼樣？
月亮：老爺待我再好沒有了。
李：那麼大少爺、二少爺呢？
月亮：都好。
李：那麼你不要撒謊，告訴我。
月亮：我沒有撒謊。
李：這老太婆出去了，一句話也沒有說麼？
月亮：啊，她說過。
李：（興奮地）說什麼？
月亮：她說花園裡花好看。後來我就折幾朵給她。
李：沒有別的？
月亮：沒有。（歇一會）她還說……

李：還說什麼？
月亮：她還說她有一個女兒，同我差不多大。
李：女兒！叫什麼名字？
月亮：叫元兒。
李：也是她告訴你麼？
月亮：是的，但是我早已聽盛藻說起過。
李：她還說什麼？
月亮：沒有什麼。老爺，怎麼？
李：沒有怎麼，以後叫外面不要讓這老太婆進來，有話可以告訴門房。
月亮：是的。

（李沉默著，拿一紙煙要抽，月亮拿火為他點煙）

李：倒一杯茶給我。
月亮：（倒茶給李）……
李：二少爺被人抓到捕房去啦。
月亮：二少爺？
李：現在我叫陳老爺去接他去。
月亮：不知道是為什麼？

李：誰知道他，這孩子。

（沉默了好久，月亮要出）

李：月亮，晚報呢？

月亮：大少爺拿上去了。我去拿來好麼？

李：不用，沒有信麼？

月亮：沒有，我想太太昨天動身，今天到，明天下午才能有信呢。

（又沉默，月亮欲出）

李：月亮！

月亮：老爺。

李：你在這裡覺得怎麼樣？

月亮：老爺、太太都待我很好，自然……

李：就是大少爺、二少爺也待你不錯，很知道你的辛苦。

月亮：是啊，老爺，所以我可以在這裡待這許多年。

李：我上次同你母親講過。你太太身體不好，鄉下事情又多，不時要回去。以後恐怕多半時間就要待在那面。我呢，總還要娶一個人。我想來想去你頂合式。你懂得我脾氣，我也喜歡你。

而且，外面年輕的，像你這樣年紀，有的不懂事，有的不容易使老大、老二他們服氣。所以我想……我已經同你母親談過，她說要問你哥哥……她說最好先同你講，你要是願意，你哥哥也就不會反對。

月亮：老爺……（從她的態度看來，從她這兩個字的音調以及接下去的語氣聽來，她也許會說出使李勳位下不了臺的話，所以李就把話支開了）

李：月亮，你有一個哥哥麼？怎麼好像以先不常聽你說起？

月亮：……

李：他在哪裡做事？

月亮：他在罐頭廠裡。

李：有多少錢一月。

月亮：不過幾十塊錢。

李：啊！那很辛苦，我倒可以替他弄一個好一點的位子。他在什麼罐頭廠？

月亮：在北華罐頭廠。

李：北華，啊，不是也在罷工麼？罷工。（自笑）罷工，反對廠方同日本人妥協（若有所思）啊！月亮，等這次罷工的事情弄好了，我想替你哥哥弄一個好位子，那麼你就同你哥哥去說一說。一個家庭，像我們這樣一個家庭事情多，對外對內，你太太一個人也忙不過來。她像一個太陽，實際上一個天地是還要一個月亮的。我把這次罷工的事情弄好了，就可以實現許多計畫。錢也有了，年歲也大了，我想把事情推開一點，帶著你到各處走走。

（聞天上）

聞天：爸爸，爸爸。你一個人在這裡？沒有出去麼？

（月亮下）

李：我等聞道，你知道聞道被捕了麼？

聞天：他被捕了？

李：是的，說是同罷工的工人一起被捕的。

聞天：現在呢？

李：陳雲峰替我去接去了。是老吳打電話來告訴我的，又要去了一千塊錢。

聞天：老二這孩子也有點可憐。

李：全不是成大器的人。

聞天：爸爸，剛才是不是有許多客人在這裡？

李：是的，商量許多事情，這叫做大事情難。現在銀行有謠言，工廠麼，罷工……你是被你母親愛慣啦，什麼也不懂，只懂做白話詩。

聞天：家裡這許多人，也只有母親懂得我的詩。

李：這有什麼用。詩又不能當飯吃。

聞天：人有的時候不只是為吃飯，比方爸爸，還愁飯吃麼？現在租界外面都是日本人的勢力，何必再辦工廠，做投機，勞力又勞心，幹什麼呢？

李：這次事情弄好，我也是想隱居了。

聞天：我不是勸過爸爸許多次了麼？這一兩年來你老得很厲害。媽身體也不好，我又有過肺病。我們住在這裡，爸爸的意思是想強，想在社會裡爭英雄。其實這又何必呢？幹實業，現在在上海這樣的環境裡，幹什麼事業，爸爸幹這許多年，也對得起社會了。何必還要爭勝呢。比方這次罷工……

李：等這次事情解決了，我決定不幹了。每天忙死苦死，沒有一點收獲。我今天真是深深地感到老了。

聞天：每個英雄都有這樣感慨，拿破侖也曾經有這種心情。爸爸既然有這個意思，不要等事情解決了，又生了新的野心了。爸爸，你覺得太悶嗎？我開一點窗戶好不好？

李：開一點吧。

聞天：（開窗）啊，爸爸，有汽車來啦，我想是陳先生陪老二來了吧？

李：（站起來看，果然有汽車燈光從窗外射進來）……

聞天：可不是嗎，陳先生車子的喇叭就有點怪。我出去接他們去。

（聞天下，但隨即上來）

聞天：爸爸，不是，從我們門前開過去了。爸爸，今天你氣色很不好。是不是為公債什麼憂慮呢？何必糟蹋你自己身體，大不了把工廠都賣了，把銀行倒閉了，把公債弄清了，我們到鄉下過清苦一點生活，有什麼不好呢？爸爸，公事不必在家裡想。我講我今天事情給你聽吧？今天這裡吃飯，那幾個人你都見過，那位蘇小姐、張三慶、齊小姐，還有那位孟夫子，他們都向我同玉波尋開心。其實玉波倒是不笨，母親也那麼說她，但是虛榮心太大。她雖然也好像很懂一點我的詩似的，但是她同我好，完全不是為愛我，她愛的倒是爸爸。

李：你又胡說。

聞天：不騙你，爸爸，她只是因為你有錢，所以才同我好的。她不難看，但是太膚淺，太愛玩。

李：年輕人哪一個不愛玩。

聞天：是的，但是玩也應當有趣味，會玩的人應當在工作裡尋玩，創造玩的花樣。比方在鄉下，種菜、養花、釣魚，都是玩，在家裡燒吃的、做手工、布置房間也是玩，但她只曉得看電影、跳舞、坐咖啡店、溜冰，而且每一個人總有正經的時候，但是她可以說是沒有，一點不能靜下來。現在的派頭尤其學得不好，以前倒是很天真，可是現在學會一點做作，別人把她同我尋開心，她好像很覺得光榮似的，剛才因為我不同他們去看電影，她大概很不高興。

李：她應當知道你身體不很好。

聞天：但是她以為我應當犧牲一點自己似的。但是我要聽醫生的話，母親的話。爸爸，我開開電燈好不好，天已經黑啦，房子不夠亮。光線於精神非常有關係，母親不在，屋子已經變得非常悽涼，燈一暗，更覺得難受了。（他開燈，看看窗外，窗外有汽車的燈光射進來）啊，這汽車，一定是陳先生他們來啦。陳先生汽車的喇叭聲我很熟，但是剛才會弄錯啦，這一定是了，爸爸，你看一定是啦，它停在我們門口了。

（聞天下）

聞天：（聲）啊，聞道，聞道，你看你的人……

（李勳位也走出去看聞道）

——幕下——

第二幕

人物：月亮、張盛藻、李聞天、李聞道。

時間：比上幕晚兩三個鐘頭。

景點：同上。幕開時月亮在收拾地方，張盛藻上。

張：月亮，你知道我母親今天來過了麼？

月亮：這是怎麼回事？她這樣突然來見老爺。

張：她見老爺啦？

月亮：是的。

張：她同老爺說什麼？
月亮：我不知道，老爺叫我下來，那時候，他們已經說完話。老爺叫我把她陪出去，叫我雇一輛洋車給她。
張：那麼你也看見她了？
月亮：是的。
張：她同你說什麼？
月亮：她沒有說什麼，只說：「你就是月亮？」她說叫你明天晚上回去一趟。
張：老爺叫你雇車給她，那麼同她很客氣了？
月亮：好像是的。
張：那麼她一定……
月亮：一定怎麼？
張：她一定把我們的計畫告訴他們。
月亮：怎麼啦？
張：我母親不要我實現我們的計畫，所以來報告他。
月亮：啊，也許是的，後來老爺同我說了許多話。
張：說些什麼？
月亮：總是懷疑你母親的話，不過從這些話看來，她似乎沒有完全說出。而且你母親對我的態度很好，好像她並沒有同老爺說什麼。
張：我想也不至於。她本來就不喜歡我在上海公館裡做車夫，她要我離開這裡，寧使到內地去開公路上的汽車。不過不贊成我這樣做罷了。

月亮：你把計畫同她講的時候，她怎麼樣？

張：她自然不贊成，不過我是什麼都已經決定了。

月亮：那麼你難道不管你母親同你妹妹了麼？

張：我留給她們三百塊錢，我想她們總可以過些日子，以後我自然可以寄錢來。而且沈廣在這裡，他也可以幫我忙。

月亮：那麼她允許你了。

張：她沒有允許，但是我不能管她，我已經決定這樣做。月亮，這是……

月亮：今天你是不是同你母親吵嘴了？

張：沒有，我不會同她吵嘴。我很知道她的心，不過我們只有這一條路可以走。我相信她日後一定會原諒我的。

月亮：你不預備回去再看她們麼？

張：母親既然同你說，叫我明兒晚上回去，我自然可以回去。不過我不想再同她們談起這一件事情。今天我交給母親三百塊錢，她看我主意打定了，也不再說什麼，她哭了，我妹妹也哭了，我也哭了。這樣我就走了出來，我說也許就不再回去了，因為我回去也只是多痛苦。月亮，現在我只等你，你難道一定要同你哥哥說明麼？

月亮：自然囉，正如我要你同你母親說明一樣。我哥哥非常愛我，從小就教導我，保護我，我愛他，我相信他。我怎麼可以不同他說呢？

張：那麼，他不會反對我們的計畫麼？

月亮：他自然不會，他怎麼會呢？他愛我，他要我幸福，我們到後方去，更是他喜歡的事情，他自然不會，（愉快而自信地說，忽然嘆了口氣）不過……

張：不過怎麼樣呢？

月亮：不過他也許要見見你，同你談談。

張：這自然，我也願意見見他，不過……

月亮：不過怎麼樣呢？

張：不過，他假使不贊成甚至反對我們的計畫，那怎麼辦呢？

月亮：不會的，這怎麼會呢？（想了又自信地說）不會的，一定不會的，他總要我幸福。

張：假如他不喜歡我這樣一個人，或者他不喜歡我們這樣匆忙。

月亮：……

張：你說會不會？

月亮：（沉思地）啊，這也許……

張：那麼你打算怎麼辦呢？

月亮：那麼我想他一定會替我，不，或者說替我們想一個正當的辦法的。

張：你以為我說定的計畫不正當麼？

月亮：不是這樣說，假如他有比我們計畫更正當，那自然我們的計畫就不正當了。

張：照這樣說，你要聽你哥哥的話。

月亮：那自然，不但是我，而且是你。他向來都犧牲自己為別人為朋友打算，許多人都在聽他話，你認識他也會聽他話的。

張：我總相信你，我現在是一個迷途的人，我只依靠你，依靠月亮來照我。但是他為什麼還不回你信？啊，我想，我們現在去看他一趟，明天一早趁老爺還沒有起來，我們一同去看他一趟。

月亮：這怎麼可能，廠是罷工了，我又不曉得他住的地方。

張：那麼你信是寄到哪裡的呢？

月亮：這是一個轉交的地址……

張：那麼我們先到那裡去問去。

月亮：那面自然問不到，問得到他何必要這樣轉交。

張：那麼一定要等他的回信了。

月亮：那自然，不過他不久就會回我信的，我想信寄到了，存在那面，他這幾天沒有去，所以沒有收到。

張：那麼我還要等許多日子。

月亮：也許要等幾天，難道這幾天你都不能忍耐麼？

張：不是這樣，我只是心裡害怕，我覺得你隨時都會變更你的主意的，你可以隨時都不愛我，你可以隨時都可給別人搶去。

月亮：你又是說大少爺。

張：是的。他不是什麼都比我強？他有錢、有勢、有學問。

月亮：你以為我是貪錢貪勢吧？

張：不是的，不是這樣講，但是我怕他要利用他優越的地位來把你搶去。

月亮：你不要這樣說他，他對你也不錯。

張：不錯，不錯是的。但是，自從我發現他在愛你以後，我一直這樣怕，他總是我頭上一朵烏雲隨時會把我所愛的月亮遮去。我托沈廣去同你母親替我們說親，為什麼你母親拒絕了，一定因為你母親知道少爺在喜歡你，要把你嫁給少爺。

月亮：你為什麼這樣講，現在我不是說我已經決定了麼？那麼你還不滿意？

聞天：（聲）聞道，你看你瘦了不少，這到底是怎麼回事？聽說你已經關了三天。

月亮：他們來了，你快出去吧。

（張盛藻從外門下。月亮從通樓梯的門下）

聞道：（上）這三天生活好像過了一生一樣，其實爸爸何必把我保出來呢？

聞天：（上）你打算怎麼樣呢？

聞道：我想我還是一個人脫離了家庭好。

聞天：你是不是還要在上海做愛國運動。可是你被捕了，爸爸又保你出來，於是再被捕，再保出來。於是……

聞道：哥哥你為什麼總是把事看得這樣渺茫。

聞天：事實上一定是這樣的。

聞道：我們倆感情雖然好，但是這一點總是兩樣。你看一切東西都是抬頭看的，你沒有看見人，沒有看見樹，沒有看見工廠，沒有看見摩天大樓、煙囪、房子、汽車、火車，你只看見遙遠遙遠的天，那空虛的天。

聞天：也許是的，但是你呢，你總是直線的看一切，碰到什麼，就想穿過什麼。實際上的環境把你限在一個狹窄洞裡。你自己不曉得。

聞道：事實上我並不是這樣，我要脫離這環境。我脫離了家，當然要做事，但怎麼見得一定被捕。就算被捕，我也多少做了一點工作了。被捕也不見得再被保出來，是不是？事情都沒有像你所看到的機械，或者說沒有你所看到的空虛。

聞天：你是上海現在最大工廠的廠長兒子，你現在做大學生，又要在這裡做愛國工作，援助罷工。這根本是矛盾，你的家庭建築在父親所說的實業上，你呢，寄生在這家庭上，而一方面要反對工廠的行政，自然也就是反對家庭。這是不是有點不徹底？

聞道：我想到的，所以我要走，我總有一天要走。

聞天：我不反對你走，但是你要走就走遠，到自由區去讀書。我想你或者還是到鄉下去住些時候，你知道母親昨天已經回鄉下麼？你同母親去住些時候，想一想，把自己的人生肯定一下，徹底的認清一條路走。或者你就住在這裡，我們可以常常談談。

聞道：你說的只是聰敏話。但是你……

聞天：我自己，我愛一切，但是我也可憐一切。我愛父親、母親，也愛你，也愛你所愛的那些人，我愛世間上的一切，我同情世間上的一切，但是世間上一切又都是這樣矛盾，所以我也就可憐世界上的一切。我要這個家，我願意犧牲自己讓世上少一點矛盾。我愛父親的這種意志，這種雄心；我也愛你，你的熱情，你的勇敢；我也愛母親，她的溫柔和慈愛。但是我覺得你們中間是一個矛盾……

聞道：哥哥，你總是這樣聰明，這樣好，但是你也總是沒有看見現實。

聞天：現實，現實又是怎麼樣呢？
聞道：現實是我們在抗戰。我們需要在孤島上同敵人鬥爭。
聞天：你怎麼以為我連這個都不知道？
聞道：那麼你為什麼叫我不要去做工作？
聞天：我覺得你的工作是一個矛盾，而我還覺得你太年輕，太幼稚，所以我贊成你到內地去讀書。
聞道：去自由區，是的，我們都應當去，但是最要緊是爸爸，他應當把他整個的經濟力量搬到後方去，但是我勸他多少次，他都不聽。
聞天：你這能怪爸爸嗎？這許多工廠，這許多機器，這許多事業，難道可以搬出這孤島的上海嗎？
聞道：他可以把這些都變成經濟力量搬到後方去。
聞天：是的，你的話不錯，可是你知道爸爸在這些廠上放下多少心血？一步一步的努力，一年一年的擴充，才有現在這個地步，創業是不容易的，你叫他一下子放棄，這怎麼可能呢？
聞道：但是現在的情形，是所有的工廠一步步在與日本人妥協。
聞天：妥協，也許，但這有他的苦衷，也有他的限度。
聞道：可是你知道，我們的愛國工人現在不能忍耐了，他們都說爸爸出賣他們。
聞天：這就是一個矛盾，爸爸很了解你，也很尊敬你的情感，但是你不了解他，他絕沒有出賣工人的意思，他的意思，是租界存在一天，他可以奮鬥一天。
聞道：但是租界當局並不能保護爸爸的工廠，連他們自己都在對日本人退讓。
聞天：這都是為委曲求全。
聞道：就說上次廠裡那個工人被日本憲兵抓去，爸爸一點不能保護他們，你說這也是委曲求全。

聞天：這是他們能力以外的事。
聞道：那麼你就等到日本人來霸占這工廠，他又有什麼辦法呢？
聞天：那麼你又有什麼辦法呢？
聞道：我主張爸爸把經濟力量內移，趁現在有香港可走，我們慢慢把力量搬進去，把工人派進去，最後，把搬不動的機器什麼都毀了，於是爸爸自己也到後方去。
聞天：我想這事實上有許多困難，現在他似乎沒有這個意思。
聞道：那麼這事情會越來越糟，他再難得工人們信任，他們會合力破壞他。而敵人也許會乘機一步步地來侵占。
聞天：我知道爸爸未始不曉得這些事情，但是他有他的矛盾，至於你，你自己的矛盾將怎麼樣解決呢？
聞道：啊，哥哥我想起一件事要告訴你，你知道我在監獄裡會見一個人。
聞天：怎麼？
聞道；你猜那個人是誰？
聞天：誰？
聞道：是月亮的哥哥，叫做大亮。
聞天：月亮的哥哥？
聞道：你說奇怪不？啊，他真是一個了不得的人！他是反對廠方同日本人妥協的發動人，是這次罷工的領袖。
聞天：讓我去告訴月亮。（他叫）月亮……

聞道：先不要叫她，讓我同你說完了。那月亮的哥哥，大亮，是罐頭工廠裡的工人，他先一天被捕，我進去就碰見他，他同我說許多話，我們就談得很投機，後來我知道他是月亮的哥哥。

聞天：於是你就同他商量你的事情，你的矛盾。

聞道：是的，我們也談到這些。

聞天：他怎麼說呢？

聞道：你猜他怎麼說呢？

聞天：他一定叫你反對爸爸……

聞道：不，他同你一樣，他叫我到內地去讀書，說我年紀輕，應當好好去讀書，將來為國家做事情的機會正多。

聞天：你看，他也同我一樣不現實。

聞道：不，他的話可是從最現實的觀點來說的。自然，現實的觀念同空靈的觀念也可以得同一結論。

聞天：而你不相信這個結論。

聞道：我自然相信，但是如果你鼓勵我去實行的話，我有一個條件。

聞天：你是說我可以幫你的忙麼？

聞道：不是幫我的忙，是幫月亮的忙。我的意思是要你同爸爸說，請爸爸把大亮保出來。

聞天：（想了一會）這也不必是你的條件，我們為月亮也應當做的。

聞道：你想爸爸會答應麼？

聞天：我想還是叫月亮當我在的時候，自己同他說，我在旁邊幫月亮忙，一定肯的。
聞道：那好極了，好極了。（他叫）月亮！
月亮：（聲）哎。哎。
聞道：哥哥，你還常常教月亮書麼？
聞天：有空的時候教她一點，她真聰敏。
聞道：有大亮這樣的哥哥，自然會有聰敏的妹妹。

（月亮從通樓梯的門進來）

月亮：二少爺，我聽見你出來了真高興，怎麼，你一定很吃苦了。
聞道：（玩笑地）但是你並沒有下來找我。
月亮：你同陳先生老爺在前面談話，我怎麼可以來找你。
聞天：月亮，你高興的倒不是聞道出來，而是聞道帶了你喜歡的消息出來。
月亮：我喜歡的消息？
聞道：你猜得著是什麼消息麼？
月亮：（沉思）這叫我怎麼猜，難道牢監裡也關著一個月亮。
聞天：牢監裡關著大亮。
月亮：真的麼，二少爺，我哥哥也在牢監裡麼？你碰到了他。
聞道：是的，不但碰到他，我們談得很投機。

月亮：真的麼，那麼怎麼辦呢？

聞道：所以我叫你下來大家想個辦法。

聞天：我們的意思是明後天叫我爸爸去保去。

月亮：你說老爺會肯嗎？啊，大少爺，你替我說說好不好？

聞道：我們已經想過，你等我哥哥在旁邊的時候同老爺說。

聞天：我可以在旁邊幫你忙。

月亮：（想了一會）你說老爺一定肯麼？

聞天：你放心，他一定會肯的。（窗外月亮升起）啊，月亮出來了。

聞道：啊，我該去洗澡去了，一身癢癢，監牢裡真髒。

聞天：你看，我說你吃不起苦。

聞道：我到了這裡才感到我髒。（上了幾步樓梯）啊，我想起來了，你有錢嗎，哥哥？

聞天：多少錢，有什麼用？

聞道：就一百塊好了，明天我要送給大亮去。

月亮：我會送去的，二少爺。

聞天：那麼我交給沈廣送去好了。

聞道：那麼你明天交給沈廣也好。

月亮：我先替你放水去。

聞道：我不是大少爺，你不用管我。

聞天：洗完澡早點休息吧，不要再在床上看書了。（又到樓梯上說）我的衣服在房間裡，你自己拿好了。（對月亮）你看這個少爺，把衣服都搬到學校裡去，說不想回家了，但結果還是回來。

月亮：你說老爺肯不肯保我哥哥？

聞天：等他高興一點安靜一點的時候，你開口一定肯的，你放心。現在快不要想這些，到時候我會告訴你怎麼去說。啊，窗外月亮很好，你快把窗戶打開，讓我仔仔細細看看月亮好麼。

（月亮過去打開窗戶，聞天隨著走過去，在月亮旁邊）

聞天：你看這月亮多美，月亮，你對於這月亮有什麼感覺！

月亮：我沒有什麼感覺，我只覺得是一顆月亮。

聞天：可是我可不同，我對於月亮有許多想象。我覺得太陽是鹹的，月亮是甜的；太陽是硬的，月亮是軟的；太陽像是悲壯的軍樂，月亮像是纏綿的情曲；太陽是壓在我們的頭上，叫我們下沉下沉，月亮是浮在我們的心上，帶我們上升上升……現在你看，靜靜地看，你再靜靜地體驗，她在味覺上是不是甜的？在觸覺上是不是軟的？在聽覺上是不是像纏綿的情曲？她是不是像是浮在我們的心上，叫我們上升上升，上升到她的旁邊，像白雲一樣……月亮，有那麼一天，我們一同上升到天空，你願意麼？

月亮：你又同我開玩笑了，我怎麼能夠上升到天空呢？大少爺，這裡太涼，我們坐著談好麼？

（聞天坐到後面沙發上，月亮坐在他旁邊沙發邊上）

聞天：我們談什麼呢？

月亮：你有好多天沒有教我詩了。

聞天：詩，對的，昨晚我夜裡醒來，我寫了一首詩，我背給你聽好麼。

月亮：好極了，背完了再講給我聽。

聞天：在這三更的夜裡，我不期望人兒遠歸，更不為聽哀怨的夜鶯，與煩惱的流水。但是我一次兩次醒來，再不願意入睡。因為有寂寞在我心頭，我期待月亮的光輝。你聽得懂麼？

月亮：不很懂。

聞天：（解釋地說）在這三更的夜裡，你懂麼？

月亮：我懂。

聞天：那麼，我不期待人兒遠歸，也懂了。

月亮：我不懂。

聞天：我的意思是說這樣晚的一定不會有人回來了，所以我也不用等媽媽從鄉下出來，也不用等弟弟從學校回來。第三句是說夜鶯晚上叫得很哀怨，我也不想聽它。第四句是說流水天天在響，我也不想聽它。那麼為什麼我一次兩次醒來，再不想睡覺了呢？這因為我睡上床很寂寞，要等月亮的光輝，你知道月亮的光輝是說什麼嗎？就是說你。

月亮：大少爺，你又同我開玩笑了。

聞天：這不是開玩笑，月亮，你知道我在喜歡你。

月亮：你是少爺，怎麼會喜歡我們這種人。剛才來的這許多小姐才是少爺所喜歡的人。

聞天：但是我一個都不喜歡。月亮，自從我有肺病以來，你一直看護我，照應我，我非常感激你。你像月亮一樣，用你溫柔恬靜的光輝照著我，使我體驗到世上所有的美麗都在你的身上了。
月亮：這是我的職務，我們做下人的職務。
聞天：但是我們家裡都沒有當你下人。
月亮：太太待我的好處我不會忘記。
聞天：我得了肺病。你變成完全管我的事情，我難道以下人待過你？
月亮：少爺一直待我好，我怎麼會不曉得。
聞天：這不是我好，這完全是你太好了。你聰敏，你溫柔，你什麼都好。我覺得除你以外，我再不會找一個這樣可以使我幸福的人。所以我希望你可以終身和我在一起，我一定要使你快樂。
月亮：這是笑話……
聞天：這不是笑話，月亮。自從我得了肺病以後，我早已沒有虛榮心、名利心了。我是一個平凡的人，我沒有什麼雄心、什麼理想，我只是有愛，我在愛你。我只希望同你一同過活。我很尊敬父親，也很重視弟弟，但是我不學他們，我只想看點愛看的書，寫點愛寫的詩……
月亮：大少爺，你是一個詩人，但是你太消極了。我們不談這些好不好？
聞天：可是這些都是我想同你說的話。
月亮：我慢慢也會明白起來。
聞天：那麼你的意思呢？

月亮：我的意思？我的意思是你剛才講一首詩我聽，我要講一個故事你聽。
聞天：什麼故事？
月亮：講一個詩人的故事。
聞天：那麼你講。
月亮：從前有一個詩人，叫做李白……
聞天：李太白的故事，一定是我講給你聽的。
月亮：你只告訴我李白因為到河底去撈月，所以死了。你知道他為什麼到河底去撈月麼？
聞天：我不告訴你他喝醉酒麼？
月亮：不，不，是因為他發瘋了！
聞天：怎麼？
月亮：李白是一個大詩人。但有一天他的一大卷詩稿丟了，他一急就發了瘋。他的眼睛望到什麼，說是他的詩；手摸到什麼，也說是他的詩。他不許別人動它，弄得別人連凳子、椅子、飯碗都不許動。他太太沒有辦法，只好把狗糞給他，說這也是他的詩，但是他說他的詩不會是臭的。於是別人同他解釋，那是硬的桌子，你的詩難道全是硬的嗎？那是熱的飯，你的詩難道也是燙手的嗎？總之，一切摸得到的東西全不是他的詩。因此，他看中了月亮，說月亮是他的詩，一定要去捉它，後來就為捉水裡的月亮而掉到河裡去了！
聞天：故事很好，但是你侮辱兩個詩人。
月亮：兩個詩人？
聞天：一個是李白，一個是我——我倒要問你，你的意思是不是說我也會因為追求你要掉到河裡去呢？

月亮：我不是月亮。

聞天：但是你叫月亮。

月亮：這因為鄉下人不會取名字，母親在有月亮的夜裡生我，所以就叫我月亮，我哥哥是天大亮時候生的，所以叫做大亮。

聞天：所以你就是月亮。

月亮：我要是月亮，早就到天上去了。

聞天：我就是天，所以我要你答應我同我永遠在一起。

月亮：這是不可能的。大少爺，你過的是詩的生活，你把我想得太好。我是一個鄉下人，一個現實的人。我從小受哥哥的教導，使我總覺得同你是兩個世界裡的人。

聞天：這是什麼意思呢？是因為我是富家的少爺麼？

月亮：並不是說這個，是說你的個性，也許你個性碰到有錢的環境，就變成你這個詩人。

聞天：假如沒有錢呢？

月亮：沒有錢的話，你也許變成老爺這樣的個性，也許變成二少爺這樣的人了。

聞天：我們何必管這些，我們現在要過我們自己的人生。

月亮：我們不談這些好不好。你讓我懂得許多東西，我很感謝你的。我一生到現在為止，教導我的一個是我的哥哥，一個是你。可是我的所有的見解，完全是我哥哥的。奇怪，他同你是這樣的不相同，因此你給我的趣味，我不能完全接受。

聞天：那麼你難道不嫁人麼？

月亮：為什麼不呢？
聞天：或者還早。
月亮：也許就嫁。
聞天：那麼嫁給什麼樣的人呢？
月亮：嫁一個愛我的人。
聞天：那麼我不是愛你麼？
月亮：你的愛等於你愛月亮。你愛詩，是對現實世界的一種逃避，自然也是一種愛了，但是我要的愛是愛自身一樣的愛，就是我變成他的一部分，他變成我的一部分，大家在生活上互相需要，互相幫助，大家不能夠分的一種愛。
聞天：那麼我們難道不能這樣麼？
月亮：你以為你養我，我侍候你是互助麼？有錢的人找人侍候……
聞天：你為什麼這樣講？
月亮：這是事實。
聞天：我愛你，自然我也可以侍候你。
月亮：你要可以侍候人，你就去侍候蘇小姐、張小姐、秦小姐去啦。因為你厭倦這種無聊的追逐，你的身體心境不想侍候人，要別人來侍候你，所以你想到我啦。你怎麼沒有想到，我侍候人不過是因為我窮，因為我是你家的僕人；你怎麼沒有想到，也許我變成你家的少奶奶的時候，我也會變成秦小姐、蘇小姐他們一樣好動，好時髦，好熱鬧，而且要你來侍候我呢？

聞天：……

月亮：現在不要講這些，你說愛我，我是感謝你的。我也喜歡你，實在說，世界上不會有人不喜歡你，你是闊公子，但是沒有一點架子，知道任何人的苦衷，上至你父親，下至洋車夫，你隨時都關心人，什麼大錯都肯原諒，你體貼任何人的生活心境，這是我感到你偉大的地方。將來假使你還當我一個人看待，一個朋友，一個好僕人看待，你可以常來看我。這是說我結婚以後了。我也許就結婚，也許就在鄉下耕地，你可以來玩。你可以來住，還是同現在在你家一樣，晚上我們可以談得很晚，我可以替你燒茶，做點心。

聞天：為什麼又說到侍候我上面去呢？

月亮：我自然可以侍候你，也很願意侍候你，正如你願意念詩給我聽一樣，但是我不願把它當職業，不願意因為你養我，我來侍候你，正如你不願意我給你一毛錢叫你唸一首詩給我聽一樣。

聞天：你說你也許就會結婚，那麼你已經有人了。

月亮：也許吧。

聞天：誰呀！是不是聞道？

月亮：二少爺，你想他想結婚麼？

聞天：當然還不想結婚，但是他，他也許在愛你。

月亮：不會的，他有理想，要離開家庭。你怎麼會想到他？

聞天：不是我疑心，我想假如聞道愛你，你愛聞道，那是我很高興的事情。

月亮：那麼我同別人……你就不高興了麼？

聞天：也許。但是我一定尊敬你們，祝福你們，不會妨害你們的。不過我常常想，你是愛著我的。今天你既然說你……那麼你告訴我那個人是誰。

月亮：也許最近你就會曉得。

聞天：你難道不相信我尊敬你們的事情麼？

月亮：我自然信。

聞天：那麼你可以講給我聽。

（窗外汽車叫聲，接著就是汽車的燈光從窗外直射到廳內）

月亮：大少爺，你看（她望窗外）這一定是盛藻把車子開回來了。也許老爺回來了吧。

（月亮匆匆下）

——幕下——

第三幕

人物：張母、張盛藻、陶三雷、張元兒、沈廣、李聞道。

時間：比第一幕晚一天，夜七、八點鐘時候。

景點：張盛藻的家裡，布置簡單，但尚整潔，舞臺有兩個門，在臺左後的通內，在臺右的通外，臺左有一個窗戶，窗外有月光進來，元兒就坐在窗下桌邊做活，張母自內上。

張母：元兒，你哥哥還沒有來？

元兒：沒有，月亮很亮，我守在窗戶上，他來，我還不立刻看見了麼？

張母：你猜他會不會來？

元兒：我想會。

張母：可是他上次說也許不來。

元兒：但是媽媽昨天到他們那裡去過。

張母：我就是這樣想，因為我這樣一去，他害怕我同他東家說，就更要想法子早點跑了。

元兒：你不是說月亮是一個孩子麼？那麼她一定會同他說的。

張母：可是昨天月亮也是非常驚慌，自然也是怕我同她老爺說什麼了。唉！我想他一定是不來了，也許一害怕，今天早晨，也許昨天晚上，就跑掉了。

元兒：媽，不會的，不會的，他一定會來，至少也要來一趟。

張母：（憂慮焦急）……

元兒：媽，你安安靜靜等一會，他就來了。

張母：……

元兒：月亮是不是很好看，媽？

張母：這孩子倒是不錯。

元兒：像不像我？

張母：不像你，不像我。你是一個溫柔活潑的孩子，她，她好像很堅強能幹似的。要是她一直不在這種公館去做事，她一定是一個很好的孩子。現在他們少爺們在捧她，在喜歡她，這還會好麼？上次我們叫沈廣同她母親去說親，她母親拒絕我們的緣故，也就是想嫁給少爺就是了。元兒，你以前說你也可以找一點事情做，但是我不願意你到公館裡去做佣人，就是這個道理。我只願意你嫁一個健康的誠實的男人。

元兒：媽，你怎麼又提起我的事情？我不嫁人，我跟你一輩子。

張母：你嫁了人不也可以跟我麼？

元兒：我還沒有看見一個男孩子……只有一個。

張母：你又是說那小學的同學，小學時候大家是小孩，隨便玩玩，懂得什麼？

元兒：因為是不懂什麼，所以更……

張母：你又不知道他在哪裡，又不知道他家是什麼樣，隔了七八年，男孩子，你不說他比你大幾歲麼，那還不結婚？

元兒：為什麼講結婚呢，媽？我只說到現在為止，我覺得只有他同我在一起，才可以使我快樂。我想，他也許同別人結婚啦。但是他一定常常想起我的，我們那時候在一塊兒預備功課，啊，可惜母親沒有看見他過，他那時候比我高半個腦袋，我們倆功課最好，先生老是同我們開玩笑……啊！媽，我們不講這些，我問你，哦，月亮有同你說什麼嗎？還有你同她說什麼沒有？

張母：我只說叫盛藻今天回來一趟，但是我那時候心裡正想別的，想一件很奇怪的事，（聲音忽然低下來）沒有同她說什麼，可是她大概看我神情不定，同我說了些話。
元兒：她同你說些什麼？
張母：她，當她陪我出來的時候，穿過那個小花園，花園裡薔薇開得很多，我說花開得真好，她就說那是盛藻種的，天天是她在澆水，她過去折了幾朵給我。
元兒：那些花是她給你的？我以為是沈廣給你的。
張母：怎麼，現在幾點鐘啦？怎麼你哥哥還不來？
元兒：媽，現在還早。媽，你剛才說的奇怪事，什麼奇怪事？你昨天也老是那麼說，你不說今天講給我聽麼？
張母：（遲緩地）是的，那真是奇怪？
元兒：媽，那麼你現在講給我聽吧。
張母：等一會，等你哥哥回來，我講給你們聽。
元兒：你現在講給我聽，等哥哥回來，我再講給哥哥聽……啊！媽，（指窗外）那面來的不是哥哥嗎？我說他一定會回來的，是不是？
張母：哪裡？哪裡？
元兒：那面，那面，啊，你看快穿到那面路燈旁邊，你看見沒有？媽，他穿的是那件我做的灰布大褂。
張母：哪裡？
元兒：啊，他已經穿進屋後了。
張母：真的是他？

元兒：自然，手裡好像還拿著許多東西，走得很快。
張母：他還沒有穿出來？
元兒：你閉上眼睛，我數十，等你張開眼睛，他就從那屋後出來了。（她拉她母親閉上眼睛數）
一、二、三，四、五、六、七，八、九、十。（九、十兩字一面數得很慢，一面望窗外）
啊，你看那面不是他嗎？
張母：啊……
元兒：你看他走得很快，啊，他手裡拿的是花。媽，你快躲起來。他來啦，我騙他說你等他不來，去找他去了，看他怎麼樣？
（元兒推她母親到內屋下，舞臺暫空。但元兒隨即出來，她開向外去的門去等她哥哥。可是沈廣在臺左窗戶上出現，他捧了一束花，挾了一包東西。見元兒在門口等他，他偷偷拿朵花投過去，元兒駭了一跳）
元兒：啊！沈廣，怎麼是你？啊，我們望了半天，以為我哥哥回來了，你怎麼今天會來？我哥哥呢，他來不來？他難道……
沈廣：你問得這樣快，叫我回答什麼好？我進來再同你說。
（沈廣從外面繞進來，手裡拿著幾包東西）

張母：（進來）啊，沈廣，是你！
沈廣：伯母，我特地找你有點事。
張母：盛藻呢？他不能來嗎？
沈廣：他本來早晨來的，但是二少爺叫他到牢監裡去一趟。
張母：二少爺叫他到牢監裡去一趟。
沈廣：是的，叫他送錢給月亮的哥哥。
張母：這怎麼回事？
（元兒這時候忙於拿花瓶裝水插沈廣帶來的花）

沈廣：二少爺在學校裡為愛國運動，這些天被捕了，關了三天。他在牢監裡碰到月亮的哥哥。昨天老爺把二少爺保出來，所以二少爺叫盛藻送一點錢去給他。
張母：我知道他們少爺都很好，那麼盛藻什麼時候來？
沈廣：我想不多一會就會來的。
張母：那麼你怎麼會來？
沈廣：老爺出去啦。大少爺叫我去拿無線電，我同他說，我有點事別處拐一個彎，大少爺待人總是好的，自然沒有不答應。我來特地有點事同伯母說，因為不能讓盛藻聽見，所以趁他不在我先來了。
張母：什麼事？

沈廣：你昨天到底是為什麼，要瞞了盛藻去見老爺？
張母：怎麼樣？
沈廣：老爺後來問我許多話。
張母：什麼話？
沈廣：打聽你，打聽盛藻的底細。
張母：你怎麼說？
沈廣：我想他不當面問盛藻，來問我，恐怕一定有什麼蹊蹺，所以我說，我不很詳細。伯母，到底是怎麼回事，昨天你會突然去看他去？
張母：我本來不想自己去的，想叫你去告訴李家，說盛藻同月亮要跑走的事情。後來我想你們這樣好朋友，一定不願意，不忍心做，所以我自己去了。
沈廣：那麼你報告老爺了？
張母：我想報告的……
沈廣：真的？那麼老爺一定要辭退盛藻了。
張母：我很早就不願意他在公館做事。我們寧使窮一點，開長途汽車也好，開公共汽車也好，這總算是一個正當的社會上的職業，現在好像是人家的奴隸。
沈廣：伯母，是的，我早就這樣想，很想別處弄一個小事，後來因為李家太太少爺待我們很好，所以一待待了這麼些年。
元兒：（匆匆出外，但隨即進來開門）哥哥來了，哥哥來了。
張母：你不要開玩笑。

元兒：沈廣，你信不信？
沈廣：我不信。
元兒：媽也不信？
張母：你這孩子，老是鬧不完。
元兒：那麼我同你們打賭，假使他來了，沈廣回頭替我們提五桶水。
沈廣：好，好，假使你騙我們，你替我去買酒去。
元兒：好好，看著，看著。

（她像玩魔術似的，慢慢把門開了，盛藻已經站在門口了）

盛藻：媽！（對沈）怎麼，你也來啦？
沈廣：我也來，自然了，你不要走嘛，我今天買了一些菜，我們大家敘一敘，也算替你送行。
盛藻：媽，你昨天為什麼去……
張母：我是想把你的計畫告訴李家的。
盛藻：媽，你這是什麼意思？
張母：我心裡怕，我不只怕你走，我還怕月亮會拿他家一點東西。或者沒有拿，但是你們這樣走了，他們說你們偷去許多東西，你們有什麼法子洗清？所以我想索性讓他們辭退了你，我們過我們乾淨的生活也好。

（沈廣這時同元兒二人在談話，後來元兒拿沈廣帶來的東西出去，但隨即回來）

盛藻：那麼月亮呢？

張母：月亮，你們不是說他們大少爺在喜歡她嗎？我想你實在不必多用這份心，她喜歡你，但是如果他們大少爺對她什麼一點，她自然不喜歡你了。

沈廣：我想月亮這倒不至於。

張母：就算不至於，但是你們現在是一種年輕人的熱情。你們大家年輕在一起做事，東家很和氣，大家很好。可是你們走了，到一個小地方，住的是一間骯髒的小屋子，自己煮飯，自己洗衣，睡也在那間屋子，廚房也是那間屋子……。月亮沒有進李家前，也許也是這樣過生活，但是在李家住了五、六年，見慣了好的，吃慣了好的，老爺、少爺又待她好，照我昨天看見她來說，她同小姐又有什麼分別？她一時高興，同你去啦。可是到遠處，你窮了，或者你一時沒有職業，她怎麼會不想起在李家時候的快樂？像你們所說的，大少爺教她唸書，讚美她，老爺有時買衣料給她，同太太一同在電燈下聽無線電。這些，在享受的時候不覺得幸福，可是沒有了就會覺得痛苦的。

盛藻：但是她並不愛大少爺。

張母：你進李家以後，腦筋越來越貴族化了。什麼愛不愛，那是公子小姐、大學生的玩意，我們窮人談得到這些？

沈廣：伯母，那麼月亮要是不愛盛藻，為什麼要同盛藻好，不同少爺們好呢？

張母：你們真是都在李家待壞了。我想要是你們一直在鄉下耕地，在廠裡作工，那就一定不會有這種想法。月亮同盛藻好，因為盛藻在侍候她，對大少爺，那她是在侍候大少爺的，一個女人自然喜歡侍候她的人。但是她沒有弄清楚，侍候她的人與供給她物質生活是兩個人，她以為跟你走了，同時也可以帶走了這些物質上的享受。也許她沒想到這些，但是她意識中是沒有估計到現實生活的苦處。等到跟你一走，你會知道你給她的殷勤都是空的，不能幫她什麼，所有供給她物質上的享受才是真正的殷勤。

盛藻：媽，但是我們已經很好，我沒有辦法。

沈廣：伯母，他們的愛情倒是實在……

張母：什麼愛情，愛情。我想也許你們是受了你們大少爺的影響太多，照你們說他常愛做詩。他是少爺，有錢，沒有事，做詩，談愛情。你們什麼？愛情愛情的，多難聽呢？

盛藻：但是，媽，我……

張母：當初，沈廣替你向月亮的母親去提親的時候，她母親不答應，我當時很不高興，現在想想，我覺得這也是很對，因為實際上說，她嫁給你，於她於你都是不幸福的。（忽然興奮起來，因為她內心還是在對月亮的母親有點氣憤）你是一個窮孩子，你知道你是在什麼樣環境裡長大的？現在在公館裡做了幾年汽車夫，也學會了這些，自以為上流的派頭！你的朋友，你的同伴，現在都在哪裡？都在反對廠方同日本人妥協，都在為民族奮鬥，在飢餓中掙扎，而你，而你……

元兒：媽媽，何必又氣呢？

張母：你妹妹沒有變，沒有變是不？（元兒走近來）她是你的鏡子，她知道我們自己的面目，但是你忘了！（激憤地）元兒，你講，你講，你講給你哥哥聽，你們是怎麼樣長大的？

盛藻：我都曉得。
張母：你早就忘啦。（大聲地）元兒，你講你講。
元兒：我們父親死了以後，我們家就破產啦。
盛藻：我全知道。
張母：元兒，你說，以後呢？
元兒：以後，是媽媽一個人，兩隻手，在紗廠裡做工，在洗衣服房洗衣服，才把我們養大的。是媽媽一個人，你做工回來，夜裡還要教我們唸書，這樣才把我們培養成現在的樣子。
張母：我那時候年輕，在廠裡做工，因為長得好看，也有幾個少爺公子來看相我，我當時為什麼不跟他們去。因為我進了廠以後，知道了我們窮人的地位，知道了那些闊人們所謂愛情，其次還因為我愛你們。現在你，盛藻，還沒有做闊人，就做起了闊人的夢，忘了你過去的生活，要隨隨便便離開你母親與妹妹。所以我想還是告訴了你東家，把你歇退了也好，你雖然一時痛苦，將來總可以……
盛藻：但是你沒有告訴他。
沈賡：這因為伯母心軟，到那時候就不忍心說了。
元兒：還是因為愛哥哥的緣故……
張母：我？不，不，我覺得這是一件很奇怪的事情。
元兒：媽，你這句話說了多少次了，到底是什麼奇怪的事情。
盛藻：奇怪的事情，是不是月亮……
張母：你知道你父親死了以後，家裡是怎麼破產的？

盛藻：我知道，那是我們福建的花莊被那掌櫃的捲逃了。
元兒：捲逃了二十萬現款。
盛藻：於是我們鋪子就倒了。
元兒：有許多許多的債務。
盛藻：因為父親死了，他們也就不講交情。
元兒：天天來逼我們。
盛藻：於是就被他們控告了。
元兒：於是我們就破產了。
盛藻：房子也被封了。
元兒：東西都被拍賣了。
張母：那福建的花莊，你們知道嗎？
盛藻：媽不是給我們看過照相嗎？
張母：那照相裡不還有幾個人嗎？
元兒：那位捲逃的經理就在裡面。
張母：是的，你記得你父親在福建不也照過一張八寸的照片嗎？
元兒：我記得，旁邊還有一個人站著。
張母：那是誰？
元兒：那就是那個捲逃的經理。
張母：這些照相全在箱子底裡，好些年沒有拿出來了。

元兒：你不是說因為怕想起過去的事情麼？
張母：因為要不是那個逃跑的經理，我們不會這樣苦。我也不會過二十多年最低賤勞苦的生活，你們不會受不到好的教育，我們也不至於隨時隨地被人家輕視侮辱，我也不至於老了這樣快，也不至於現在就腰酸背痛的……
元兒：媽，何必又提起過去的事情呢，這些事情都已經死啦，我們現在雖然窮，但是我們不是很快樂嗎？只要哥哥……
張母：是的，因為我怕提起過去的事情，所以我把這些照相、賬簿都藏在箱子底裡。但是今天，我要把它都拿出來，元兒，你去把那些照相都拿出來。
元兒：媽，何必把沉在海裡的痛苦撈出來呢？
張母：你去拿去，我要看看。
元兒：（進去）
沈廣：這些故事你怎麼從來沒有對我說過？
張母：因為我實在不想提起它。
沈廣：那個經理後來怎麼樣？
張母：後來就不知下落了。
沈廣：你們沒有告他嗎？
張母：告他？是的，我們在縣裡也備了一個案。但是一方面或者因為我們沒有錢給縣裡，所以他們也不起勁；另一方面，他大概跑得很遠，也許是北方吧。還有我們那時候鋪子倒了，天天有債主來，我呢，那時候不過是二十八歲，大事情都沒有經過手，自然到處都受人家欺負。

（元兒捧了五、六張照片出來）

元兒：（用嘴唇指指她手上最上面的一張照片）媽，這張不是在我們以前的家麼？（她把照相放在桌上）

張母：（拿那第一張看，大家都圍著她）這張就是我們以前的家，你看這是多麼安靜，那窗外就是一個小花園，你父親喜歡種果子樹，什麼橘子，蘋果、桃子……。啊，一年四季都有得吃，這張相是你父親，大概是三十八歲，我才二十六歲那時候，你（指張）才兩歲，她（指元兒）你還沒有生呢……。唉！

沈廣：伯母很像元兒啊，那眼睛，你看。

元兒：媽比我好看，那時候頭髮怎麼這樣的，媽？

張母：要是你父親在，你們同別人有什麼分別，你們也可以進大學，（指盛藻）你也可以做詩，也是大學生；你（指元兒），你也是小姐，也是……

元兒：我不要做小姐，我只要做媽的女兒。

張母：（又拿了一張照相）啊，這是在福建。

盛藻：（對沈）那位坐的就是我父親。

元兒：那位站的就是那個把錢捲逃的人。

沈廣：他像很忠實似的麼？

張母：是呀，他十三歲來學徒的，很肯用功，白天做事，夜裡還要自己唸書，從來不出去，非常勤儉，所以每個人都喜歡他，你父親尤其是喜歡他。大概是二十歲的時候吧，福建的老經理死了，你父親看他好，所以就叫他做經理，誰知道他會這樣沒有良心。要不是他，我們不還是有那麼（指第一張照片）一個安靜的甜美的家嗎？我不還是那樣快樂嗎？雖然你父親死了，你們不還是同別人一樣是少爺，是小姐嗎？唉！他這樣一個孩子，把我們整個的家一輩子的幸福都毀了！

沈廣：他照相上的人很秀氣，伯母，你沒有見過他本人嗎？

張母：見過好幾次。每年年底分店總要派人從福建到總店來結賬，他總是同來的。到正月裡，要到我那裡拜了年才回去。後來他大啦，來的時候總帶許多福建的橘子來，福建的橘子不是最好嗎？他也歡喜孩子，常常抱著他（指盛藻）去玩，他叫他「大少爺」，後來他做了經理啦，我叫他不要再這樣稱呼了。可是他還是這樣叫少爺，小姐的，最後一次來見我的時候，（指元兒）她才兩歲。那麼一個很好很誠懇的孩子，想不到會這樣……（又拿一張照片）啊這就是福建的花莊，那鋪子那時候很賺錢……

元兒：媽，不要講這些過去的事情了。

張母：（突然的）盛藻，你看這張照相，那個人是不是像一個人？

盛藻：像一個人？

張母：像一個你認識的人？

盛藻：（思索）媽，我想什麼人也不像。

張母：不像？那眼睛，那眉毛，那耳朵……啊！一定是……一定是……盛藻，你再仔細看看。

盛藻：（又看）媽，我實在想不起。
張母：啊！是的，他現在胖了，發福了，嘴不像是的，有鬍子了。啊！是的，我都快不認識了。可是他的舉動，他的態度……。唉，一定是的……。
沈賡：你是不是說……李家的老爺？
元兒：李家的老爺？
盛藻：（他拿照相來細看）李家的老爺？
張母：李家的老爺！
盛藻：是的，有一點像。
元兒：有一點像？
沈賡：（搶過照片去看）是的，有一點像。
元兒：怪不得他昨天對你很客氣，還雇車送你回來。
盛藻：啊！怪不得他沒有對我說什麼不客氣話。
沈賡：怪不得他向我打聽你們許多事情。
張母：怪不得他不願意同我講下去了——是湖南人，他說是的。在福建做過買賣？他不敢說下去了。我要找他，我還要找他！
盛藻：找他怎麼樣呢？
張母：我要同他算賬。
盛藻：現在他還肯承認嗎？
沈賡：伯母，你還有別的確實證據嗎？

盛藻：證據，就是有，現在不是什麼講道理的世界。他有錢，有勢力，有手段，我們……。

張母：有錢，有勢力，有手段，是的，他哪裡來的？他全靠我們的錢！辦什麼銀行，辦什麼廠，發大財了。兒子全是少爺，洋房、佣人、汽車……。把我一個寡婦害到這樣，受債主的氣，田被沒收了，房子被封了，東西被拍賣了，人被趕出來。我帶著兩個孩子，流浪，漂泊，寄寓在親戚家裡。被輕視受氣，過這樣的日子！於是我出來到這裡做工。到紗廠裡，到洗衣服房過了二十年不是人的生活。我們三個人住在地獄裡，吃，吃不飽，睡，睡不好，這日子是怎麼過的？他闊了，他過的是天堂一樣的生活，那房子，那花園，那布置，他倒沒有想到他的汽車夫就是他以先抱過，叫過他少爺的人，哼……。

元兒：媽，何必又為過去的事情難過呢？

張母：（沉著凝神地說）但是我要找他，我一定要找他。

（一剎那舞臺上沒有一點聲音，三個孩子都注視著這憤慨悲鬱的老婆婆。她似乎是在回憶中難過，也似乎是在尋求所謂「找他」的方法。她像石像一般的坐在那裡，頭微仰著，視線放在空虛的邊際，這定神的眼睛放出灼人的光芒。這時候有人敲門了。盛藻去開門，閻道上）

盛藻：是二少爺，你怎麼會來呢？

（大家都注視閻道）

聞道：啊！我特為來告訴你一件事情。盛藻，非常奇怪，我父親回來的時候忽然對我們說，他要把你辭退，我先也不知道是為什麼？問他他不說。後來月亮把你們的事情全告訴我了，她說也許是因為昨天你母親去告訴老爺過，所以他要辭退你。月亮恐怕你一進門，老爺就叫你走，恐怕他不許她再見你，所以求我來一趟。

盛藻：但是我母親沒有同他說，並沒有告訴他。

張母：啊，我想，他見了我以後，一定心裡不安起來了。所以他要辭退你。

盛藻：我想老爺早就怕月亮同我好，他要把月亮嫁給大少爺，所以預先把我辭退啦。

聞道：盛藻，這什麼話？我哥哥並沒有娶月亮的意思，你知道。

張母：盛藻，你不要胡想，我知道這一定是他見了我的緣故。

聞道：這位就是你母親啊，對不起，老婆婆。這位……。

盛藻：是我妹妹。

聞道：你妹妹？你，你不是張小琴麼？你還記得我們一同在第七小學唸書的時候？

（大家驚愕了）

元兒：啊？你就是李文白？

聞道：唉，我知道你不會忘記我，你還記得那時候的情形麼？

（大家驚愕得有點目瞪口呆了。就在這一剎那，外門開了，闖進來一個急忙的人，那是陶三雷）

三雷：（一看見這許多人）呀！對不起！（向張母招呼）伯母，呀，沈廣，你也在？
張母：啊，三雷？
三雷：我很忙。盛藻，你出來一趟，我有要緊事同你說。
（張隨陶出）
聞道：小琴，真想不到，我會在這裡會見你。小琴，是不是因為打仗，你一直沒有收到我信？
元兒：我們後來就搬家了。
聞道：小琴，你還是同以前一樣，一樣的光明，一樣的純潔，你看我有什麼變動沒有？
元兒：你長得高啦。
聞道：但是我還是只比你高半個腦袋，小琴我知道什麼都不會變，不用說七年，七十年也不會變。你知道我一直在想念你，一直在想你麼？你呢？
元兒：我，我……我總是同七年前一樣。
聞道：是不是？小琴，我們又見面了！我知道總可以見面的。在夢裡，有時候見到你，我常常以為是真的。今天真的見到你，我倒以為是在夢裡了。小琴，是真的嗎？快說快說。
元兒：但是你是少爺……。
聞道：你怎麼說這樣話，小琴，你不知道我現在的思想，我最恨我家裡給我的地位，小琴，但是你哥哥沒有提起過我麼？

元兒：哥哥說起你的時候，總說你叫聞道，你怎麼改名了？
聞道：是的，因為我哥哥叫聞天，我父親說兄弟的名字要連一起才好。所以改掉了。那麼你呢？
元兒：我在家一直叫元兒，小琴是我學校裡的名字，現在早就沒有人叫我了。
聞道：今天見面，我們等於又恢復七年前的生活了。你還……你還能夠同七年前一樣，一樣的同我老在一起嗎？
元兒：我希望我們真的能同七年前一樣，不過你現在是大學生。
聞道：大學生，什麼大學生，在小學裡你不是常常比我考得好，現在還是一樣。但是，小琴，我們現在不是在夢裡吧？你說，會不會是在夢裡？
元兒：在夢裡。啊！文白，不會的，我想，因為我在這裡，媽，這就是我常說的李文白。
聞道：我們只管自己說話，伯母，你不見怪吧。
張母：這兩天來，我好像又做了一世人一樣，天天碰見意外的事情。元兒，我想你們還是到裡面去談吧。（或者因為她看見盛藻心神不定地進來的緣故）

（盛藻上，元兒帶聞道下）

張母：陶三雷走了麼？
盛藻：是的，他很忙。
張母：他是來幹嘛的？
盛藻：他還是來借錢，是為他們交通工人工會裡需要錢支持罷工。

張母：那麼你沒有借給他？

盛藻：我沒有錢去借給他，我現在已經被辭退了，我更要同月亮走，走到內地去。

張母：（她跑到窗戶口叫）三雷，三雷。（但是三雷似乎沒有應她）沈廣，你出去替我把三雷叫回來。

（沈廣下）

張母：盛藻，你真是什麼都變了。你的同伴在罷工，為與日本人妥協的廠方爭鬥，你不願犧牲一點自己去幫助他們。你現在有正義去爭取二十多年前的二十萬塊錢，現在應當可以有幾百萬之多了，但是你沒有這勇氣去爭奪。對於壓迫你的人，你怕他的勢力權力，願意忍受一切的不平與委屈，對於你在奮鬥的朋友，不願意幫助。你知道他們都是為愛國，不願意向日本人妥協，才在罷工麼？盛藻，你，你怎麼會使我失望到這個地步！

盛藻：（哭）媽，你怎麼這樣說我？我愛月亮，這是實在的，我現在要同月亮一同走。我，我不能，我沒有力量管其他的事情。我給了你三百元，我只有兩百元錢。我們要走，走得很遠很遠，媽，以後，以後你可以看我，我一定在後方，在前線為國家服務……。

（沈廣偕陶三雷上）

張母：三雷，你的事情怎麼不同我說就走了？元兒！元兒！

（元兒與聞道出）
張母：你把昨天哥哥拿來的三百塊錢拿來。
（元兒下）
張母：三雷，我還有三百塊錢，你先拿去好了。
三雷：不過，伯母……
張母：不要緊，我個人有什麼關係。你們現在情形怎麼樣？
三雷：我們交通工會團結得很堅固，非要廠方答應我們不同日本人妥協的條件，決不屈服。只是有許多工人要養家，他們天天在挨餓，需要接濟。現在學生們在替總罷工的工人募捐，但是總不夠分配，還要別個工會和自己去設法才行。
（元兒拿錢上）
張母：（接錢交三雷）你先拿去吧。
三雷：那麼，你……
張母：我要用的時候不是可以問你拿的嗎？

三雷：那麼，謝謝您，伯母。（三雷待下）

聞道：慢慢，你可以把我的八十塊錢帶給你工會麼？

（聞道把錢交三雷）

三雷：謝謝你。貴姓，先生。（寫收條給聞道）

聞道：元兒，那麼我走啦，明天我再來，同你一同到我家去。伯母，那麼再見，明天見。

盛藻：二少爺，那麼你吃了飯走好不好？

聞道：不客氣啦，因為我還要催我父親去保月亮的哥哥。好，再見。

（聞道下）

張母：原來他就是李文白。

元兒：媽，他說，他說他以後不能再離開我，並且他要同他家裡說，要最近同我結婚，帶我到自由區去讀書。

沈廣：同你結婚？

元兒：沈廣，你不曉得我們在小學時候是多麼好。那時候，我們年紀小，大家天真爛漫，但總是在一起。現在雖然隔了七年，但反而增進了我們的感情。

張母：結婚？事情有這樣的變化麼？

元兒：但是，在七年之中，他沒有忘記我，我沒有忘過他。媽，這是實在的。
張母：可是我不願意你們現在這樣結婚，我要找了他們老頭子以後，算清了這筆賬，再提起這些事。
元兒：媽，但是我同文白，與父親的事情有什麼關係呢？
張母：他要同家裡說，你知道他家裡可以答應嗎？一個少爺娶一個汽車夫的妹妹。再說聞道，他是不是可以靠自己勞力來養活你？還是要靠他的家？他家有他家的環境，他們的親戚，他的社會關係，他們是不是要看輕你，一個汽車夫的妹妹。
元兒：但是文白決不會看輕我。因為他的意思不是這樣的，他說要是家裡不答應他，他要同我單獨去生存。
張母：他的思想，他的人都好，我聽你哥哥們全這樣說，我今天看他也不錯。但是你看他衣服，你看他樣子，完全是公子。他反對家庭，是的，也許會。他恨他父親不愛國，是的，也許會。但是他可以脫離他家裡一切，一切物質享受去過貧窮的生活嗎？
沈廣：但是他坐過牢監……。
張母：這是冒險，是好奇。這好像學騎馬，找一點不舒服也就是快樂。大學生，我在洗衣服房做工的時候，天天見大學生，他們學自行車，但是只是玩玩，騎自行車來上課已經是叫苦了，能夠做郵差嗎？騎馬，也是玩玩，他們想去鄉下騎著馬去替人運貨嗎？坐牢監，做什麼運動……自然，公子哥兒們有這種傾向已經很難得了，但是這不是可過窮生活的證明。他們可以在足球場受傷，可以在游泳池裡受涼；但是生活的苦是鐵的，是機械的，是沒有希望，沒有前途，沒有勝利，沒有刺激，沒有波動，沒有光榮，不是一種競爭，只是掙扎掙扎，好像是病人臨死時的呼氣，呼完了就死了；不是你們所想象這樣冒險的苦，是有波動的，是有光彩的。生活的苦是死的，是黑暗的，是一種磨難。闊人們窮了，他會自殺，但是他不能去做工，不能刻刻苦苦地生活下去。這是真的，我那時候要不是你們兩個孩子，我也早自殺了。像聞道這樣，他脫離家庭，不到半年，他不自殺也只好回到家裡去。不怕苦，這是說說的，是一種空想。自然他家裡也不會反對他娶你，省得他外面胡鬧。現在到內地去，也許很好，但是將來！你在他家裡，同他們所謂上等人打在一起，有許多禮節你要守。親戚們來啦，大家都看不起你，譏笑你是他家汽車夫的妹妹。許多人還妒忌你的地位，說是你看中他家的錢，才迷著他不放手。或者把你當作佣人，同月亮一樣，可是不是職業的義務，是一點自由都沒有的。這些結果你都想到麼？元兒，你年紀輕，你不知道。我不願意你們同闊人去結婚，但是現在你們兄妹兩個人全是得這樣的結果！唉，太奇怪啦！你哥哥因為到公館做事；可是你，你一直在我身邊，我不讓你到公館裡去做少爺們的玩意兒，但是也會，也會同一個闊少爺……。

元兒：媽，不要難過。現在我們又不結婚。沈廣是不是？媽，不要難過，我要不結婚，我要終身同你在一起。

沈廣：伯母，這樣都是小枝節。總之，這位二少爺倒是沒有勢利觀念的。現在我去買酒去，元兒，今天我要賀你見到你七、八年前的朋友。

盛藻：（他一直沒有說話，他在臺邊上下地走，他在想事情，他在尋求，他在痛苦）唉……

沈廣：同我一同去買酒去吧，盛藻，今天我們慶祝你妹妹，不要她燒飯了。

（沈廣拉張盛藻下）

元兒：哥哥，等我一等，我同你一同去，我有話同你講。媽，你看哥哥很憂愁，是不？我勸勸他。（她走到門口回過頭來）媽，我就回來。

——幕下——

第四幕

人物：月亮、李聞道、李勳位、李勳位太太、張元兒、王醫師、看護。

時間：較上幕晚數天，夜。

景點：一家講究的醫院頭等病房。這病房分二間，舞臺所呈現的是外間。有門二，一門通外面走廊，關著，一門通病房內室，病人就在裡面。對內室門牆上有一個電話分機。電話旁是一架小櫥，小櫥上放著從家裡帶來的食物用品等。此外還有沙發、小圓桌等物。

（幕開時，只有聞道坐在沙發上。他像等誰似的，不時看著錶。最後門開了，聞道非常興奮地站起來，但是進來的是看護。很失望的他又坐下，護士捧著藥盤、熱度表等穿過外間到內間去，聞道又心焦地等著。於是有人推門了，聞道興奮地站起來）

聞道：（低聲地叫）啊，月亮，你好容易到了。
月亮：二少爺……
聞道：輕一點！（他搖搖手，指指內房）
月亮：老爺去接太太去，等陳先生的車子帶我來這裡，所以晚了一點，大少爺的病怎麼樣了？
聞道：你坐下來，月亮，你知道大少爺怎麼會病的？
月亮：他不是肺病重發了嗎？
聞道：是的，但是他為了你才重發的。
月亮：為我？
聞道：是的，他今天才同我們說，說是他愛你，你不愛他。
月亮：啊！是的，我同他說的，不過當時我想他是同我開玩笑。
聞道：（很嚴肅地）現在沒有工夫談這些，我只是要求你一件事情。
月亮：二少爺，什麼事？
聞道：你到底有點愛我哥哥不愛？
月亮：你哥哥這樣的人，誰不喜歡呢？他脾氣、性情、人格……。但是……
聞道：但是他現在病得很厲害啦，醫生說很危險。
月亮：危險？
聞道：所以我求你給他一點安慰。
月亮：假使我辦得到的話。
聞道：那麼我希望你對他說你愛他。你對他說，因為你總以為他常常同你說的話是同你開玩笑，所以你說不愛他。而且你應當說你願意嫁他。
月亮：但是這樣，我不是騙他了麼？
聞道：是的，假使是騙他，也只好騙他，等他病完全好啦，我再慢慢同他說明。
月亮：……。
聞道：他一直對你很好，是不是？
月亮：他對我一直同我哥哥對我一樣。
聞道：我呢，我們總也夠得上一個朋友。
月亮：二少爺，你更是……因為你同哥哥是有同樣的精神，而且這次我哥哥出獄，完全是二少爺與大少爺的力量，我怎麼會不感激？啊，二少爺，你不說我哥哥要看我麼？
聞道：是的，我約他隨時可以來看你，現在你在醫院侍候我哥哥，他要是到我家去，我陪他到這裡來看你好了。那麼你接受我的話了。
月亮：但是似乎我不應當去騙大少爺。
聞道：這不是騙，月亮，這不是罪惡，這是恩惠，給他，同時也是給我。
月亮：假使你以為對的，我聽你的話，不過你一定要答應我，他病好了以後，你慢慢同他說。
聞道：那自然。不過回頭我母親來啦，你也不要同母親說你是假的，你也要騙著母親。
月亮：為什麼也要騙她呢？
聞道：我母親頂歡喜我哥哥，假使她知道你騙他，她面子上一定要露出不高興，或者會熬不住，同我哥哥去講。
月亮：好吧，好吧，二少爺。

聞道：你應當，從今天以後，天天安慰他，同他說，叫他好好養身體，等他好了，你同他結婚，到鄉下去。

月亮：那麼將來你同他說明的時候，他不是又要什麼了麼？

聞道：將來，有沒有將來都是問題。照醫生同我私人說，這是不會出幾天的。月亮，將來，不要再同我講得太遠，將來……這次是顆粒性的肺結核，月亮，醫生的話是科學的。你不必問別的，你沒有什麼大犧牲，不過，也許，只是叫你使他死得高興一點就是啦。（他啜泣了）

月亮：（很感動）二少爺，你怎麼說這樣的話。你說，假使我真的嫁他，他病可以好麼？（她哭了）

聞道：不要問這些了。月亮，各人憑各人的愛，盡各人的能力就是囉。（他指他自己的眼淚）月亮，現在你進去吧，你到裡面去不許哭，要溫柔，要自然，要……知道嗎？

月亮：我知道，我知道……。（她站起來）

（李勳位與李太太開門進）

聞道：啊！媽，你來啦。

（護士自內房出）

護士：輕一點，他正睡著啦。（她又進內房）

李太太：勳位，你怎麼這樣晚才打電報給我？

李：他的病是突然發起來的。啊，我現在有事，我先要回家去，等陳雲峰他們來看我，你們有什麼事打電話給我好了。

（李勳位匆匆下）

李太太：真是我一回去什麼事都變了。怎麼，盛藻也辭退了？借陳家的車子，來得這樣晚，害我在車站上等了許久。啊，聞道，你哥哥倒是怎麼樣了？

聞道：媽，你先休息一回，他現在睡著了，我有話告訴你。

（李太太要進去）

（月亮躡手躡腳地進內間）

聞道：媽，你知道他的病怎麼突然發起來的？

李太太：又是太累了吧。

聞道：恐怕還因為受了一點刺激。

李太太：刺激？
聞道：媽，你知道他愛月亮的事情麼？
李太太：他愛月亮？
聞道：是的。
李太太：這個怎麼會使他受刺激呢？
聞道：因為……因為……因為月亮不相信哥哥愛她……我也不知道這事，所以我打電話叫月亮到這裡來看護他，我想這樣一定會使他好起來的。

（月亮探半個身子出來）

月亮：太太，大少爺醒了。

（李太太匆匆進，聞道跟在後面，但走到門口，外面有人敲門，聞道就折回去開門去，進來的是元兒）

元兒：怎麼？你哥哥病怎麼樣？
聞道：還是很危險，但是現在月亮來了，我想或者可以好一點的。
元兒：怎麼啦？
聞道：我哥哥因為愛月亮……

元兒：愛月亮？
聞道：是的，而且就因為這樣病又發啦。
元兒：真的麼？那麼月亮愛他嗎？
聞道：月亮說不愛他，但是這是她的意志。她意志似乎時常叫她不愛哥哥，可是她感情……
元兒：那麼我哥哥……
聞道：是的，他也愛月亮。
元兒：那麼我怕我哥哥也要病了。
聞道：他也病了。
元兒：他每天焦慮得很，一句話不說，皺著眉頭。
聞道：我找你去，他怎麼總不在家。
元兒：說的是，因此我母親也更加不安起來，也天天皺眉蹙額的。我哥哥一出門就是一天，有的時候深更半夜才回來。
聞道：他倒是到哪裡去？
元兒：誰知道他。

（李太太出）

聞道：啊，這位是媽。媽，她就是小琴，是我常提起的小學裡同學。
李太太：是張小琴？這怎麼回事？我走了幾天，有那麼些變化？

聞道：她是盛藻的妹妹。
李太太：盛藻的妹妹？啊，怪不得你爸爸要不叫盛藻開車了。
（電話鈴忽然響起來）
聞道：（接電話）喂……是爸爸麼？哥哥還是這樣，怎麼，叫媽就回家麼？唔……唔……好吧，好吧。（掛上電話，對李太太）媽，爸爸叫你回去，家裡沒有人。
李太太：家裡怎麼？但是聞天……
聞道：哥哥……好在有我們在，爸爸一個人在家，你也應當休息休息，還是回去吧。
李太太：呵，車子也沒有了。
聞道：我來叫。（他拿起電話）喂，頭等病房三號要一輛車子。
（李太太到內室）
元兒：你陪你媽媽去麼？
聞道：媽自己會去。我要守著哥哥，這裡也許有什麼事。
元兒：那麼讓我回去吧，明天再來看你。
聞道：不，不，你陪著我。

（電話鈴響）

聞道：（接電話）汽車來了？好，我們就出來。（到內病室門口，輕輕地）媽，汽車來了。（李太太上）

李太太：好，你們不要走開，有什麼事打電話給我。

（李太太從外下）

元兒：文白，自從我們重逢以來，我們計畫得多好，我想著將來我們到自由區真是快活極了，但是你哥哥病了，我哥哥變了，我母親每天憂愁著。整個的家都顯得非常悽慘似的。

聞道：但是我們要努力創造，我相信什麼都會慢慢好起來的。等哥哥好了，我再勸爸爸希望他把資本移到後方去辦實業，我們大家都到後方去工作。如果他不肯，我不再管他，讓我們兩個人自己去。

元兒：但是我實在有點怕。本來我聽到你的計畫，我是多麼快活。但是你哥哥病了，我哥哥變了，現在我覺得很怕，好像總會有事來阻撓我們似的。上次你哥哥說世界上的快樂好像是有限的，有幾個人占到了，有幾個人就損失了。假如這話是真的，那麼是不是因我們占到了快樂，所以使我們的哥哥不快樂呢？

聞道：不，不，我們的快樂是自己的愛，他們是為著月亮。

元兒：月亮，但是我哥哥也許還為大亮。

聞道：你哥哥碰見大亮了麼？
元兒：是的，他去找大亮。
聞道：那麼大亮對於他同月亮的事情怎麼樣呢？
元兒：他回來沒有提起，可是他後來就常常同大亮在一起，早出晚歸的，不知道幹什麼？
聞道：最近聽到罷工的工人要大示威，盛藻也許在忙這件事。
元兒：是的，一定是的。好像大亮同他說，等一件大事情忙好了，再談他同月亮的事。
聞道：大亮一定在忙這件事，上次父親把他保出以後，他說要來看我，來看月亮，但是他至今沒有來過。
元兒：你父親把他保出來了？
聞道：是的，那是我父親禁止我去活動時候，我提出的條件，但是這還是我哥哥的力量，不然父親不見得會肯的。
（月亮自內探半個身子出來）
月亮：二少爺，二少爺。
（聞道進，但隨即出來，護士跟著出來）
聞道：（對護士）啊，你快去請王大夫來。

（護士自外門下）

元兒：怎麼啦？

聞道：氣喘得很急。

（舞臺上沉寂，隱約有隔房的咳嗽聲，聞道與元兒肅穆地等著，大概有兩分鐘的工夫，有人開門了）

元兒：醫生來啦？

聞道：醫生來啦！

（聞道迎上去。進來了護士與王大夫。王大夫與護士匆匆進內房。聞道跟著進去，元兒也跟著進去，但隨即退出來，月亮也退出來。護士在他們身後關門時，聞道、月亮、元兒在舞臺上。聞道低著頭站在桌角，月亮坐倒在沙發上，元兒愣在那裡，沒有一句話，空氣非常沉重，大家屏息著，期待內室的消息）

月亮：唉……。

（於是空氣又沉寂了，大家沒有一句話，約三分鐘後，醫生出來了）

聞道：大夫……

（月亮站起來，大家望著王大夫）

王：（搖搖頭）沒有希望了，現在……
月亮：啊！……（她哭了，哭得很厲害）
聞道：（也哭了）……
元兒：（也陪著流淚了）……
王：聞道兄，進去看他，不要哭，讓他安靜地歸天吧。

（聞道啜泣著走進去）

王：不要哭，不要使他痛苦，讓他安詳些。

（聞道揩乾眼淚進去，大家屏息等著。月亮禁不住淌著淚，最後聞道出來，面上顯得十二分嚴肅，他冷靜地走到月亮的面前）

聞道：月亮現在你進去，記住，不要哭，使他安靜，即使你不愛他，也請你說句愛他的話，讓他靈魂有點安慰死去吧。（說到最後禁不住流淚了）

（月亮振作一下，遲緩地走進去。看護在她進後關門，聞道去打電話）

聞道：七二一四五——喂！啊，爸爸，哥哥病……病危了，你們快來！

（聞道打完電話，拉著就在他旁邊的元兒的手，屏息而嚴肅地站著，王大夫也站在一邊，非常同情地沉默著，大概有兩分鐘工夫）

月亮：（在裡面，突然哇的一聲哭出來）聞天……

（王大夫於是開門進去，最後，溫婉地將月亮推出來，關上門。月亮哭得非常厲害。聞道奔向門口。元兒驚惶地不知所措地站著。最後聞道走向月亮）

聞道：（嚴肅地）月亮，你是不是說了愛他。

月亮：說了，不但說了，而且我心裡的確意識到我在愛他。這是一個真正的愛，我沒有撒謊。

聞道：我相信你，但是你以前怎麼……

月亮：以前我不相信我在愛他。我愛我哥哥，我哥哥給我許多思想上的啟示，所以我從來不相信，而且不可能會想到愛一個少爺。每次我意識到有點愛他時，我總提防著這或者是我虛榮心在作祟，是我貪物質的享受在作祟。我怕我有違背對哥哥的信念，我怕我墮落，我怕因此要依賴一個男子，我怕生命被他所毀，所以我答應同盛藻走，離開你哥哥。我當時相信我把這苦衷同我哥哥說，我哥哥一定會同意的。因為他不喜歡我被一個少爺愛，或者我去愛一個少爺，而我就覺得早一天離開你哥哥，於他於我都好一點，省得以後到離不開的地步。盛藻在愛我，當時是他勝利了，他勝利的緣故，倒反而因為他不是少爺，倒反而是因為他沒有錢，倒反而是因為他沒有地位，但是現在盛藻失敗了，你哥哥勝利了。現在我感到我的確不是少爺們愛培養的花朵，而是泥，是水，是日光，我在支持這顆垂死的花朵，我沒有能力使他活，但是我的確給他非常安詳的死。他像一朵花，一朵極美的花，他病得這樣美麗！但是，他現在拋棄這骯髒的世界了，我這份泥，這份水是失去了一切的美麗與光彩與存在的意義，我現在意識到我的心我的愛都跟他去了，去了！（自語地）盛藻，現在我要告訴你，你是失敗了。元兒，請你告訴他，他的失敗不是因為他的窮，他的沒有勢力，他的一切不及少爺的地方。以先我忠實地對他說，我愛他，可是他總懷疑我在愛大少爺！但是今天我對二少爺的允諾，我騙大少爺，可是他相信了。他相信得這樣堅固，好像一個信徒相信上帝一樣，他滿足，他愉快，他笑，他越相信，我越感到我不應當騙他，不應當騙他，但是我一直騙他。一直到剛才我跪在他床前，我感到他快死了，我活著就失去了意義，我感到我實實在在愛他，我感到我不能沒有他，我才對他說：……我相信這是一句真話。我說：「聞天，原諒我一切，安詳地對我笑，我的愛的心永遠在你身邊。」他笑了，他果然笑了，他要死，但他會含著笑死的。這笑是信仰，是堅固的信仰，是永生的信仰，好像是教徒相信靈魂因此可以進天堂的信仰，好像我的話是天國的福音。有那麼一個人，她有本事可以騙一個這樣信仰她的人嗎？啊！我哭，但不是哭他，是哭我自己，我自己會沒有能力把他挽回！現在，他已經平安地歸天了！（她哭）

（內室門開了，聞道奔過去，月亮站起來，元兒走前幾步。大家望著走出來的王大夫，王大夫嚴肅地垂著頭來）

（月亮默默地突然跪倒，手頭伏倒在沙發邊上。聞道伏在門框上。元兒奔到桌邊，兩手交在桌邊，驚惶地注視著王大夫）

——幕下——

第五幕

人物：陳雲峰，李勳位，李勳位太太，劉正榮，沈廣，張母。

時間：比上幕晚數小時，是深夜。

地點：同第一幕。陳雲峰、劉正榮正坐在那裡，李勳位在房中來回地走。

李：那麼公債怎麼樣呢？

陳：公債真奇怪，他們還有力量拋空，我們已經沒有力量收買了。你看，銀行又擠兌。

李：那麼擠兌的情形怎麼樣呢？

陳：擠兌的人是不少，不過只要公債有辦法，三、四天總還不要緊，如果公債不好，明天怕就難挨過了。

李：你說公債到底怎麼回事？

陳：剛才我打聽一點消息，說是三洞洋行，一方面極力借款給我們，叫我們不斷地把廠押給他，一方面他用重利錢也在借款給我們對方，據說都是老周一個人在拉皮條。

李：真的嗎？這真是凶！我奇怪他們竟有這許多錢，我把所有的廠全押給他們，他們竟還有錢借給對方。你說，三洞洋行的目的是什麼呢？到底是誰勝利於他有利呢？

陳：要是真是的話，可真有點討厭。因為如果我們勝利了，他們敗了，那麼我們就可以贖回工廠，三洞洋行在我們方面就拿不到廠了，至於他們，又沒有實在東西抵押，債也討不回來的。他們勝利了，他在我們那裡可以拿得到廠，在他們那裡也拿得到錢，所以恐怕最後是要幫他們勝利的。

李：那麼怎麼辦呢？

陳：不過也不很可靠，因為今天上午他們拋出並不多。

李：要是這樣的話，我想我們去找找別國的洋行看。

陳：不過，這也不是立刻可以講成的。

李：我們不怕出重利錢。

陳：明天後天，我各方面去問問看。不過至少也要三天才能借到手。

李：老劉，我們來廠裡定貨的款子怎麼樣呢？

劉：今天收到一點，如果今天可以平安地開夜工，給他們一點信用看，那麼明天那些源豐、美華、信記……那幾筆定貨的款子可以先去收取，這是沒有問題的。

李：這樣說，那麼今天開工一晚，明天就可以有辦法。把廠裡收來的款子，一方面收買公憤，一方面補銀行擠兌的不足。一面呢，決定向別的洋行進行大筆的借款。只要支持一兩天，借款一到我們一定可以勝利的。

陳：要是早知道三洞洋行玩這一手，我們早一點進行別處借款就好了，不過今天下午公債消息不好，銀行擠兌又多。所以我們也不能用銀行的現款去支持公債，要是公債消息好，銀行擠兌反而會鬆的。現在完了，明天要是再像今天一樣，幾個鐘頭就要關門了。

劉：第八工廠開著工也很討厭。

李：怎麼回事？

劉：因為這是給了他們全市的罷工一個打擊，所以工人來搗亂得很凶，今天好幾次要來衝廠。

李：巡捕房方面保護還努力麼？

劉：還不錯。機關槍什麼都擺起來啦，所以還太平。不過今天晚上，聽說工人方面要向我們大示威，據報告也許就要在夜裡來打廠。所以我已經關照巡捕房叫他們特別小心，並且如果他們真要衝廠的話，只好叫他們開槍，打死幾個人也不要緊，只要可以支持這一晚。你說怎麼樣？

李：……

劉：只要支持這一晚，明天就可以把那些定貨款子收到啦。

陳：收到了定貨款子，只要能維持三天，我想借款就有了，借款一到我們出其不意地收購公債，我想一上午就可以把他們打倒的。

李：那麼，好，決定這樣辦。

劉：（站起）那麼我去了，我要到廠裡去。

陳：啊，時候不早了，你也早點去睡吧。

李：啊！現在一切就在這一夜了，如果今夜工廠平安過去，銀行還可以挽救，否則什麼都完了。

陳：老劉，現在要完全靠你的能力。（站起）明天我先要聽你消息，才可以決定銀行開市或者停市。

劉：要是工人來襲廠，那麼完全要靠巡捕房的能力了。

李：好好去關照巡捕房，老劉，（到門口）再見，再見。

劉、陳：再見，再見。

（李勳位現在一個人在房內，來回地走，非常不安，最後坐到沙發上）

李：（獨白）唉！一晚上，看這一晚上！

（隱約有哭聲自外面進來。越來越近）

李：誰呀？

（進來的是李太太）

李：殯儀館怎麼樣？你怎麼會來？這時候！

李太太：（哭）……

李：幫忙的毛先生他們都在麼？

李太太：（哭）……

李：你說呃，多哭有什麼用。

李太太：我托給他們啦！我來拿一點東西。（又哭）聞天，聞天！啊，勳位，你怎麼這樣晚打電報給我，要是早一點打電報給我，他也許不會死的。

李：你又不是仙人，況且他的病是突然發生的。

李太太：但是你知道他這次發病的起因？

李：肺病重發隨時都有可能。

李太太：是的，但是他可是實在冤枉，為這個意外的刺激。

李：刺激？

李太太：是的，你知道他愛月亮的事情麼？

李：他愛月亮？

李太太：他愛月亮！

李：他愛月亮？他愛月亮？真的麼？這奇怪！

李太太：可是月亮以為他同她開玩笑，所以也就說不愛他，這樣他病就發了。聞天實在有點癡。

李：（問李太太）他愛月亮？
李太太：是的，所以聽說他見了月亮，就安靜了許多。
李：（自語地）他愛月亮！
李太太：所以他聽見了月亮的安慰就笑了。
李：（問李太太）月亮也愛他？
李太太：自然啦，月亮勸他好好養病，病好啦，就可以結婚，到鄉下去。
李：（自語地）月亮也愛他。
李太太：你看這兩個孩子，早不同我說，早同我說不就好了麼？
李：奇怪，什麼事情都奇怪！
李太太：有什麼奇怪呢？
李：還有聞道與小琴，你看他們的事情可多怪？
李太太：他們倒真是巧。
李：巧，實在太奇怪，所有的怪事情都攪在一起！
李太太：勳位，你今天怎麼？精神好像很恍惚，剛才殯儀館也不願多待一回，現在又很不安，到底為什麼？是不是為罷工的事情？
李：不但是罷工的事情，銀行擠兌得很凶，你曉得麼？
李太太：銀行在擠兌？真的麼，勳位？
李：但是你不必管了，你管也沒有用！
李太太：勳位，那怎麼辦呢？廠，廠罷工；聞天，聞天死了；銀行，銀行又擠兌……（她又啜泣

起來）

李：……

李太太：勳位，我早就勸你，差不多有點錢，到鄉下去，找風景好一點地方造所房子，享享福就算了，何必勞勞碌碌辦這樣，辦那樣，現在你看……

李：……

李太太：要是銀行倒了，鄉下的老根基不也就完了麼，所有的錢都搬到銀行來了。

李：……

李太太：老家的房子，多年沒有修理，又沒有人住，今年我看也都壞了，到處漏水，西院的牆也倒了。本來我想修理修理再出來的，可是你打電報來，我也來不及修了。

李：你不要再嘮叨好不好？你知道我心煩！

李太太：……

李：我心煩，我心煩，唉！

李太太：我也是心煩，你想鄉下，勳位，「樹高千丈，葉落歸根。」鄉下究竟是我們的根……。唉，聞天！聞天！（說著她又哭了）

李：你快點理東西到殯儀館去好麼？不要煩我了。

李太太：東西我叫沈廣在理。勳位，聞天死了，你怎麼一點不難過？

李：難過，難過，這許多痛苦焦急的事情，難道你叫我立刻死給你看麼？

（電話鈴響，李太太下）

李：（趕快接電話）喂，喂……是呀。你老劉麼，啊？廠裡起火啦？是在裡面放火的。打死許多人，什麼？是日本兵開進來開槍的，他們是幹嘛，放屁，維持治安不是有巡捕房，我看他們就是要搶那個廠。（他掛上電話）唉！現在什麼都完了！

李太太：（大聲）沈廣，你把這些都放在汽車上好啦，我就來。（對外面說著走進來）誰打來的電話？

李：現在我們都完了，（他奔到窗口拉開窗簾，開窗）呵！廠一定完了。你看這火光，這火光，這樣遠可以看見。唉，什麼都完了。

李太太：難道銀行也……

李：銀行明天只好關門了！

李太太：難道公債完全失敗了？

李：是的，完全，完全失敗了！

李太太：啊，勳位，你怎麼早點不告訴我？（哭）

李：我怕你傷心，在殯儀館，我看你哭得那樣，我想還是不同你說吧。

李太太：怎麼一會兒就變成這樣……

李：是的，三洞洋行一面以現款收押我們的工廠，我們一次兩次把廠押給他們，一面以重利錢借款給對方，叫對方打倒我們；我們沒有想到這一層。本來我們想借別國洋行的款子去同他們對敵的，可是已經來不及了！我們雖也防到三洞洋行的把戲，但我最後把所有工廠都押給三洞洋行，想吸收他一時的現款，使他不能再借給對方，我想這樣應可以支持幾天，過了這幾天我們從別處借款來就可以打倒他們了，可是誰知道他準備這許多現款，收了我們的廠，而還有力量幫他們打倒我，這是命！這是命！

李太太：那麼怎麼辦？（衰頹而啜泣）

李：所以我打算今天晚上叫第八工廠加緊開工，明天早上可以有一筆貨交出去，也就有一筆五萬塊錢可以到。萬一真的挽救不了，我想交兩萬元給陳雲峰同劉正榮料理零碎的事情，我們後天就帶這兩萬塊錢到鄉下去。鄉下，從此永遠不出來，不出來，我也老了，老了，你也老了。但是他們今夜，一定要在今夜燒我們的廠。

李太太：到底誰燒我們的廠？

李：罷工的工人啊。

李太太：為什麼？

李：因為我們要自己開工。我們必須開工，否則明天交不出貨，收不到錢。

李太太：你是說今夜大示威的工人麼？

李：我知道他們大示威，我們布置好包探巡捕保護，但他們有人埋伏在裡面放火，日本兵就藉著維持治安的名義開進租界，就對示威的工人開槍了，死了許多人。

李太太：死了許多人？

李：現在完了。這一次是我最後的一滴血，我們生命就在那裡。但現在，還有什麼呢？只要過這一夜，一夜，明天就是所有的廠燒了也不關我事。只要今天一晚上。可是，寒音，今天一晚上都過不了！

李太太：（歇斯底裡地，立刻向外跑）啊喲……

李：（拉住她）怎麼？
李太太：（哭）啊，聞道……聞道！
李：（焦急地）說，你說什麼？
李太太：我說，我說聞道也在大示威游行裡面。
李：聞道！（呆木了半晌）聞道，唉，那麼我為保留我們最後一滴血，我們反而殺我們最後一滴血，真正是我們的一滴血！（突然興奮地）聞道，你說聞道……
李太太：聞道！還有元兒，月亮……
李：這到底怎麼回事？你冷靜點說。
李太太：在殯儀館裡，月亮的哥哥同盛藻來看月亮，他看月亮哭得太慘了，帶她叫她參加大示威遊行，說是月亮太脆弱了，看看大示威游行可以堅強一點，眼光可以大一點。不知怎麼，聞道同他們說了一會，也跟去了，元兒也在一起。
李：月亮的哥哥又是我保出來的人。現在帶聞道去死去麼？（突然地）那麼你沒有阻止他倆？
李太太：我怎麼知道你要開槍打他們？我怎麼知道他們要來打廠，我怎麼知道……唉，現在完了。啊，聞道！聞道！我一定要去救他，這是我最後的一個兒子啊。（她手捧著頭，狂奔而出）
李：寒音！寒音！（可是李太太沒有理他。他頹然地倒在沙發上半晌才嘆出氣來）唉，聞道，聞道，銀行、工廠、月亮。唉，什麼都完啦！天，公債、公債、公債……（突然奔到窗口叫，寒音，寒音……有汽車的燈光打他的影子投在牆上旋轉。他恨極了，他用勁地拉窗幃，可是窗幃掉下來了！他又回到沙發上，把頭埋在手裡，像是昏暈過去一樣。半晌，他蘇醒過來。

他叫）沈廣！沈廣！

（沈廣上）

沈：老爺，有什麼事麼？
李：就你一個人在家麼？
沈：不，還有廚子，他睡了。
李：就你們兩個人麼？
沈：是，別人都到殯儀館去了。
李；很好。

（李勳位沉默了，歇一會）

沈：老爺有什麼事麼？
李：沒有什麼，你倒一杯茶給我。

（沈廣倒茶給李勳位，欲退）

李：沈廣。

沈：老爺……

李：沈廣，你家裡不還有父母麼？

沈：是的。

李：他們在鄉下？

沈：是的，他們種一點田。

李：那麼生活一定很安逸了。

沈：這個年頭，老爺，談得到什麼安逸，我們這種人家勉勉強強活過去就是了。

李：你們種多少田？

沈：差不多二十畝田。

李：是你們自己的麼？

沈：自己只有六畝，其餘是替別人種的。

李：那麼每年夠花了麼？

沈：我自然每月帶回一點錢去。現在因為家裡只有兩口人，所以馬馬虎虎。要是人多起來，那麼就困難了。我們鄉下有些人口多的人家，那真是……

李：我現在很想到鄉下去。

沈：老爺？

李：是的，我也老了，大少爺也死了。大少爺在的時候，總勸我何必再忙忙碌碌，勸我何不到鄉下安安逸逸地住，過清苦淡泊一點的生活，我一直沒有聽他。現在他死了，我才感到我是老了，連兒子都死了，一個人誰知道什麼時候死，所以我想決定退隱了。

沈：啊！老爺不過是說說罷了。
李：為什麼。鄉下有什麼不好呢？
沈：鄉下哪裡能同城裡比，連電燈都沒有。
李：電燈？電燈？我要電燈幹什麼？
沈：啊，要是老爺還常常來這裡，那就更不方便了。
李：為什麼要來這裡？
沈：老爺不有許多事業在這裡，工廠囉，銀行囉。
李：啊，不要提起這些事情吧。
沈……
李：唉，……
沈：（將下）……
李：沈廣，沈廣……
沈：（回）老爺，什麼事？
李：你，你還有我銀行的票子麼？
沈：有幾張。
李：你回頭交給我，我換給你。
沈：老爺？
李：你知道明天銀行就不開門了。
沈：老爺？

李：是的，我什麼都完了。你看那面，那面火光熊熊的，燒著的正是我的廠。

沈：啊，老爺。

李：還有，還有那面，有我自己布置的軍警，預備抵抗示威遊行來打廠的群眾，可是現在，也把我唯一的兒子闖道打死在裡面了！他是被大亮帶去，你知道大亮麼？這個我從牢監裡把他保出的人，他帶走了我唯一的兒子！

沈：啊，老爺？你是說二少爺……

李：是的。他同元兒，還有月亮。

沈：但是也許沒有死。也許只受一點傷，我去看去，我去找去。（沈廣飛奔地出去了。李動位也沒有去阻止他）

（李動位於是獨坐在沙發上與痛苦掙扎了許久，最後站起來）

李：（自語地）好吧，大家去了！你們都去，去。（他坐到窗口）啊！天！沒有光明，沒有一線光明，唉！（最後他回到寫字檯上，從抽屜深處拿出一把手槍。當他正要舉槍自殺的時候，門口陰幢幢走進來一個人。他驚慌地問）誰？

（張母上）

張母：是我！

李：誰？你？你是誰？
張母：是我！
李：（揉揉眼睛）你怎麼進來的？我是在夢中麼？
張母：有門我就進來啦。
李：門沒有關上？我在做夢麼？
張母：也許是的。巧極啦，一直進來，就只碰見你。
李：你來幹什麼？
張母：我來找你，你難道不認識我了麼？
李：我自然認識你。
張母：那麼我是誰呢？
李：你，是盛藻的母親。
張母：你以為我求你收用我兒子做你的汽車夫麼？
李：你，你是元兒的母親。
張母：那麼你以為我來求你把我的女兒做你的兒媳婦麼？不，不，請你想一想，也許你還可以想起我是另外一個人。
李：你！
張母：是的，在二十年前……
李：二十年前？
張母：是的，你一定不會忘記，我的丈夫是元豐莊的老闆。

李：（自語地）二十年前……

張母：是的，你是福建分莊的掌櫃的。

李：（回憶地）二十年前……

張母：是的，你難道都忘了麼？

李：（從回憶中醒過來）二十年前？啊，二十年前！

張母：你不會忘的，這裡（她從懷中拿出照相來）你看，這裡是你，是你自己，你自己認認自己看。

李：我自己，我自己……

張母：假如你不認識你自己啦，我想你總還認得我丈夫。你十三歲就認識他的，自從你在店中學徒一直到二十歲升到掌櫃的，常常見面，難道你也會忘了他麼？你自己變了？不認識你自己了！可是他沒有變，你可以認識他，（她又從懷裡拿出一張照相來）這就是他，是我的丈夫，啊？這旁邊站著的人，你就不認識麼？一定可以認識，你看這眼睛，這鼻子，這耳朵。他，他就是你自己。

李：啊……你丈夫？

張母：是的，後來我丈夫死了。

李：……

張母：你捲款逃了。

李：……

張母：我們家破產了。

李：……

張母：房子被封了，東西被拍賣了，受盡別人的氣，別人的欺侮。我一個年輕的孤孀帶著兩個孩子，東漂西泊，靠人，求人，受了二十年的苦，做了二十年的苦工，才把孩子養大了，我的一生也完了！我的一生，我的一生……。你還我的一生，一生……。

李：你說，現在要怎麼樣？過去，過去的都過去了！

張母：都過去了，這是你的房子，那是你的花園。裡面是你的太太，你的少爺；外面是你的工廠，你的銀行。過去的都在，都在。

李：你要怎麼樣呢？

張母：我要算賬！

李：……

張母：我知道你現在有錢，有勢力，有手段，可以賴這筆賬，可以殺我，可以滅我口，可以害死我一家，但是你總也看見了你自己的過去，你也想到了一切，所有的一切幸福、房子、錢、銀行，全是我的，我的。你沒有權可以向我驕傲，沒有臉可以對我。盛藻是你的汽車夫，可是你叫過他少爺，記得麼？現在，你辭退了他。他因此瘋了，這，他並不是想為你做你的奴隸，他是愛那位在你家的月亮。她，你要把她嫁給你少爺。

李：你講完沒有？

張母：講完，這我一輩子講不完，二十年的痛苦講完？二十年的痛苦，是的，二十年前為你的狠毒，為你自己要進天堂，把我推到了地獄。現在，為你兒子要月亮，把我的兒子害得發瘋，現在為你的小兒子的情欲，把我的女兒占據了做你家的點綴。哼……

李：假如你可以少談一點過去，讓我講一段現在的話？
張母：現在怎麼樣？過去，過去全是我的；現在，現在全是你的。
李：相反，剛剛相反。過去，過去全是我的，現在，現在全不是我的了。你的錢，你的產業，你現在都要我賠麼？
張母：二十萬現款，隔了二十年，你說你的財產夠給我麼？
李：我，唉，假使今天我勝利啦，二十萬，隔二十年算變成兩百萬吧，不過兩百萬，我可以給你，為什麼我不能給你？可是我失敗了，我什麼都完了……。
張母：你說什麼？你說這些是什麼意思呢？
李：沒有意思，我只告訴你，我現在並不是怕你同我算賬，要阻止你同我算賬。現在連一元錢都沒有了。
張母：你沒有錢。你的銀行？
李：銀行倒了？
張母：你的工廠？
李：工廠押去了。
張母：你不用撒謊，我不會再受你騙，你還不出錢，我就要你的一切！
李：我的一切，我的一切，我早就一切都沒有了。（自語地）銀行倒閉，工廠押去了，兒子死了。（哀聲地）我不騙你，現在我還騙你幹嘛？你也不用逼我，你要什麼，你要什麼，你就拿吧！拿吧！
張母：（她有點愣了）真的麼？你說的是真的麼？

李：二十年前，你丈夫死了，那花莊有點動搖。我利用那個時期，我欺騙了你們捲逃你家的錢。我奮鬥，掙扎，用我的精明能幹，以及你家的二十萬資本的力量，我打倒市場上的敵人，一個一個的。我辦了工廠，開了銀行……哈哈。我看不起一切，我有意志。社會上，我相信沒有敵人，因為二十年的經驗，我深深地知道社會上那班有錢的人都不夠精明，不夠能幹，不夠努力，不夠勤奮；可是精明的人，能幹的人，努力的人，勤奮的人，都沒有錢，所以我就占了優勢。我占了優勢，我勝利了。可是現在，那三洞洋行，它利用現在上海的優勢，它利用比我更能幹的手段，用它比我許多倍的資本力量。利用那工廠在罷工的時期，利用市場上那個與我對敵的團體，把我打倒了。（嘆一口氣）唉，一點鐘以前，我還期望收到最後那筆五萬元錢。聞天死了，我想帶我聞道離開這裡，到後方再去建立實業。但是你看（指窗外）那邊天還紅著，那是我的廠在燒，裡面有一些貨物，就是五萬元錢，這是最後的一滴血。可是完了！唉，你要我什麼？你說吧……。

張母：你的話都是真的嗎？

李：怎麼不是真的，現在我欺騙你幹麼？

張母：真的，唉，（同情地而且感慨地）這是報應。

李：這不是報應，這是命運。

張母：那麼，你打算怎麼樣？

李：你要什麼，你就拿什麼。樓上，樓下，箱子裡，櫃子裡（他從抽屜裡拿鑰匙給她）你隨便去拿去拿，我不阻攔你。我有什麼，你就拿什麼好了。

張母：我並不要你的東西，你的東西，你知道都不夠賠我的。我現在問的是你自己打算怎麼樣。

李：我自己，我自己，你問我自己，我不知道哪裡還有我自己。
張母：你不知道你自己，那麼你的聞道，你的家，你的一切。
李：我的家，我的家，你問我的家？（他不禁泫然）
張母：是的，我問你的家，你是一個男子，能幹而有魄力的男子，當初你是怎樣白手起家的，勤儉刻苦，用心思手段，從窮光蛋到現在的地位，那麼，再回到窮光蛋，有什麼稀奇，再來過，再幹過，再從新幹吧！
李：但是我老了，一個上了年紀的人，經得住這樣大的刺激嗎！
張母：這算不了什麼，我是一個寡婦，自從你捲了二十萬元去了以後，所有的店都倒了，整個的家破產了！我一個人，帶了兩個孩子，走到東，走到西，後來在紗廠裡做工，在洗衣服房裡替人家洗衣服，我教育我的兒子女兒，到了現在，一直到了現在，我永遠知道自己，多麼苦，我都知道自己。我有愛，所以我知道自己，我愛我的兒子女兒，所以我知道自己。你是男子，你就不知道了自己？以先的力量呢？以先的勇氣呢？以先害我的計巧呢？拿出來，來認識你自己。
李：但是什麼都完了，銀行倒了，廠押光了，孩子死了。
張母：但是你有你的太太，還有聞道。實在同你說，現在，照你所說的，你什麼都完了，我們有賬也沒有法子再算，這仇也沒有法子再報。你也老了，過去譬如一場噩夢。不過為我們後輩，為你的聞道同我的元兒，為你們的月亮同盛藻，我們應當給他們準備一個幸福的前途。窮不要緊，他們都年輕，會工作。可是盛藻同元兒，為你們的月亮同聞道，現在弄得顛顛倒倒。盛藻每天出去，不知在幹什麼。元兒每天跟著聞道，正經事情都不幹。你老了，但是他們年輕。你害了我一輩子，那麼難道你兒子與你家的月亮，還要害我的兒子與女兒一輩子？你沒有錢，可是你還是用錢欺侮我們，你辭掉盛藻，把月亮騙給你的孩子，你又給錢給你的小兒子，為怕他去幹愛國罷工的事情，你利用我女兒做他的玩物。你看你的狠心！現在報應來了。你還不覺悟麼？你也老了，我也老了，過去的都過去了，像夢一般的過去了。現在我們打算將來，將來全在我們的後一輩身上。

李：將來？還有什麼將來可以打算呢？

張母：你們也許沒有將來，但是年輕人是有的。聞道、元兒，盛藻、月亮，他們有愛，他們有夢，他們都健康，都有熱誠，請你設法送他們到自由區吧，那面才是他們的世界，他們可以工作，他們可以讀書……。

李：晚了，晚了，這些都已晚了，你知道，他們都參加了大示威游行去了，那面日本人正用機關槍在掃，我想他們恐怕早已……。

張母：這是真的麼？

李：你以為現在我還要騙你麼？

張母：你說聞道，那麼我的元兒也在一起了。

李：都在，都在，盛藻、月亮、元兒全都在一起。

張母：這怎麼會呢？

李：但是是事實，是月亮的哥哥大亮帶去的。

張母：（歇斯底裡地）這是假的，這是假的。你說，這是假的。

李：但是是事實，他們從殯儀館一齊去參加的。

張母：那麼沈廣呢，你快叫他來。

李：他去找他們去了。

張母：那麼你想來得及麼？

李：我，我也不知道。

張母：要是來不及，來不及，那麼我的盛藻、元兒又是被你殺害了。

李：但是這些我怎麼知道，聞道不也在一起麼？

（這時候有汽車光從窗口劃過，臺上兩個人屏息期待，面面相覷，臉上浮起希望的光彩。最後門果然開了，走進月亮與聞道。聞道受著傷，手按著傷處，血染在衣外面，受著痛苦，月亮扶著他到沙發上。張母與李愣了看著他坐下，最後大家跑上去）

張母：聞道？

李：（忽然悟到地）我去找醫生去。

聞道：（拉住他爸爸的手）太晚了，爸爸，我只想再來見你一面，同你說幾句話。

李：（握著聞道的手）你說，你說。

聞道：爸爸，你告訴我，你沒有叫日本兵來殺我們的工人。

李：沒有，沒有，我怎麼會去叫日本兵。

聞道：沒有騙我？

李：沒有騙你。

聞道：那就很好，很好。那麼我猜的還沒有錯，是他們藉著你的名來殺我愛國的同胞，借治安的名企圖占你的廠。
李：我知道，他們可以藉著我的廠押給他們的名義來保護廠，來殺我們的同胞。
聞道：爸爸，現在你總該後悔沒有聽我的話，及早把一切盡可能撤退到後方去。在這裡，一切遲早都會被他們搶去，他們是強盜。
李：聞道，我去叫醫生去。
聞道：不必了，爸爸，我知道我是完了，你不要難過，一個兒子為抗戰為民族而死，做父親的應該覺得快樂，覺得光榮的。現為我求你，爸爸，你應當儘量幫助我們工廠裡工人到後方去，他們都是愛國的青年，同你的兒子沒有兩樣。多一個愛國的青年到後方去，就是多增一份抗戰的力量，也就是使我們抗戰早一天勝利。抗戰勝利，這工廠仍舊是我們的，是你的，也是我的……
張母：聞道，那麼元兒呢？還有盛藻？
聞道：完了，完了。但是未死的人正多，他們就會替我們復仇，他們會記住這工廠與我們的血，最後勝利還是我們的。你不久就可以看到敵人狼狽地退出去，而我們的工人在那兒快活地做工，我們在機器裡愉快地工作，煙囪裡都是煙，煙裡浮著我們千千萬萬健康的笑容……笑容……笑容……（他興奮中死去）
李：聞道！聞道！
張母：聞道！
月亮：二少爺！二少爺……

李：他已經完了！

張母：（歇斯底裡地突然拉著月亮的手）是不是盛藻、元兒都被……都被日本人打死了！

月亮：（痴呆地點點頭）……。

張母：啊！我的元兒，我的盛藻！（張母暈倒在地上）

月亮：（驚慌地伏下，跪著用手扶張母）伯母，伯母！（她哭著說）我，是你的。我會一輩子跟你，做你的人。

（這時候有月亮光射進來，穿過窗子，正好是十字架的影子照在張母身上。李痴呆地站在旁邊）

——幕徐下——

註：我很希望閉幕時有合宜的音樂，正如太陽下山後的晚霞一樣，安全幫助戲劇空氣不至有突兀的消失。

從《月亮》產生談起

八一三事件爆發以後，寄寓在異國的僑胞再沒有心按平時工讀，每天從早到晚等晨報、午報、晚報，翻閱那些斷爛而簡單的朝報，聽無線電上一些報告，在中國地圖上查暗晦的外國音譯的小地名，互相談論，也組織一些抗日聯合會一類的團體；但自從國軍退出上海以後，報上、無線電上的消息也少了起來，許多學生們與軍政界旅外的人都陸續回國了。躭留著的心緒也不寧，經濟也不穩定起來，這是一個最沈悶與寂寞的時期。

就在那個時間，我在暫留與即回的兩端決定不下的心緒中，而國內親友們的音訊，已有三、四個月沒有接到。家裡本來是住在市中心的，現在到底是流落在哪裡？這些同國事交錯地把我的心擾成灼熱。

一個人為種種苦悶所逼，而又不能有什麼行動的時候，這種情緒常常是向內流的，因而影響到生理的、神經的失常。起初是偶爾的失眠，後來幾乎夜夜不能安睡起來。

房內一點書都看完了，外面揚著快樂的舞曲。漆黑之中，我一個人躺在床上失眠，左思右想，熱燥難堪。與我對峙的，則總是在我窗外晃搖的一顆鎮靜與安詳的月亮。

有人說，文學是苦悶的象徵，我抽紙握筆，想藉此消磨一點難熬的時間與紊亂的心緒；誰知想出來會是《月亮》。所以在產生上說，這部《月亮》是極偶然的東西。

到上海以後，我也沒有想將它發表，後來周黎庵先生主編《海風》，向我要稿，我也正需要錢用，又沒有新作，忽然想到《月亮》，隨手檢出給他，誰知刊到第二幕，他就辭職了，辭職的原因是因報館預備取消稿費。我的稿子他自然也還了我，可是報館的啟事謂我為忙的緣故，所以不續寫了。留下一個第三幕，又不能向別處投稿，放在桌上，東堆西疊，實在妨礙我找書寫字，外面又有人說我無論怎麼忙，既然在別處寫零碎的文章，似乎不應該不把這個尾巴結束。所以我就交給珠林書店出版了。

珠林書店成立的時候，胡仲持先生曾經約我寫一點東西，我當時滿口答應寫一點知識方面的書。可是後來幾個同時應約的朋友都陸續校稿出書了，而我為俗務嚕囌，一字未成。大家會面的時候我總顯得特別寒傖，甚為慚愧；所以把《月亮》交給他們，倒成了一舉兩得的事。不過到底不是計畫中事，說起來也是很偶然的。

後來黃嘉德先生同我說，約翰劇社要上演我的《月亮》了；接著約翰劇社楊彥歧先生同我談排演稅種種條件，可是我剛想做點生意的時候，他告訴我大家在盡義務，將收入所得悉數作救濟失學難童之用。大義在前，安敢後人，我自然也願意盡這點義務。所以《月亮》的演出似乎也很偶然。

說到我和戲劇的因緣，實在也是很偶然的。那還是我在哲學系讀書辰光，因為對於美學發生點興趣，也牽涉一些藝術的理論，起初不過自己看點書，後來看到英國文學系有一課戲劇批評，我就去旁聽起來。不過為這點起因，引起我為北大戲劇研究會演了一、二次戲，編了一、二個劇本，其實那不過是一時興起，我的心力並不想整個放到戲劇部門裡去。但因此就交接了校外的戲劇朋友，後來偶爾也為他們編編劇本、演演戲，或者推銷點票。從此有人碰見我，以為我是藝專的學生了。

最近有位先生寫〈戲劇外史〉，他提到八、九年前我同龔家寶先生、章泯先生們在蘇州公演莫里哀的《鏗吝人》等的故事。其實那也是偶然的事件，是寒假裡，我在回北平的途中偶然談起而發生的。後來龔家寶、王惕魚、魏鶴齡、趙湘林、李化諸先生同幾位小姐們成立一個集美社到北平，預備表演話劇。那是九一八那年的冬天。北平學生們遊行示威，非常激烈。集美社預備在開明大戲院演點與九一八事變有關的戲，勒令我編。匆促之中，我編了一個《旗幟》獨幕劇與《中日兩重奏》二幕劇，演出結果很好。這雖然是集美社諸位戲劇同志的功勞，與合於當時環境與觀眾情緒的關係，但是在我的確也是一種鼓勵。可是我那年雖然已經畢業，但在心理實驗室還有點工作，我因而仍舊沒有與集美社共行動。

離開北平到上海以後，我寫文章很雜亂，雖然我也寫些劇本在《申報》、《東方雜誌》等地方發表，可是上海戲劇界的故友，約我再做點舞臺上的工作，我始終分不出心身來參加，在我是件慚愧的事情。幾年來，人事的變遷很多，但當日的戲劇夥伴，如章泯、魏鶴齡在內地，李化在香港，龔家寶最近聽說加入中旅，他們始終都在為戲劇努力。我慚愧之餘，不免也寫點戲劇的文章，充個搖旗吶喊的小卒，但這反引起了《申報》上「少說空話吧，還是回到舞臺上實際來工作吧。」的激語。

這激語，雖然難免有點訕笑的成分，可是同許多關於《月亮》的過獎的書評，與《月亮》的演出一樣，在我是一種鼓勵。假如以後要我多為舞臺做點零星的幫雜，那麼多半是這些鼓勵的結果。

約翰劇社是有歷史的劇社，我相信是不會失敗的。據說導演先生也是一個經驗豐富的戲劇人員，那麼如果有失敗的地方，還是歸罪於劇本好了。

一九三九年四月七日《文匯報》。

《月光曲》後記

這個劇本完全是《月亮》的重作，《月亮》交珠林書店出版後，再版也早已售罄。出版時因我原稿的紊亂，又因書店急於出書，未把清樣讓我親自校閱，想改而未改的地方甚多。當時本來還想一篇後記，也想說說關於演出應該注意的地方，但終因無法補上而迄未動筆。自己想想，覺得這個劇本也還是讓愛我作品的人來讀讀，比讓不了解的人來演出為妙，所以也不感到有什麼缺憾。但是不知是什麼緣故，約翰劇社竟想把它拿到舞臺了，為他們的熱誠與黃嘉德兄介紹的關係，使我無法拒絕。但當時因導演的低能與無知，把全部的演員都糟蹋光！做個觀眾的我，竟覺得臺上演出的完全不是我的作品。——我敢說當時沒有一句臺詞是說得夠味，所以這個演出連化妝讀劇都夠不上的。當時雖然他們給我許多戲票，但是我自己勉強看一場外，其餘的我連送人都不敢送了。

可是這並不是我重寫《月亮》唯一的原因，原因還在我愛我自己的作品，自己的作品就如自己的孩子，有不好地方，總想教育他改善他，不想完全將他捨棄。有人知道我在重寫《月亮》，覺得為什麼不另外再寫一個劇本呢？自然我並非不想再寫別的劇作，我心中有更深的愛與恨，更繁的情熱與夢，也還有更多的話與更多的故事。但是我總覺得這句好意的話，是叫我不要改善已生的孩子的意思，而這是做母親的人都不是這樣想的。其次我要重作的意思，還因為《月亮》中有我一個試驗，那就是用不現實的對白表示現實的情感。這本是最使低能的導演摸不著頭腦胡亂安排的所在，但是在美學的立場上，因為過份現實的東西，不能保住美的距離之故。古典劇本多以詩句來維持這藝術上的條件，近代藝術就有賴於別種手法，我的寫法原是一種嘗試，好在主要的目的，還是想讓愛我的朋友讀讀而已，所以有點故意為難演員了。

因此，這樣的重作，並沒有改去許多朋友認為是不現實的對話，改動的是整個的結構，三幕劇已變為五幕劇。凡我感到的當初《月亮》上不乾淨的地方，這裡完全刪去，本來想有的空氣我特別加濃了些，所以幾乎不是以前的東西了。雖然這些改動還是為戲的效果與全劇中心觀念的顯凸，但是我還沒有賦予演出成功上有什麼特殊的便利。

我知道劇作在演出上所收的效果與被誦讀所收的效果是不同的，但是如果被不了解的人任意擺布，帶觀眾到我劇作以外世界的話，那麼我願觀眾僅僅是我的讀者，他在我劇作的世界中，看到我的笑，看到我的淚，看到我的心在荊棘中蠕動，在火焰上跳躍，在我殘缺的生命中淌著有限的血，唱著無止境的夜曲。

一九四一年一月三十一日深夜。

《黃浦江頭的夜月》後記

這本書是《月光曲》的改作，《月光曲》的前身則是《月亮》。《月亮》由上海珠林書店出版，兩版後重寫一過，改名為「月光曲」，作為《三思樓月書》之一，由夜窗書屋出版，也印了兩版。現在又改作一過，內容也與《月光曲》有許多不同，所以書名也索性改了，因此這可以說是一本初版書，但也可以說是五版的訂正本。

《月亮》曾由上海聖約翰大學的同學們在蘭心戲院演出，當時因導演低能，弄得很不像話，但賣座很好，很使作者慚惶。《月光曲》也由上海各大學的同學們聯合演出，由光華大學教授們主幹。地址也在蘭心戲院，成績就遠比《月亮》演出為好。

現在再拿到這裡重版，仍為《三思樓月書》之一。我的興趣最近似乎離舞臺稍遠，並無作演出的設想，但如果有人要把它演出的話，希望早點得作者同意。我相信我會有忠誠的意見，可以貢獻給演出者的參考。

一九四三，九，一。

生與死

生與死

時：現代

地：中國

人：陳伯偉（環龍銀行經理）、洪蘭（陳伯偉之妻）、素龍（陳伯偉之長子）、素騏（陳伯偉之幼子）、張企齋（環龍銀行職員）、張美度（張企齋之女兒）、沈肯堂（張企齋之友人）、沈守白（沈肯堂之子）、韓媽（張家老佣）、徐寧（素龍、素騏、美度之同學）、李仲梅（同上）、張母、張劍曉（張母之子）、張劍平（劍曉之妹）、劉百槐（洪蘭之外遇——不出場）、亞生（一個流氓——有鴉片癮的瘦子）、中棍（一個流氓——有酒癖的胖子）、警察五人

第一幕

時：傍晚。

情境：中產階級張企齋的家。張企齋是環龍銀行的一個職員，妻死了以後也沒有續弦，同一個女兒過著安逸的生活。女兒在一個大學讀書，對他父親有兩重愛情：一重是對父親，還有

一重是對母親的。所以她也有兩重責任：一重是做女兒，在讀書；另外一重是做主婦，管家。但是最近一切都變了，她父親失業已有半年，她這學期也因而輟學了。所以從這間房間看起來，要說他們窮，自然還不能算窮；要說相當寬裕，也是不然的；房內也有書，這是美度所愛好的，也是企齋所看重的。

布景：一間合於情境的坐起室，同時也是書房與飯廳。

（美度上。這是一位知識階級的女孩，這種女孩在富有的家裡一定會是看不起人的小姐，但在平常的家裡則是最有同情心的女子，我們應當相信她在學校裡時功課是好的。第一因為她聰明，第二因為她把功課弄好了，就可使她的地位超於比她有錢的小姐。她生成有一副活潑的可愛的態度，慷慨直爽也是她的可愛的特徵。按說她是快活的，但是最近她為她父親失業與自己的失學，陷於不快活有好幾個月了。可是今天不同，她非常興奮，滿臉是快活的徵象。上場時手上臂下帶著許多東西——水果，鮮花，以及洋點心之類……顯然她是剛從外面買東西回來。她把東西放在桌上。韓媽跟著進來）

韓媽：啊！你回來啦！買了這許多東西。

美度：（吃力地坐下）今天我們要快活一下了。

韓媽：（收拾桌上東西）你一定走得很累了。

美度：沒有，今天我的心非常高興。

韓媽：實在，我也非常高興。這幾個月來你總是悶悶不樂，不愛出去，今天忽然高興起來，出去買了這許多東西回來。我好像在黃梅時節陰天裡做人，忽然開了太陽一樣的高興。

美度：不錯，我也是一樣，幾個月來，好像天天是陰森森的陰天，今天突然出了太陽一樣了。啊！韓媽，素騏、仲梅、徐寧他們沒有來嗎？

韓媽：沒有，怎麼？他們今天要來嗎？

美度：是的，我約好了他們吃晚飯，替我父親慶祝慶祝。

韓媽：那麼，我們要去預備菜了，你怎麼不早說，也好叫我預備。

美度：啊！這個我早已弄好了，我已經叫菜館裡送來，用不著你再來擔心了。啊，韓媽，你說我現在多麼開心，以後我們又可以過安定的生活了，下學期我又可以進學校去。

韓媽：不曉得老爺這次的新差使有多少錢一月？

美度：大概一百八十塊，那不是同以前差不多嗎？不過我們要節省，省下來要還清一點債。

韓媽：老爺也奇怪，自從你失掉了母親，他一直規規矩矩的，怎麼這幾個月來忽然又三天兩頭去賭去了。不然就算沒有事情，也不至於負債的。要不是他有了事情，我真怕那麼可怕的慘事又要來了。

美度：什麼，你又說可怕的慘事，那到底先前有過什麼可怕的慘事？

韓媽：這是過去了，很早很早地過去了！

美度：那是為什麼？

韓媽：這是一個很悽慘的故事。

美度：什麼？又是悽慘的故事？你講給我聽好不好？坐著講，韓媽。

韓媽：以後再講。（欲出）

美度：韓媽，我知道那個悽慘的故事一定同我有關係的。以前不是有許多次，你也是想講想講的又不講了。有一次，在夏天裡，我問起我的母親，你也說一個悽慘的故事。現在說到我父親，你又說是一個悽慘的故事，那麼到底是怎麼一回事呢？韓媽。

韓媽：今天快快活活，講這故事幹嘛？

美度：上次，三個月以前吧。你說悽悽慘慘的夜裡不要講悽慘的故事，現在快活了，你又說快活的日子不要講悽慘的故事。你講，韓媽，你不講我永遠不會快活。

韓媽：……

美度：韓媽，你講。你在我們家這許多年，母親沒有了，我跟你睡，同你在一起，你照顧我，你同我母親一樣，你什麼都不騙我，不瞞我，為什麼對於這件事獨獨瞞著我呢？韓媽，現在你講，以前我心裡不快活，你怕我受不住悽慘的故事，今天我很快活，心裡非常光明，聽一點悽慘的故事，算不了什麼。你講！

韓媽：隔天再講，隔天再講。

美度：我要你講，今天，現在，立刻，我要你立刻講。

韓媽：（吞吐地）你聽了可不要怪你父親。

美度：怎麼會怪我父親，你儘管講。

韓媽：你母親是一個了不得的好人，她待我實在好。她把你托給我，所以我要管你到你出嫁了。

美度：不要講這些了，我很知道。你同我母親一樣，我不會離開你，我不要你走，你老了，我養著你。現在請你告訴我那個故事。

韓媽：我不能講，我答應過你父親不講的。

美度：你是不是講母親不好，那也不要緊，母親總是我母親。
韓媽：不，你母親怎麼會不好，她再好也沒有啦。
美度：那麼你是要講我父親的不好，那也不要緊，他現在總是很好。
韓媽：他現在，現在又賭起來了啦！
美度：你是說他以前也這樣賭嗎？
韓媽：是的，你母親死以前。
美度：你不是說她在我四歲時候死的嗎？
韓媽：是的，你四歲的時候，那時候你母親把你交給我。那時候我們在煙臺，她帶了你的哥哥同一個妹妹到上海找你的父親。海上起了颶風，船翻了。
美度：怎麼，你是說她死在海裡？為什麼父親一直沒有告訴我？
韓媽：你父親那時候在上海，愛了一個妓女，天天賭錢，同現在一樣。
美度：韓媽，你是說我父親……
韓媽：是的，家裡有一年不帶錢來，不寄信來。所以你母親才帶了你的一個哥哥，一個妹妹去找他，但是船翻了。
美度：我還有一個哥哥，一個妹妹。
韓媽：是的，要是在這裡，恐怕同徐寧徐先生一樣高了。
美度：那麼後來我們怎麼樣呢？
韓媽：我們在煙臺苦苦地過活。
美度：我父親呢？

韓媽：他一直沒有消息，但是一年以後他回來了。他在上海病了一場，那個妓女又同別人好了。他才想到家，回到煙臺來，但是你母親、哥哥、妹妹都死了。這樣他才完全覺悟了，從此就懺悔過去，也不娶人，規規矩矩一直到現在。

美度：真的這樣嗎？

韓媽：自然是真的。你母親走的時候，把你交托了我，叫我無論如何管著你。現在你已經快二十歲了，但是他忽然玩起賭博來，我想起來，實在有點怕。

美度：但是，現在這都過去了！過去了！

韓媽：（憤慨地）過去都在我的心頭，你母親這樣一個人，這樣的死去！我想到這裡，我真恨男人。你父親，不瞞你說，一切進大學，到日本留學，所有的錢都是你母親供給的。但是回來以後，不久他就愛上了一個妓女，把你母親害死了！（哭泣）

美度：唉！我父親，想不到我父親……

韓媽：但是你可不要恨你父親。過去的事情都回不來了。他是每天在懺悔的，他愛你，把你當作你母親一樣的在懺悔；你母親死了，他有什麼辦法可以追回她？只有你是他唯一希望，所以他無論如何要把你培養得好好的，要你好好地讀書。

美度：（哭泣）……

韓媽：他的懺悔是很可憐的，但是你母親死得更可憐！

美度：（哭泣）……

韓媽：你快不要哭。哭有什麼用？你母親也不會復活。你父親最近的賭博，又使我想到過去，我怕，好像什麼慘事又要發生了！但是現在好了，可怕的印象又快消散了。他又要早出早回地去辦公了。

美度：為這次失業，他是大大的瘦了。唉！母親……

韓媽：瘦！那是為賭博，賭博，可惡的賭博！（又緩和起來）可不是瘦了許多，他這樣的清瘦，完全恢復了以前的樣子，以前，他從日本回來時候迷於賭錢的樣子，那時候你才生了，為了賭錢，以後就在上海迷上了一個妓女！唉！這瘦，瘦得可怕！可怕的瘦，我怕又要發生什麼慘事了。

美度：現在我已經快二十歲了，那麼你是說他有十五年沒有這樣瘦過了。

韓媽：（更緩和）是的，他身體本來很瘦，但是自從他懺悔了以後，養得好，不糟蹋。每天辦事，事情完了就回來，看看書吃飯，吃完飯睡覺，只有禮拜天帶你去看看戲，或者去玩玩。現在因為天天賭到三更四更回來，早晨不起來，所以瘦下來！瘦得同以前一樣了。

美度：（自語地）唉，母親會是這樣死的！

韓媽：他現在瘦得可怕，同以前一樣，這種瘦法有點可怕！我怕會出什麼事。

美度：（呆木地自思）……

韓媽：你可不要在你父親面前說出這件事。他現在要你相信他，愛他，他不願意你知道他過去的糊塗。

美度：是的，我仍舊相信他，愛他。十五年的懺悔，把我教育到這樣大，他也不要娶人，沒有什麼娛樂，苦苦地工作，工作，只為我一個人的幸福與前途。但是，母親，母親……（她又哭了）

韓媽：啊！這是難得的，過去有多少人來做媒，他都拒絕了。那完全為你，你像你的母親，尤其笑的時候，他同我說，你多一份笑容，多一種幸福，在他就是多一種安慰。
美度：（伏在椅背上哭）……
韓媽：你好好地做人，就是對得住你母親，哭有什麼用？快起來。徐寧他們也快來了。（韓媽立起，於是一面裝果碟，一面說）今天起好了，一切要復原了，你下半年又上學了，我們可以多用一個佣人，我老太婆也可以空閒一點了。（停一會）你起來，小姐，他們大概快來了。我去看看去。（她拿了廢紙、空花瓶下）
美度：（起來脫去外衣，掛到衣架上，又頹然坐下）

（韓媽捧著花瓶上，她已把它裝滿了水）

韓媽：（把花瓶放在桌上，拿起花）這是什麼花？有點兒像芙蓉，怪好看的。（她把花插到花瓶去）
美度：這叫康納生。（她站起來，自己去布置花去）韓媽，你看看有幾點鐘啦？
韓媽：（看桌上的鐘）三點一刻。
美度：怎麼徐寧還不來？（美度是算準了，以為當她買了東西回來，徐寧一定可以來了，所以她現在有點失望）
韓媽：你約他們現在來嗎？有幾個客人？
美度：就是他們三、四個。

（外面有敲門聲）

美度：一定是徐寧來了。

韓媽：（出去開門）……

（美度理理自己的衣服，她同許多女子一樣，對於會見自己所愛的男子，總想自己整齊一點）

（陳素騏，李仲梅上）

美度：啊！好極了，你們沒有晚到。

素騏：不但沒有晚到，而且早到了。（素騏把帽子與大衣掛到衣架上去）

仲梅：末了兩課，先生告假，所以我們早到了。（仲梅脫大衣）

美度：（接仲梅的大衣掛到衣架上去）你們隨便坐好不好？

仲梅：（坐）徐寧還沒有來麼？

美度：奇怪，他現在還不來。

素騏：（對仲梅）你忘了自己早來了嗎？（對美度）你沒有約別人嗎？

美度：沒有，我也不是請客，不過使父親驚奇一下，高興一點，所以隨便約幾個人來玩玩。

仲梅：你沒有告訴老伯嗎？

美度：沒有。

素騏：他現在的差使，是在哪裡？

美度：在社會局裡。

仲梅：有幾天了？

美度：才第一天，所以我要使他驚奇一下。

素騏：你們的家庭真是快活，父女的感情這樣好。

美度：怎麼能同你比，你們有錢，不用愁生活。

素騏：你怎麼也講這種話了，美度，有錢？我寧使愁錢，不願意過不和睦的生活。

美度：我們都看不起錢，但是自從我父親失業了，我輟學了，家庭的空氣完全變掉，我了解那錢的重要。

素騏：但是你看，我這樣有什麼意思？我父親同我不合，我母親同我也不合，我哥哥也同我不合。

仲梅：其實你們兩個人各有各的痛苦，大家不會了解的。素騏，你同你哥哥不是一個母親生的，也是你們不睦的原因。

素騏：其實也不是不睦，根本是合不來。他完全是紈絝的派頭，比方他愛美度，愛不到也不必叫父親挽人說親。

美度：那我倒不怪他。

素騏：當然你以為這是他的自由，但是事實上你父親是我父親行裡的人，這當然要你父親為難的。而且我父親的脾氣他不是不曉得，假如你父親不答應，我父親一定會以為丟了面子，要懷恨了。

仲梅：我想他是有意這樣，以為由你們父親來說，美度的父親就不能拒絕了。這種性格，簡直是無賴。

美度：這是他傻，我父親脾氣向來是高傲的，自然不會因此屈服，而且這明明是一種威脅。況且我父親愛我，自然要顧到我的幸福。

素騏：這個我都曉得。因為假使你父親肯同流合污，迎合一點世俗上的喜惡，他早就可以升官發財了，以他的學識品行。

仲梅：是不是因為就素龍的事情，你父親就同他父親不好，所以不久就辭職了。

美度：也不是完全為這件事，我父親做事太古板，不肯馬馬虎虎，平常他就心直口快地要批評局裡的事。

素騏：不過近因總是為這件事，以後就更加水火不相容了。

（徐寧上）

徐寧：美度，美度！啊！（對素騏、仲梅）你們倒先到了。

美度：你怎麼那麼晚？

徐寧：下課晚了一點，我又到圖書館去還掉幾本書。

美度：好啦，現在就等我父親來了。徐寧，今天我要給我父親驚奇一下，回頭他來的時候，請你們都到我房裡去，吃飯的時候你們再出來。

徐寧：那麼你要告訴韓媽一聲，省得她先告訴了他。

美度：這也對，（站起，叫）韓媽！韓媽！

（韓媽上）

美度：韓媽，回頭老爺回來了，你不要告訴他有誰在，我們要使他驚奇一下。

韓媽：小姐，我知道啦。

素騏：他來的時候，頂好先關照我們一聲，好讓我們到裡面去。

仲梅：這樣好極了。

（韓媽下）

徐寧：美度，伯父有了事情，怎麼預先一點沒有說起，這樣突兀的。

美度：沒有說起，是的，不但你不曉得，就是我也不知道。還是昨天下午，他很早回來，他說他明天要做事了。

素騏：這太奇怪了。

美度：他先不告訴我，也是要使我驚奇一下。啊！那時候，我真是快活極了。所以現在我也要使他驚奇一下。素騏，上次同你說的下學期替我弄小學教員的事情，也不用進行了，我又要復學念書了。

素騏：仲梅還叫我把她送我的鑽戒賣掉來救你們的急呢。（示手指上的戒指）

美度：仲梅，你真好。但是你們的定情戒指怎麼可以賣掉呢？

仲梅：這算不了什麼。本來我們去找一點錢，但是手頭也只有這只鑽戒可以變一筆款子。

美度：這我是不敢當的，現在更加用不著了。你看，我連小學教員的位子都不想謀了。
徐寧：本來這事情伯父也是不贊成。
仲梅：他不贊成嗎？
美度：不錯，我探他口氣，他不贊成。可是我這次托素騏，就沒有告訴他，我想成功了再告訴他。因為事實上，如果父親再沒有職業，我們就沒有法子生活了。他這些日子，每天去賭，賭得很晚回來，輸去不少。我相信那完全是他憂愁之故，我要有了職業，他自然不會去賭的。現在他又有了職業，我們的生活可以上軌道，他也不會再去賭了，他同我說過。所以我要特別使他快活。
徐寧：素騏，明天讓我們來慶祝美度吧。叫一桌菜來，這裡來醉一下。
素騏：好極了，最好預先也不要告訴老伯。
徐寧：（對素騏）不過你哥哥知道你今天同我在美度家裡，明天又來，他一定又要不高興啦。他現在怎麼樣？最近還同你提起他愛美度嗎？
素騏：他懂什麼愛！現在他一樣很快樂，天天跳舞，玩兒。
美度：真的，像守白那樣，不是愛不到一個人就病了嗎？
仲梅：守白不是被捕了嗎？
素騏：是呀。
美度：被捕啦？怎麼忽然被捕啦？
徐寧：他病了，病好啦。忽然加入什麼黨做起祕密工作來了，最近聽說被捕啦。
仲梅：這全是那位女家母親不好，不讓她女兒同他來往。

美度：她母親為什麼不讓他們來往？
仲梅：大概是嫌守白太窮。
美度：那麼那女兒難道聽母親的？那也太懦弱啦。
素騏：不，聽說她愛她母親。她母親養她很苦，所以她決定犧牲自己，不同守白來往啦。
徐寧：會不會還有別的緣故？
素騏：不，守白把信都給我看的。她很坦白地告訴守白，她雖然愛守白，但是她更愛她母親。所以決不能再同他見面啦，叫他自己努力好好做一個人。
仲梅：這樣守白就加入了什麼黨，去做祕密革命工作了，最近就被捕了。
美度：是他母親不好。啊，你們見過那位張小姐嗎？
仲梅：沒有，不過聽說很美。她家裡從來就不讓守白同她出來。
徐寧：不過現在你不說她母親也後悔了嗎？說因為她女兒非常焦急，把她感動了。
素騏：現在只等守白恢復自由，可是軍部裡敲竹槓，要一萬塊錢才能保出來。但是一萬元錢叫她們哪裡去籌去？
徐寧：好像有人敲門了，恐怕是你父親回來啦。
美度：不會的，不會有這樣早的。

（韓媽上）

韓媽：老爺回來啦，他回來啦。

（美度指揮著徐寧、仲梅、素騏進內，自己從書架拿一本書坐下來，假裝看著書。韓媽下。徐寧自內上）

徐寧：還有大衣，還有大衣。

（徐寧從衣架上拿了那些大衣，匆匆向內下）

（張企齋上，他表面上滿臉是快活，內心可是很痛苦。他的過去如何，我們不能在他臉上看出來，但近十年來的生活使他養成了一種單調和藹沖淡的神情，他有點老，也有點憔悴，但他永遠含蓄著一種高傲的氣質與堅決的個性）

企齋：（上）美度，你在看書嗎？

美度：啊！（站起）爸爸，你回來啦，想不到你回來得這麼早。社會局事情還合意嗎？（說著迎上去）

企齋：還不錯。（美度接企齋外衣，到衣架去掛）

美度：我今天真是快活，爸爸有了事，以後我們的生活又可以上軌道了。

企齋：（注意到桌上的糖果）有客人來過了嗎？

美度：沒有，爸爸，這些糖果是我出去買來的。

企齋：（坐下）你今天出去過了？

美度：是的，爸爸。我買了一點東西，晚上同爸爸高興高興。
企齋：（微喟地）唉……
美度：怎麼？爸爸有什麼事情不高興？
企齋：沒有，我很快活，（勉強地）我們以後又可以過安定的生活了。
美度：我想你也許辦事辦得累了。爸，或者你先去休息一會兒，回頭吃飯了我叫你。
企齋：不，不用。（歇一會）美度，今天有我的信嗎？
美度：爸，沒有。
企齋：（自語地）這怎麼回事？
美度：爸是等誰的信？
企齋：我是想老馮，還有學才的回信應當來了。
美度：他們現在闊了，看爸爸這樣去求他，自然擺起臭架子來。
企齋：老馮是我老朋友，美度，你不要這樣說。
美度：那麼早就該有回信了。以前他當爸爸是老朋友，因為他情形比爸爸壞，現在他闊了，所以不來理你。爸，你不必太相信他，這種勢利的人。
企齋：這個我不怎麼相信。那麼學才呢，以前是我替他介紹去的，難道也會不寫信，不管事情怎麼樣。
美度：這個人我根本就看不起他，他在銀行裡的時候低首下心的，有點卑鄙；到這裡來的時候，很恭敬的樣子，都是假的，我知道他的陰險。要不，他做官會這樣順手？
企齋：但是我一手提拔了他。

美度：這個他早就忘了，做了官，刮了錢，還記得你幹嘛？其實爸爸何必向他那裡設法呢？
企齋：我也沒有向他說什麼，不過告訴他我一點窘狀。
美度：不要講這些了，爸爸。今天我們很快樂，何必還想起這些忘恩負義的人。只要現在的事情爸爸合意，我們就算苦一點，也不見得會餓死。何必還問起他們的信。
企齋：我只是感到世態的炎涼罷了。
（沈肯堂上）

肯堂：啊！老張，我找你很久，原來你今天那麼早回來了。
美度：沈老伯。
肯堂：（向美度招呼）啊，美度。
企齋：（向美度）你到裡面去好不好？
美度：沈先生有什麼要談嗎？
肯堂：沒有什麼事。老張，我到王家去找你，老王也不在，他們說他同你一同在孫老七那面打牌。我又到孫家，他說你回家了。怎麼你今天這麼早回家了？
美度：爸爸，你不說去做事嗎？怎麼在孫家打牌？
企齋：（非常不安地）美度，你進去好不好，回頭同你講。

（美度悲苦地啜泣著下）

肯堂：這怎麼回事？
企齋：你來得實在不好。
肯堂：怎麼？
企齋：我是在騙我女兒，說我已經找到了事情。她近來實在太可憐了。我心境不好，只好去賭賭，賭又天天輸，她擔著憂，夜裡也睡不著，自幼就沒有母親，現在連父親又不能給她快樂，怪可憐的。所以我騙著她假裝有了職業，一早出去，下午回來。省得她太憂慮了。
（稍停）你到處找我，有什麼事嗎？
肯堂：企齋，啊，我們倆真是同病相憐。你為你女兒擔憂，我正在為兒子擔憂，這些天我沒有出來，就在為我兒子設法，你知道他被捕了嗎？
企齋：被捕啦？先不是生病麼？
肯堂：是呀！後來接到那女的來一封信，病就好啦，以後行蹤詭詭秘秘的，加入什麼黨啦！不知怎麼一來，就被捕啦。
企齋：那女的不是同他很好嗎？
肯堂：是呀！可是她母親不許她同守白來往。
企齋：怎麼？
肯堂：還不是嫌我們窮。
企齋：這些女人真是……
肯堂：唉，你不要說女人。我倒是希望有一個女兒，你看她們女兒多麼聽她母親的話？我那兒子啊，只知道聽他愛人的話。就說他那個病，我為他花了多少錢他都不好，唷，那女的來一封信，他就好啦。

企齋：那麼怎麼又加入什麼黨了啦。

肯堂：我那孩子，本來就瘋瘋癲癲的，誰知道那封信說些什麼！所以兒子到了年歲啦，總是為女人往外跑，也不想想他家裡只有他這麼一個孩子。像你那樣多麼快活，一個女兒又聰明，又聽話，又想到家。所以我說過：養貓要養雌的，養孩子要養女的。養兒子真是等於養一個雄貓，一到春天，天天跑出去找雌貓，在人家門口窗口「妖乎妖乎」的叫，挨了罵，挨了打還是不死心。

企齋：女兒是不錯，但是有一個兒子自然更好啦。我以前一個兒子在海裡死啦，現在想起來常常難過。

肯堂：這倒沒有聽你說起，你說掉海死的？

企齋：可不是，船翻啦！不過不要講啦，我不想提到這些。

肯堂：那麼還是講我兒子的事吧。我兒子被捕啦，挽人去救去，講那個講這個，現在總算講好啦，要一萬元錢才能保出來。你看，又是錢。所以錢到底是有用。也怪不得她們的母親嫌我們窮，是不是？

企齋：那麼你去籌劃了沒有？

肯堂：哪裡籌得到這麼些錢呢？你聽我說，她們那位女兒聽見我兒子被捕啦，著急得不得了，病啦。現在她母親也後悔了。後悔怎麼辦？大家湊錢吧。他們自己比我還窮，湊得出什麼錢？父親也死啦，一個哥哥，人倒是很好，以前是一個連長，後來在一個學校裡做體操教員，你想他們會有錢嗎？苦的是我女人，整天的哭，尋死覓活的。一點首飾一點私蓄湊起來不過一兩千塊錢！夠什麼呢，一定叫我去換去，押去。所以我來找你，不知道你有熟人沒有，介紹我一下，方便一點。

企齋：這個容易。你是要介紹一個銀行裡熟人是不是？

肯堂：銀行裡也要，還要銀樓裡。

企齋：我寫兩張片子給你好不好？

肯堂：那好極了。

企齋：（拿名片，寫好交肯堂）這樣，好不好？

肯堂：好極啦！謝謝你。那麼我走啦，再見，再見。

企齋：（送到門口）我不送你啦啊！

肯堂：不客氣，不客氣。再見，再見。

企齋：再見！再見！

（肯堂下）

企齋：美度！美度！

（美度上）

企齋：怎麼？現在你還不快樂嗎？
美度：（又悲泣）……
企齋：是不是怪我騙你？
美度：不，我知道你是為寬我的心。不過，爸爸，只要爸爸不去賭，晚上早一點回來，沒有職業也沒有什麼，下半年我找一個小學教員位子，把生活節省一點也可以過去。
企齋：好，那麼現在不要談這件事啦。快快樂樂的，不要哭。
美度：可是，爸爸，我可真相信了你的話。我去叫了菜，約了朋友，晚上來點綴點綴。
企齋：約了朋友？
美度：是的，朋友都在裡面，我們本來想在飯桌上使你驚奇一下的。
企齋：你說還叫了菜，已經叫了嗎？
美度：是的。大概就快送來啦。
企齋：那麼就算請你的朋友們好啦。怎麼，他們還在裡面幹麼？叫他們出來。
美度：用不用讓他們知道你騙我？
企齋：你剛才沒有告訴他們嗎？
美度：沒有。
企齋：那麼在飯桌上就說是我們騙他們就是了。
美度：（在進內的門口，叫）徐寧！仲梅！你們快出來啊！

（徐寧吹著口琴，素騏，仲梅很快樂地唱著：「Home, Sweet home」上）

——幕下——

第二幕

時：較第一幕晚一兩日的早晨。

情境：陳伯偉家。陳伯偉是銀行的經理，自然房子是比第一幕要富麗闊綽。但是布置得不很調和，這是反映他們家裡人物的不調和與空氣的不協諧的。陳伯偉是一個普通的有產者，有有產者的驕傲與自尊，他外面也許有他的娛樂與邪行，但是對於家裡一切他很看重，並且極力要表示家長的德行的。他第一任太太生了素龍死了，第二任的太太生了素騏死了，現在的太太年紀不過三十歲左右，是伯偉所愛寵的，不過做素龍、素騏的母親，好像有點不夠。還有，雖然伯偉方面很滿意了，可是在她方面，精神上總似乎有點不滿足，不知道是因為物質上滿足了，精神才有了缺陷呢？還是嫁他的時候，沒有想到精神只想到物質，或者還是嫁後的事實與理想太不符合？因此，她時時不高興，而伯偉終是安慰她，所以事實上伯偉常常聽她的話；不過她並不敢為精神上的不滿而放棄伯偉，在相當的程度之上，她還是怕伯偉的，不但怕伯偉，而且也怕伯偉的兒子，尤其是素龍——雖然她討厭他們，並且特別厭憎素龍。在素龍、素騏不睦之中，她的地位非常難處，以厭憎的心理說，她應偏向素騏一點，以怕的心理說，她應偏向素龍；結果她只好服從後者。幕啟時，素騏在房中看報。

布景：一間合於情境的坐起室，舞臺應有四道門。

（伯偉自丙門上）

伯偉：素騏。

素騏：爸爸，你起來啦。

伯偉：素騏，聽說你同張家還很有來往，這算怎麼回事？

素騏：爸爸，你說的是哪一個張家？

伯偉：哪一個張家？你有幾個張家在來往？

素騏：你是不是說張美度的家裡。

伯偉：是呀！你不知道他父親同我是不和的嗎？

素騏：爸爸，這個你還不是為哥哥的緣故。而事實上哥哥比我還想要同他們去親熱。

伯偉：假如他們要同我們家好，那麼為什麼她父親不答應你哥哥同他女兒的婚事？

素騏：爸爸，婚事要靠愛情，愛情是他們兩個人的事情，同我們全家有什麼關係？

伯偉：但是這是我們家的面子。你哥哥到底哪一樣配不上他女兒，家境？學問還是品貌？他女兒懂得什麼，嫁你哥哥那樣，自然是願意的。不肯的是他父親！他父親平常就同我不對，但是在我手下，自然公事上只有我給他釘子碰。他沒有地方可以報復，所以就在這個上頭給我下不了臉。

素騏：爸爸，你同她父親不好是另一件事，我同美度有友誼又是一件事，這兩件事並沒有關係的。
伯偉：那麼有人殺你父親，你也要同他家做朋友了？
素騏：那麼爸爸同他父親不對，為什麼又替哥哥去說親呢？
伯偉：我一直沒有同他不對，他有時候雖然不服從，但是我從來不記在心裡。我所以去說親，也想借此好使他相信我同他沒有什麼意見，誰知道他居然拒絕了我！
素騏：那麼以後呢？
伯偉：以後不久他就辭職了，一直到現在，他還造我的謠言。那麼你還要同他們來往！
素騏：假如現在他們答應了哥哥的婚事，那麼爸爸讓他們結婚嗎？
伯偉：唔，這個，這是不會有的事。
素騏：我知道這不是爸爸的意思，是哥哥的意思，他看我同美度來往，所以有點不高興。
伯偉：就算這是你哥哥的意思，那麼做弟弟的同看不起他哥哥的人，還可以做朋友嗎？而且他們也看不起你父親。
素騏：我同她來往也不過普通同學的關係，而且她是仲梅的好朋友。
伯偉：你為什麼聽仲梅的話，不叫仲梅聽你的話。一個男子交女朋友，給女朋友指使，聽她的話，那麼將來結了婚怎麼辦？家裡還能夠和睦嗎？我知道你沒有什麼壞，你只是太懦弱一點，容易聽別人的話。比方說你同你哥哥不好，我知道也是仲梅在那裡多話。男人要在社會上做事，哪有樣樣事情聽女人的話的。
素騏：也不是聽別人的話，大家是同學，大家是朋友。
伯偉：但是同學，朋友，哪有家裡的人親？就是夫妻也沒有兄弟親呀！古人有話：「妻子如衣服，兄弟如手足。衣服破，尚可補；手足斷，安可續？」不用說還有你父親。

素騏：不過哥哥不能算我親兄弟。

伯偉：怎麼不是你親兄弟？雖然不是一個母親，但總是一個父親。你母親在的時候，也是把他當自己兒子一樣。他母親早死了，怪可憐的，母親特別疼他，你看你母親多好？

素騏：但是我母親也死啦！

伯偉：是呀！但是現在這個母親，也同你親母親一樣的同你們好。所以家裡的人總比外面的人親。朋友，同學，現在你有錢都同你來往，將來你窮啦，有危難的時候，誰來理你？

素騏：假如為我們錢的話，為什麼美度不肯嫁給我哥哥？

伯偉：所以我猜這是她父親的意思。

陳妻：（聲）伯偉，伯偉！

（陳妻自甲門上）

陳妻：一清早又教訓兒子，牛奶早好啦，不去吃。

伯偉：素騏，你懂了嗎？

陳妻：不要說啦，回頭牛奶又冷啦。

（伯偉自甲門下）

陳妻：怎麼啦？他同你說些什麼？
素騏：他叫我不要到美度家裡去。
陳妻：我說為什麼，原來是為這個！（挑撥地）不過你也不要怪你父親，他又聽了素龍的話。
素騏：我知道一定是他的主意。
陳妻：他自己不能同美度來往，所以就妒忌別人同她來往。
素騏：那麼爸爸會聽他的話！
陳妻：他總是愛面子，素龍說外面謠言很多。
素騏：是對我父親的謠言嗎？
陳妻：是對你的謠言。
素騏：對我的謠言？
陳妻：是呀！對你的謠言，說你為追求美度，也追求不上啦。大家在笑你父親。
素騏：這種謊話誰相信！
陳妻：我是說呀。你又不是沒有愛人的人。但是你爸爸愛面子。

（素龍自己門上）

素龍：啊！我今天睡晚啦。昨天晚上在跳舞場，他媽的，差一點喝醉，那個舞女真能喝。
陳妻：我聽見你回來的，大概有三點鐘了吧？
素龍：可不是。

陳妻：那麼你應當再睡一會兒，這樣不是睡得太少了嗎？
素騏：幸虧他身體好。一個足球健將還怕少睡一兩晚嗎？
素龍：我也有點不舒服，大概酒喝得多啦。啊！素騏，你最近有碰見美度嗎？
素騏：碰見過。
素龍：她怎麼樣？
素騏：（諷刺地）她比以前更美啦！
素龍：她父親不是沒有事情嗎？
素騏：可不是。（諷刺地）窮得要命！
素龍：假如她答應嫁給我，我倒可以叫父親把他父親的事情恢復的。
陳妻：你們不說她有愛人嗎？
素騏：可不是，（諷刺地）現在還是很親密的來往！
陳妻：也有錢嗎？
素龍：什麼，一個窮光蛋。
素騏：可不是，美度會這樣愛一個窮光蛋。哥哥除非殺了他，或者還有希望。
伯偉：（聲）素騏，素騏。
素龍：爸爸在叫你呢。

（素騏由甲門下）

陳妻：（欲進）……
素龍：媽！
陳妻：什麼事？
素龍：我有話同你講。
陳妻：那麼你講吧。
素龍：你大概知道我要講的是什麼。
陳妻：（假笑地）我怎麼知道你要講什麼？
素龍：我從你的臉上看，知道你是曉得的。
陳妻：那麼是不是錢？
素龍：是的，可不是每一次你都預先知道的。
陳妻：你向我要錢，只要我手上有，我一定給你，錢是你父親的，是你們自己家產，並不是我帶來的，我有什麼可惜？不過我要錢也是要問你父親去拿，你每次三百五百地拿，叫我怎麼去報賬？
素龍：媽，錢雖然不是媽帶來的，不過你總比我容易向父親要錢，是不是？也容易比我報賬是不是？
陳妻：我真不知道你的錢怎麼用法，上星期你拿去兩百元，難道你都花完了嗎？
素龍：兩百塊錢，媽，你算算，坐汽車也不過一百次，做衣服不過兩套，做大衣不過一件；要是送女朋友一件大衣，或是送一隻戒指，一隻手錶，媽，這些價錢你都知道的，夠什麼用？
陳妻：難道你天天在做衣服，在送女朋友東西嗎？

素龍：媽大概總知道愛情的代價是無限的，不論一個男人愛一個女人，或者是一個女人愛一個男人，有錢的都肯把錢給他，沒有錢的把命都會給她。
陳妻：素龍，你這話是對的，我想你父親也一定以為對，所以你最好問你父親去要。
素龍：可是父親，不，也不只是父親，現在的社會都以為女人花錢是應該的，男人花錢是不應該的；做太太花錢是應該的，做兒子花錢是不應該的。
陳妻：但是在這個家裡，誰花錢有像你那麼多？
素龍：這個誰也不能計算，你做衣服的錢，買金剛鑽的錢，打牌的錢，媽，你想，我能夠計算這些嗎？
陳妻：但是這不是天天都在買的，而且買來了東西都在。
素龍：這個也沒有法子曉得，比方你少了一只金剛鑽戒指，或者送給人家了，那麼誰能夠曉得？
陳妻：（厭憎地，惱怒地）以後你要錢，我替你問你父親代要就是啦。
素龍：你的意思是要告訴我父親。我父親不讓我多花錢，我是知道的，要不然我就問他去要啦。他是有年紀的人了，他要想到你肚子裡的孩子，想到你不斷要養的孩子，還想到孩子的孩子。媽是年輕人，不要以為肚子裡有了孩子，就預先為他打算起來。你想想，假如你不嫁我父親，你能夠替你的孩子打算多少？假如你嫁給隨便哪一個你所喜歡的人，那麼，你也不能為你孩子打算？況且，像我這樣花花，爸爸的錢是花不完的，一千塊一月，一年也不過一萬多元錢。假如我早娶了太太，太太也要做衣服，買金剛鑽的花錢，那麼一萬元錢更是普通的事情。假如我太太不規矩，也不是不規矩，有錢人家女人都愛外面同別的男子去交際交際，那麼倒貼人家去，恐怕比我交女朋友玩舞女還要費。要是再有人向她敲竹槓，那麼……

陳妻：你不要再說啦，老是那一套。（欲進）回頭我給你一百塊錢就是啦。

素龍：（攔住她去路）媽，今天不是一百塊錢的事，一百塊錢我不是隨時可以問父親要？媽，這次實在有特別用處。媽的苦衷我最明白，我的苦衷媽一定也了解。

陳妻：這些都是空話。你到底要多少錢？

素龍：我要六千塊錢，實實足足的要六千塊錢。

陳妻：六千塊？

素龍：是的，六千塊，媽，我實在有要緊用處。

陳妻：這樣大的數目，叫我向哪裡拿去？叫我怎麼問你爸爸去要？

素龍：媽，要是你沒有法子想，我更沒有辦法了！我想想世界上只有你可以替我想法子；也只有我可以替你想法子。我要六千塊是有特別的用處，關聯著我終身幸福的。世界上只有媽可以為我終身幸福想法子，也只有我可以為媽終身幸福著想。

陳妻：六千塊錢，我向哪裡去想辦法？想不出辦法，你說什麼都沒有辦法。

素龍：假如媽不肯為我終身著想，那麼我也不能為媽終身著想了。過去我對媽種種都沒有對別人說，連對素騏都沒有說。

陳妻：你不要這樣要挾我，我辦不到六千塊錢，你說也沒有用。

素龍：那麼你太不為我終身幸福著想了，我只好去宣布你的祕密。

陳妻：（探詢地）你總是用這個要挾我，我也不相信你知道我多少祕密？

素龍：我沒有知道多少，我只知道前年暑假，你同父親說要到老家去，但是我在青島碰見你，我們住在一個旅館，你同一位比我還年輕的劉先生在一個房間裡。
陳妻：現在我可以坦白同你說，素龍，這並不能害我的。雖然那時候我一時慌張，被你敲詐一下，但是到現在沒有證據。
素龍：我有你們青島海濱的照相。
陳妻：但是我可以說是我的堂弟，從我老家一同去玩的。
素龍：還有更多的證據。
陳妻：你老說還有更多的證據，那麼到底是什麼呢？我不相信你有什麼證據。
素龍：我告訴你也不要緊，我有「信」！
陳妻：信，信你隨時都可以假造。
素龍：但是我有你親筆的信。
陳妻：我的親筆？
素龍：不錯，你有點奇怪了吧？這是我的本領。老實告訴你，我就在那時候，在那位劉先生的箱子裡偷來的，而且，有你約他在青島會面的信。
陳妻：但是，當我辦不到六千塊錢的時候，你打死我我也沒有辦法的。
素龍：媽，這個你是撒謊了。
陳妻：我撒什麼謊，難道我可以問你父親一下子要六千塊嗎？
素龍：你不必向父親開口，只要你肯犧牲你自己一點。在你不過是拔一根毛的事情。你給我一兩件首飾就是了。
陳妻：但是我戴不出去時候，你爸爸要問的。

素龍：這個，你什麼不能說呢？太小了，太大了，藏起來了，哪一個男子管得了女子這些？
陳妻：好吧，我給你首飾，但是有一個條件，你要把那些信還我。
素龍：還你是不可能的。
陳妻：那麼我不能把首飾給你。
素龍：但是這是關聯著我終身的幸福，也關聯著你終身幸福。
陳妻：不過我把首飾給你啦，你買到了自己的終身幸福，而我的終身幸福，還在你手裡，隨時都讓你敲詐。
素龍：這是一件沒有辦法的事。但是我求你的都是你能力之內的；能力之外的，我自然不會麻煩你。
陳妻：不要講別的啦。你要是不把信還我，我決不把我的首飾給你。
素龍：那麼我也沒有辦法！其實我要把信還你幾封，你怎麼知道我手頭沒有你別的信呢？
陳妻：我當然是說你全部所有的信。假如你不肯，那麼我也不能給你首飾。
素龍：假如你的意思是想拿錢來買你自己的信。那麼我也有地方賣我的信。
陳妻：賣你的信？
素龍：要說是環龍銀行行長的太太給她情人的信，上海有幾萬律師與小報願意出很大代價來買這信的。
陳妻：你不說要把我的事情告訴你爸爸嗎？
素龍：我想還是賣去這些於我合適。
陳妻：但是對於你父親不利的，你知道你父親要面子。

素龍：因此他會更加不能容忍你這件事情。
陳妻：……
素龍：媽！請你原諒我要這樣做，實在說，我需要這筆錢，這是我終身的事情。請不要講一切條件不條件，你幫我一點忙好了，以後就是需要你幫忙時候，我也決不需要這樣大數目的。
陳妻：（沉著地，堅決地）好吧！我給你，現在你父親在，下午我去拿給你。
素龍：謝謝你，媽。

（陳妻向丙門下）
（素龍勝利地唱著歌，開開無線電，坐到沙發上，拿起報紙來亂翻一陣）
（素騏自甲門上，見素龍在，走近他去，但素龍見他出來，不關心地先發言了）

素龍：爸爸叫你幹什麼？
素騏：同我說你叫他說的話。
素龍：有什麼話我要叫他來同你說呢？
素騏：叫我少去張家看美度。
素龍：我雖然不喜歡你去看美度，但並沒有叫爸爸同你說。
素騏：你也不必妒忌我同美度的感情。
素龍：我沒有妒忌你同美度的感情，但是你是不應當幫著徐寧，替他們聯絡感情，而離間我同美度的感情。

素騏：我沒有這樣做，但是我是尊敬他們的愛情，我雖然不拉攏他們，但是我也不破壞他們。他們的愛情，我沒有，也不想去參加意見。

素龍：但是你同仲梅兩個人常常同他們在一起，事實上就是破壞我同美度的愛情，而拉攏了徐寧同她的關係。

素騏：你真愛美度，是不是我不知道，但是美度一點也不愛你，這是真的。所以你們兩人談不到愛情，所以也談不到破壞。

素龍：對於美度，我一直是愛她，而永遠要愛她。至於美度對於我，我知道以前是愛我的，後來她就不愛我了。

素騏：以前，你說的以前，不過是她剛進大學的時候，那時候她到我家裡來玩玩，同你有點來往，並不能說對你有什麼愛。

素龍：自然她現在不承認了。但是那不是愛，是什麼呢？

素騏：不過是一點友誼。

素龍：友誼，男女之間有什麼友誼，不是情人就是仇人，否則不過是路人。

素騏：哥哥，那麼你是說美度現在是你的仇人。

素龍：為什麼？

素騏：因為假使是路人，她不管你，你不管她；那麼你何必不要我同他們來往呢？要是說是情人，她又不承認！

素龍：但是我愛她，我愛了她，就是我的愛人，我一定要把她愛到手。

素騏：哥哥，你這種態度只是同你喜歡一個妓女一樣，是打獵，不是戀愛。

素龍：但是我是預備同她結婚的。

素騏：結婚，結婚並不是什麼神聖的名字。結婚不過是有錢人玩女人一種方法；過去的軍閥，現在的資本家，都是用這個解決女人生活的辦法，去娶姨太太。

素龍：但是我並沒有同別人結過婚。

素騏：你把結婚的意義用在一個封建的儀式上面，那麼這只是說你沒有別的方法可以同美度發生性的關係就是。

素龍：那麼為什麼我不去同別人結婚？

素騏：這不過是你的好勝心，並不是愛情。愛情不是打獵，是犧牲，為你所愛的人犧牲自己，那是真正的愛情。比方說沈守白，他為愛了一個年輕的姑娘，他神經錯亂過，這是愛情。

素龍：那麼這難道是犧牲嗎？為他的愛人犧牲嗎？這是一個弱者的自毀，但是我是強者。懦弱的人愛不到人自殺，堅強的人愛不到人殺人。

素騏：那麼你是要殺美度了。

素龍：不，我相信我是愛得到手的。

素騏：自殺的人在死的一剎那，一定已經獲得了他愛人的心；而殺人的人，殺死了愛人他還是得不到愛的。

素龍：那麼你說守白發瘋了，他已經得到愛了嗎？

素騏：自然，那位女孩子是愛他的。不過為她母親，所以她不能跟他。但是她是愛他的，勸他努力，寫信給他。守白也就聽她的話，做社會的事情，弄到現在他被捕啦。唉！

素龍：我奇怪了。假加那個女孩子愛他，還顧到她母親？

素騏：這你是不了解的，自然那位小姐也愛她母親，為她母親的快樂，她願意犧牲自己的幸福。所以愛情是犧牲。但是你，你有沒有想到美度的幸福？

素龍：自然啦。美度嫁給我自然比嫁給徐寧這樣窮光蛋為幸福。

素騏：但是美度並不以為有錢為幸福！假如你是愛美度的，你應當顧全她的意志，不要再去擾亂她吧。放棄你這種無為的一點好勝心、虛榮心，還有妒忌心。

素龍：你是不是也要我學守白發瘋？

素騏：這個你是不會的，哥哥。假如你真的發瘋了，美度也許倒會愛你了。

素龍：是的，我不會發瘋，我是強者，我一定要她。

素騏：這不是百貨公司的東西，有錢的人都要得到，這是一個人，一顆心，一份愛。

素龍：那麼你是叫我不要去愛她了。

素騏：剛剛相反，我勸你的倒是稍微愛她一點。假如如你剛才所說，男女之間只有愛人、路人與仇人，那麼不要當她仇人吧，當她一個路人也好，雖然不敢希望你當她愛人。

素龍：但是我要當她愛人。

素騏：那麼，你第一要顧全她家裡的幸福。你要尊重徐寧，尊重他們倆的愛情，假如你痛苦，你抑壓自己，或者你去旅行，或者你去讀書。那麼別人會知道你真的愛著美度。照現在那樣，把她父親的職業毀了，還恨著她們一家，恨著徐寧，甚至還要禁止我同她們來往，還要干涉仲梅同她來往。那麼無論你多麼愛她，別人總以為你當她是仇人的。

（伯偉上）

伯偉：你們倆又在爭什麼？
素騏：沒有什麼，不過隨便談談。
伯偉：你去叫張升把汽車開出去。

（素騏自丁門下）

素騏：（聲）張升，張升，老爺要出去啦！

（素騏自丁門上）

伯偉：你們倆不到學校去嗎？
素龍：我沒有課。
素騏：我就要去的。
伯偉：那麼同我一同去好啦。
素騏：好吧。

（素騏自乙門下）

伯偉：素龍，昨天晚上據說你又是很晚回來。
素龍：爸爸，不是頂晚。
伯偉：玩兒的事情自己要節制，哪裡能夠常常這樣晚回來。

（素騏拿著書自乙門上）

伯偉：那麼我們走啦。素龍，你回頭向你母親說，我中飯也許不來吃啦。

（伯偉，素騏自丁門下）

（素龍正要坐下椅子看報紙的時候，門口偷偷摸摸窺探著一個人，最後走了進來。這個人叫亞生，一看就是陳公館裡的走狗。絕不是正式的僕人。他似乎比僕人高一級，同陳家的主人談起來比較自由而活潑，但在其諂媚的態度看起來，比普通愛狐假虎威的僕人是要卑劣萬分的。這種人永遠是用最輕的勞力為強者有產者採辦點玩物，尋找些苦力，招買點打手而從中取利，但他並不是普通的工頭，因為工頭還是從勞工出身的；也不是普通的買辦，因為買辦還有點商業知識。但在社會上的確有這麼一種人，他們有最無恥的笑容，最凶橫的態度，最惡毒的計謀，最卑劣的行為，最懶惰的神情，以及最會把醜惡的錢作荒淫的享樂。假如說他們是商人，他們是不斷地把上帝給他的良心出賣給魔鬼；假如說他們是工人，他們只是不斷地製造罪惡，賣給需要這種罪惡的強者與富者。進來的人就是這樣的人中的一個。他走得比偷兒還輕，所以素龍沒有看見他，一直到他發出一種諂媚的、低微的、醜惡的聲音）

亞生：大少爺……
素龍：啊！亞生，是你！
亞生：我早來啦，我想等老爺出去了再進來。
素龍：你真機靈。老爺有看見你沒有？
亞生：看見我了，問我有什麼事，我說沒有事，只是在門房裡看看老五。
素龍：那好極啦。
亞生：大少爺叫我來，不知道有什麼吩咐？
素龍：（四周看了一看，站起來，過去把門關上）就是上次同你講過的事。你來，坐在這裡。
亞生：（坐在素龍所指的椅上）是不是要做掉那個什麼……
素龍：一點不錯，現在我決定這樣做。
亞生：我早就同你講過，這樣做是最乾脆啦。你把那個姓徐的做掉啦，這位小姐心還不死嗎？又沒有結婚，難道替他守寡？到那時候大少爺陪她玩玩，解解她悶，她還不是你的？
素龍：我是在怕，假使案子發啦，那麼怎麼辦？
亞生：假使案子發啦，也是那個刺客的事情呀？
素龍：要是他招出來說是我指使的。
亞生：他怎麼會知道你指使的？指使的是我呀！
素龍：那麼假如你也抓去了，你難道一定不招出我嗎？
亞生：我是大少爺一手提拔的，怎麼會招出你來。況且假使大少爺同我好，給我千把塊錢，我溜到別處去，這種案子誰知道！

素龍：那麼他一定要六千塊錢？

亞生：這個他不肯少啦，他們也怪可憐的，到底是用自己的命去換錢去。就給他六千塊錢好啦。

素龍：那麼好，什麼時候給他錢呢？

亞生：他說要先付一半。

素龍：那麼好。你後天晚上來一趟，我把錢給你，不過先付給他一半，他會不會賴了錢，不去幹去？

亞生：那怎麼會，決不會。

素龍：這個人手槍打得好嗎？

亞生：這個當然靠得住，他以前是一個連長呢。

素龍：（沉思地）……

亞生：那麼，大少爺，我後天再來。再會呀！

素龍：啊！亞生。

亞生：大少爺。

素龍：還有，那個人可要認得清楚，不要弄錯啦。

亞生：那個，大少爺，放心好啦。我會先帶他去看一趟，他也還要跟幾次才可以下手。

素龍：那麼好吧。（稍停，亞生欲下）啊！亞生！

亞生：是！大少爺還有什麼事？

素龍：沒有什麼，不過我不放心……

亞生：一切放心好啦，大少爺，全包在我的身上。
素龍：好吧！那麼都靠你啦。
亞生：放心，放心，大少爺。那麼我走啦！
素龍：好吧！那麼再見。

（亞生下）

——幕下——

第三幕

時：第二幕之翌日下午。

情境：張劍平家。這是一個同上兩幕不同的另一種家庭，在這個家庭裡，缺少的是兩種東西，一種是金錢，一種是愛。他們既沒父親，又沒有親友。在第一幕的家庭裡，雖是缺少金錢，但是有愛。這愛好像都不是企齋的，而是美度的，企齋的朋友並不愛企齋，但是美度的朋友愛美度。不過這些年輕人的愛是老年人培養的。第二幕家庭裡，有的是錢，可是沒有愛。但是大家無形之中，忙的爭的，也無非弄點錢去買點愛。

現在，在這個家庭裡，她們沒有金錢，也沒有愛，這並不是世上沒有愛，因為她們不相信世上還有愛，她們在人世中，覺得一切是不可靠的，可靠的還是金錢。但是她們並不為金錢而活，活的還是為愛。這愛是存在於他們一家三口之中。

布景：一條路，路端之左首有一株樹，樹下有石凳，路之右首是疏朗的鄉村的籬落，這種籬落常常是樹枝編成的，觀眾可以穿過籬落，看到一個小院落，院落裡有一張板桌，幾只凳子，旁邊曬著幾件衣裳。院落的後牆有門，通劍平一家的內室。幕開時，劍曉在籬笆的門口站著，像是有什麼期待似的。

（張母自內上）

張母：劍曉，劍曉，你又在這裡幹嘛？

劍曉：媽，我在這裡。

張母：今天你有什麼心事似的，一忽兒又到外面來，一忽兒又到外面來。

劍曉：我等一個朋友來看我。

張母：那麼他會來敲門的，何必在外面等他？

劍曉：我怕他找不到門。

張母：是誰？他以前沒有來過嗎？

劍曉：從來沒有來過，他是以前軍隊裡的一個朋友，那天在八仙橋碰到他，我約他今天來看我。

張母：怎麼？你像是有心事似的。是不是你又要跟他去當兵去了？

劍曉：從軍去自然會先同媽商量。

張母：我不喜歡你再去當兵，你以前當了許多年兵也沒有發財。
劍曉：我也並不想再去從軍。
張母：那麼等一個以前軍隊裡的朋友，何必這樣焦急呢？
劍曉：我沒有什麼焦急，媽，不過他是我老朋友啦，我自然很想會見他談談。你想我們過去在一起打仗，那時候生活是多麼熱情，大家一同喝酒，唱歌，前面充滿了希望。現在許多人都得發了，做官了；許多人都死去了。我以為潦倒在這裡只有一個我，誰知道那天還碰見那個朋友，他也早脫離了軍隊，不過他現在很好，在做買賣。所以我等著他，他來了一同到酒店去喝酒去。
張母：你總要去找找已經做官了得發了的朋友，找一個好一點事情，去賺一點錢來。
劍曉：媽又是錢。
張母：自然錢，錢是最要緊的，沒有錢你會長得這麼大？
劍曉：媽，就為你一定要錢，要錢，劍平現在才天天在哭。
張母：這就是傻。劍平也傻，守白也傻。
劍曉：這倒不是傻，這是年輕人最好的情感。
張母：我總不喜歡劍平嫁給一個窮光蛋。
劍曉：但是守白這樣的人，終是難得的。許多少爺們娶了太太放在家裡，自己在外面嫖。那麼難道還是嫁給有錢人家好嗎？
張母：但是你怎麼知道守白不會變？
劍曉：難道你相信守白會變？

張母：我什麼人都不相信。人終是不可靠的，可靠只是錢。

劍曉：我倒覺得錢是不可靠的，以前有錢的人家不都已經破產了嗎？前清的王爺淪落做叫化子的也多的是！只有人，人要是性情脾氣、思想都合得來，自然兩個人會永遠合得來的。

張母：那麼你父親，你父親同我有什麼合不來！他的人也再好沒有了，我把嫁妝首飾拼拼湊湊讓他念書，可是後來，賭，嫖，家裡也不管啦。把我害到這樣。

劍曉：但是這是命運，我們的輪船翻啦。要不然，媽找著他，他難道也會不管他的女兒同兒子。

張母：我為什麼要他管？我以前也相信人，但是我把人培植好啦，養大啦，都叫我失望！那麼還不如我把我的錢藏著，到現在也不至於這樣。

劍曉：但是媽，我們並沒有叫你失望。

張母：我自然失望。我滿以為你中學出來，做了軍官，一步一步升上去，我可以靠你啦。但是別人都去做官啦。你偏偏愛什麼主義呀黨呀，不同別人來往，看不慣別人……

劍曉：但是，媽，這是思想。

張母：思想？思想又不能當飯吃！你妹妹，我也刻刻苦苦地讓她念點書，滿希望她嫁一個有錢的人，但是她要嫁守白這樣的窮孩子！

劍曉：但是，媽，這是愛情。

張母：愛情？愛情又不能當飯吃。

劍曉：但是現在還說它幹麼？守白已經被捕了。

張母：我也奇怪，為什麼他一定要娶劍平。既然劍平不嫁他，他也知道不嫁他的道理，那麼他想法子去發一點財就是啦，為什麼反而去入什麼黨，弄得被捕啦！

劍曉：那是思想。

張母：你又是思想。你們這種人真是又可笑又可憐。

劍曉：媽年紀也大啦，也何必管女兒什麼，她們愛怎麼就怎麼好了。

張母：我有什麼，我苦了一輩子，也不想享什麼福，只是為你們著想，為什麼不相信錢，而相信什麼愛情呀，思想呀！

劍曉：媽不想享什麼福，可是我們無論如何也要養活媽的。別的事情媽何必再管，勞心勞力的，還是沒有用。比方說劍平吧，她雖然聽媽的話，不同守白來往啦，可是心裡還想著守白，每天無精打采的。現在守白被捕啦，她哭哭啼啼的，人也瘦了，臉也黃啦，晚上睡不著，做事沒有精神。媽，你想，這樣下去，也不是媽愛她的本意。

張母：自然啦！早知道她會這樣，我也不會去管她的閒事。守白也怪可憐的，我想只要守白保出來，我也讓你妹妹去嫁他去。不過你看，現在要保守白，又是要錢，要錢……

劍平：（聲）媽！媽！

張母：劍平，我在這裡。

（劍平自內上）

劍平：媽，我要出去一趟。

張母：到哪裡去？

劍平：我到監獄去看守白去。

張母：你昨天去過啦，今天還去幹嘛？
劍平：他說他見到我就感到了一種安慰。
劍曉：劍平，昨天他怎麼樣？
劍平：他精神還好。
劍曉：你有沒有告訴他一切叫他放心，我正同他的家裡設法找錢呢。
劍平：我同他說過啦。不過……
張母：那麼你今天還去幹嘛？昨天晚上你又睡得很不好。還有你哥哥有朋友來，家裡也要弄點菜。
劍曉：我們倒不會在家裡吃飯的，不過我也許要同他一同出去，你在家裡可以同母親作作伴。
劍平：哥哥，你同他家裡找錢到底有把握嗎？
劍曉：稍微有點眉目，今天有兩位朋友來看我，我想可以向他們借一點錢。
劍平：要是母親早就答應我們，這些事情也不至於發生。
劍曉：這事也說不定的，他的思想本來就是這樣。
張母：劍平，這些都是你們傻。照我為你幸福著想，嫁給守白終是苦事，我也沒有錢給你，他又沒有錢給你，那麼將來你會曉得這是苦事，但是到曉得的時候已經晚了。
劍平：媽，為什麼又是說錢，現在要緊是守白的自由。
張母：錢，不錯，錢是萬能的。你想，沒有錢你們怎麼可以長這麼大？還可以受教育？要守白的自由，也還是要錢。
劍平：假如為錢，你何必讓我們受教育，受了教育就不相信錢了。
劍曉：劍平，這不能怪媽，媽完全因為對父親失望，所以覺得人是不可靠的。

劍平：但是愛情是可靠的，媽。比方說，媽雖然在父親那裡失望了，但是為愛我們的緣故，還是刻刻苦苦讓我們受教育，並不想把錢積起來。

張母：我是希望你們有能力賺錢，後來你哥哥到廣東一個軍官學校去，做了軍官了，有錢寄來了；我一方面雖然怕他危險，但是我想我們以後一定慢慢可以成家了。但是你哥哥脾氣不好，同人家合不來，退伍下來，靠著積蓄的一點錢也快完了。幸虧你在中學畢業了，在小學校裡做教員，勉強過活著，但是你們不知道我們為什麼會這樣苦，別人家為什麼可以坐汽車，住洋房。

劍平：媽！但是我們精神並不苦，我們良心上都是安適的。我們沒有剝削別人，我們家庭裡很和睦。

張母：是的，劍平，但是我們缺少的是錢。你們一直沒有好的衣裳穿，一直沒有好的東西吃。

劍平：但是我們不覺得需要。

劍曉：要是媽很有錢，但是一個兒子是天天在外面賭錢，跳舞，玩；一個女兒只知道打扮學漂亮，整天向媽吵架要錢，那麼你覺得怎麼樣呢？

張母：只要我有錢，我願意有一個愛闊綽的少爺，有一個愛漂亮愛打扮的小姐。她們在社會裡出風頭，受許多人愛戴，在我終是光榮的。一個人老啦，她的生命就在兒子同女兒身上。我不願意你們在窮苦裡偷安。我要你們闊，要你們有錢，要有許多人來拍你們馬屁，許多人聽你們的命令。我要你們有汽車，有洋房，有許多許多的佣人。我並不要享受這些，我要看我的兒子女兒在社會上得意。

劍曉：假如真是這樣，我們天天在外面玩啦，交際啦，同媽一天見不到一次，媽一定以為寧可在一起過窮日子好。

劍平：我總覺有錢就是一種罪惡，我們沒有錢，但是我們良心上是快樂的。媽，你不知道許多有錢的人賺錢方法是多麼卑鄙，多麼不講道德！

張母：道德是懦弱的人的一種辯護，我不相信這些。人本來是壞東西，誰不要舒服？誰不愛玩？何必一定要違背了本性去做好人！在這世界上誰有本事誰就搶去，你們沒有本事，說什麼道德啦，精神啦，這些全是空的。

劍曉：誰有本事誰就搶去，這是社會沒有進步的一種方式。

張母：這都是空話，你們說社會，我不懂。我只知道，人人都在社會上搶錢，有的用手段，有的用力量，有的在拍馬屁，有的在欺騙，誰搶到了錢誰就是勝利，誰就是英雄。

劍曉：但是賺錢不是靠什麼，只是靠資本。

張母：資本？力量，馬屁都是資本。不一定是錢，多少人不是白手起家的？不管是綁票也好，殺人也好，放火也好，等你一搶到了錢這些都不是罪名，社會上再也不知道你是怎麼發財的。誰不知道現在做官的人都是在刮錢、在殺人、在害百姓，但是誰都看重他們，誰都在拍他們馬屁。

劍平：媽，錢自然是要的，我們自然是太窮一點，但何必一定要太多，多了藏著有什麼用？花的還不是這一點。

張母：是的，我要錢，越多越好，越多越好。但是我並不是守財奴，我也不主張把錢藏著。但是越多越可以多花，我要汽車，洋房。我要各色各樣的汽車，大大小小的洋房，我要我們的子孫都會擺闊，在社會上出風頭，在馬路上招搖；我要我女兒漂亮美麗，讓許多公子膜拜，我要別人都來求我們，在我們家裡叩頭，我要我們……
劍曉：媽，你太興奮啦。
劍平：媽，但是我們還要和諧地生活，精神上的安慰。
張母：這些都是騙人的話，我不要你們安慰。我只要看到你們受別人崇拜，受別人的懇求，那就是我的安慰，當初我帶了你們兩個人到上海，求人靠人，受過人家多少氣？那些都是我娘家的親戚，好朋友，等我求他們，他們都不來理我們啦！現在我要你們闊，要他們都來求你們，那就是我的安慰。
劍曉：媽，何必又記起這些事。記起這些沒有情義的人。
張母：我記起，是的，我常常記起。我要你們爭氣。情義，世界上有什麼情義，人心本來是壞的，我不相信有什麼好壞的分別，不但是人，就是狗，就是螞蟻，也只是強弱的分別，沒有好壞的分別。
劍平：媽，是的，動物界生物界只有強弱的分別，但是我們是人，我們有社會，所以我們有好壞的分別。
劍曉：因為有好壞的分別，所以人類比別的動物偉大，人類比別的動物優越。
劍平：媽難道不相信有好人有壞人嗎？
張母：好人，什麼是好人？如果說讓別人稱讚，就算是好人。那麼好人為什麼會變壞，壞人為什麼會變好？以前我也相信人是有好壞的，比方你父親，又刻苦，又用功，又儉樸，我把我的嫁妝都給他念書。但是念了書，留學回來，賺了錢，他就變啦。賭呀，嫖呀，家裡也不管啦，完全不是以前的人了。這是為什麼？後來我知道這是人性，做好人的時候不過是一種手段，也許不是有意的，是天生成的一種手段，等於貓捉耗子時候的假睡或者是裝死，是謀生的一個道理。所以我們所說的好人不過是強者，越是強的人越好像是好人，等於好的獵狗越會裝死，裝老實一樣。

劍平：但是愛總是一種好的事情。比方說母親把錢供給父親念書，難道也有壞的成分。

張母：這因為我把他當作一個人，但是也許我的本能上是要他得意了我可以現成享福也說不一定。

劍平：但是我們的戀愛……

張母：我也知道你們這種戀愛，戀愛的時候，比方說兩個男人追求一個女人總是越文雅越大方的人勝利，這就是強者的行為。強者使人相信他是好人，但是他的目的，同一個粗暴的想占有一個美麗的女子的壞人有什麼兩樣？守白是好人，你說。照世俗的說法，我也承認，但是他的目的也只是一種叫我們去相信他是好人，叫人去愛他就是。現在他勝利了，這是你的自由，你愛他你就跟他去。

劍曉：媽，但是守白是有思想與理想的人，不然何必要做危險的工作。

張母：危險，什麼不是危險，綁票，造假鈔票，但是為錢！為錢！有本事的人，就在危險之中求勝利。像你這樣，當了兵，冒了危險，革命，本來也可以做官啦，但是思想，為了思想不合作，這算是好人嗎？是弱者！你知道嗎？現在為了思想，你再去冒險，你流血會有份，發財還是沒有份的。為錢為勢，有錢有勢的時候就抓住，那麼冒一次危險就可以得意，是值得的。同你在一起的人不是都闊了嗎？如果為思想，那麼冒一百次危險就是不死，也還是一個窮光蛋。

劍平：那麼你是說世界上沒有好人，好人不過像貓的裝死，像動物的保護色了？

劍曉：（他是時時在注意外面遠處，這時他已經注意到外面有人來了）啊，我的朋友來了，劍平，你們到裡面去吧。

（中棍自外上。劍平與張母進。劍曉到內門口把門扣上，又到籬門口迎中棍）

劍曉：中棍，你來啦，我正等著你呢。

中棍：你的運氣真好，事情出你的意外。

劍曉：怎麼樣？劉先生願意出這一筆錢嗎？

中棍：不但願意，而且還願意多給你一千塊錢。

劍曉：怎麼回事？

中棍：但是有一個條件，就是要你把他打死以後，要把他手上或者身邊的一只金剛鑽戒指拿回來。

劍曉：這，那麼這得多費多少時候。

中棍：所以多給你一千塊錢。

劍曉：我不要這一千塊錢。

中棍：為什麼不要？

劍曉：這事情太麻煩，要從他身上去取東西。

中棍：（故作罷論的樣子）那麼這事情不成功了。

劍曉：為什麼他要這個戒指。

中棍：因為這個戒指值錢呀。

劍曉：假如值的是六千塊錢，那麼我不會去搶他去，何必去行刺？

中棍：這戒指並不值這許多錢，不過這是個要緊的東西。

劍曉：這話我不相信啦。這戒指一定值一萬塊錢，劉先生給我六千塊錢，叫我打死陳家少爺，打死了又把戒指給他，他只給我六千塊錢，他不還賺四千塊。這個事情他太便宜，我可不幹！

中棍：我不告訴你，你怎麼知道他有戒指？況且你要自己去搶，我只好去報告陳家少爺啦。

劍曉：那麼還是照那天的說法。他給我五千塊錢。我不管戒指不戒指。

中棍：但是戒指是件要緊的事情。

劍曉：那麼為什麼戒指又不值這許多錢呢。

中棍：這個故事講起來可長。

劍曉：那麼為什麼不把這故事講給我聽？

中棍：這是人家的祕密。

劍曉：那麼殺人難道不是人家的祕密？你不願意告訴我，我是不幹的。

中棍：其實告訴你也沒有什麼，不過於你真是一點沒有關係。你知道劉先生為什麼要殺陳家少爺？

劍曉：是不是為爭風吃醋？愛了一個女人？

中棍：不，我告訴你，因為劉先生同陳家少爺的母親有那麼一種關係。

劍曉：同他母親有那麼一種關係？

中棍：自然是後母啦。很年輕漂亮。

劍曉：那麼為什麼要殺陳少爺呢？

中棍：因為被陳家大少爺知道啦。那個大少爺可是個壞蛋，他在外面亂嫖亂賭，錢沒有啦，就拿這件事情向他母親要挾，敲竹槓，他母親被他弄得沒有辦法。最近又向他母親要錢，他母親錢都給他花完啦，但是又不能夠拒絕他。只好把那戒指給他啦。但是又怕他父親知道，所以這戒指一定要拿回來才好。他們要殺他實在是怕他以後要敲竹槓，還怕他說出來，因為他手裡還有許多證據，這證據一拿出來，陳太太就會被陳老爺幹掉啦。

劍曉：你不說陳太太同劉先生好嗎？她還怕被陳老爺幹掉？

中棍：這是名譽呀，錢呀！——最要緊的是錢，陳太太那樣用慣了的人，沒有錢怎麼活？還有劉先生，他是一個窮光蛋，在陳太太身上吮點血就是啦。沒有陳太太他還不是同我差不多。要是陳太太光桿兒跟著他，他用什麼養她。

劍曉：（思索一下）那麼好，你同劉先生說，要拿這只戒指。我要多三千塊錢。一共九千塊錢。

中棍：九千塊錢，他們一下子也拿不出呀！

劍曉：否則還是照以前說的，五千塊錢，我不管搶戒指。

中棍：你這人，這樣叫我怎麼去說。

劍曉：你同他說這是我的意思好啦。

中棍：是呀，但是這事情是明天就要幹的。

劍曉：明天？

中棍：是呀，明天。你看，這於你一定可以省了許多事。你不用去打聽，不用去跟，明天九、十點鐘時候，你等在從陳公館到學校的路上，陳家少爺走過了，你用手槍嚇他，他自然就把戒指給你了。那時候你一槍打死他。這是多容易的事。你偏要弄僵了這樣容易的買賣。老實同你說，你不幹，別人也會幹的。不過我多跑點腿就是了。

劍曉：那麼就加兩千，八千怎麼樣？你快回去同劉先生說，好了把錢送來。

中棍：那麼這件買賣一定吹了。（他故作打算要走了的樣子，但又回過來說）要是你看我的面子，七千怎麼樣？我立刻去說去，說好了立刻把錢送來給你。

劍曉：（思索地）好吧，七千塊錢。

中棍：那麼我立刻替你說去，這個數目我想他們會答應的。好，我要走啦。回頭，大概五點鐘的時候我就來，我要帶給你那位少爺的照相，我還要同你一同去看你下手的路徑。（中棍出籬門）

劍曉：（送中棍到籬門）好，再見，再見。

（劍曉關好籬門，走到內門，開門進去，帶上了門）

（中棍順著路走，走到四分之三的時候，亞生剛剛從路的另一端上來）

亞生：啊！中棍，你在看小張嗎？

中棍：不錯，你呢，也來看小張嗎？

亞生：是的。

中棍：你今天怎麼不到煙子窩去，到這麼遠路來看小張。

亞生：自然有事情囉。

中棍：什麼事情？
亞生：那麼我也要問問你到這兒來是為什麼呢？不到酒店去說閒話。
中棍：我同他是老朋友了。
亞生：老朋友了，不錯的，前幾天你在茶館裡同小張兩個人嘀嘀嘟嘟的。
中棍：難道你知道我們有什麼事嗎？
亞生：自然有點知道。（他驕傲地走過來，中棍跟著）
中棍：我也知道你是來幹嘛的。
亞生：我的事情你儘管知道好了。
中棍：我恭賀你發了一筆財。
亞生：（驚愕地回過頭去。但一見中棍的表情，抑住驚愕的態度說）我才該恭賀你發財呢。你一臉孔是高興的樣子。
中棍：但是你的臉孔更高興著呢。我們明天要等你請客了。
亞生：中棍，大家兄弟，這些話不必說了。到底你為什麼這樣高興，做著了什麼買賣？
中棍：那麼你呢？你假如告訴我，我也告訴你。
亞生：好，我們大家說真話，但是不許到外頭說去。
中棍：好，大家不許對別人說。誰發財得大，誰請客。
亞生：好，但是誰都不許對別人說。
中棍：你就是對你太太也不許說。
亞生：自然囉。你就是對你姘頭也不說。

中棍：自然囉。你就是對你母親也不說。
亞生：我不會說，你自己可不要對丈母娘說呀。
中棍：我幹過多少大事沒有說，怎麼會說你的事情。
亞生：我怕你喝醉的時候要胡說了。
中棍：我早就戒酒了。你呢，在煙子窩裡，什麼話都談，不要隨便說出去了。
亞生：抽鴉片的人絕不會泄露祕密的。
中棍：好，那麼你講。
亞生：你先講不一樣？
中棍：不要嚕囌了，大家一同講好不好？
亞生：（走到石凳邊坐下）好，你講一句，我講一句。
中棍：我為一件命案。
亞生：我也是為一件命案。
中棍：你是誰呢？
亞生：是一個窮少爺。
中棍：我可是個闊少爺。
亞生：為什麼要做掉他呢？
中棍：他知道了別人軋姘頭，要敲竹槓。你的呢？
亞生：他居然搶占了闊少爺的姘頭。
中棍：那麼你值多少錢呢？

亞生：六千隻洋。
中棍：到底這是窮少爺的價錢。我的是九千只洋，這身價怎麼樣？
亞生：那麼你一定要請客了，你的買賣比我粗呀。
中棍：可是我只賺二千隻洋呀。
亞生：還不好嗎？我只有一千呢。
中棍：那麼隔明兒我請你客。
亞生：雲土。
中棍：自然，隨你便。但是不要招呼別的兄弟。
亞生：誰也不說。只有咱們兩人知道。
中棍：好，現在我要走了，再見。你可不許告訴人呀。
亞生：我的嘴是鐵打的，你管著你自己吧。
中棍：我的嘴是水門汀澆的，你放心好了。
亞生：再見。
中棍：（回過頭來說）再見。

（亞生走到籬門口。中棍自外下）

亞生：（喊）小張，小張。（稍停）小張，小張。
劍曉：（開內門出）啊！亞生嗎？（開籬門）

亞生：（進籬門）什麼都成功了，恭喜恭喜。（走近桌旁）
劍曉：（扣上內門）怎麼？錢拿來了。
亞生：拿來了。照你的意思，全是現鈔。（從懷裡拿錢出來）
劍曉：（點鈔票）好，那麼明天你來聽回音。
亞生：這個人你認識了麼？
劍曉：自然啦。昨天你指給我看，我看得很仔細。
亞生：真的看仔細了。
劍曉：怎麼，你連這點都不相信我了。
亞生：不是不相信你。昨天不是有兩個人在一起嗎？我恐怕你弄錯。
劍曉：是不是右邊一個人？
亞生：不差，手裡拿著網拍的一個。
劍曉：網拍？那不是兩個人都拿著嗎？
亞生：但是他還拿了球。
劍曉：不是兩個都拿著球嗎？
亞生：兩個人都有球拿著嗎？那麼你知道就是沒有戒指的一個。
劍曉：不差，那就是右邊的一個了。
亞生：你知道就好了。那麼我走了。下午的時候？可要仔細啊！
劍曉：你放心好了！（稍停）謝謝你，要你多跑了一趟。

（亞生走到籬門口，劍曉送著）

亞生：再見，再見。祝你成功！

劍曉：再見，一切你放心好了。

（劍曉關上籬門，若有所思地把錢數了一下，納入袋中，遲緩地到桌邊坐下，手肘支著桌面，兩手捧著頭思索起來。亞生這時正在路上彳亍走著。隔了幾分鐘工夫，內門裡是劍平的聲音在叫。亞生自外下）

劍平：（聲）哥哥！哥哥！

（接著是推內門的聲音，但內門還倒扣著，沒有開）

劍平：（聲）哥哥！哥哥！

（劍曉還是埋在思索裡，沒有理會到劍平叫他）

——幕徐下——

第四幕

時間：翌日黃昏。

情境：同第一幕。但是開幕時空氣灰色依舊，到張企齋進來，於是空氣活動起來，這因為他已有了職業。

這幕的節奏是從柔和的愉快的波動開始，到突然的震動，於是又到悽涼的悲哀的顛簸。到劍平、守白的進來，這顛簸有點微微的曲折，於是有個更大的動律，將所有悽涼悲哀的情緒都壓倒，是興奮也是快樂。最後因劍曉進來，這興奮加濃了，於是又從這快樂之中，轉出意外的悲痛，這悲痛是從最高的動律，散開而成為廣泛的波動，這正如一塊大石拋到湖中，激起了一個巨大的動律，慢慢成洪漠的漪漣一樣，這是和諧和整齊的一個一個一層一層的圓圈，到閉幕時化作了虛無。

布景：同第一幕，幕開時，韓媽在屋內做活。

（張企齋自外進）

企齋：美度，美度……

韓媽：老爺，小姐去看仲梅小姐去了。

企齋：啊，那麼你一個人在家裡。

韓媽：是的。老爺今天好像很快樂似的。
企齋：（到沙發上坐下）對了，韓媽，今天我有點喜事。
韓媽：喜事？老爺，是不是賭贏了錢。
企齋：你看出我同賭贏時候一樣的神情嗎？
韓媽：老爺今天很高興。
企齋：不錯，韓媽，今天起我又要規規矩矩的生活了。
韓媽：你老是這樣說，但是老是出去賭去。
企齋：這次我是真話了。以前都是你們勸我，我才說的。這次是我自動說出來的。
韓媽：我但願這是真的，那麼我也可以放心了。
企齋：是的，韓媽，我知道最擔心我的是你。
韓媽：難道小姐不擔心嗎？
企齋：啊，美度不知道過去的事情。韓媽，那是你，是你每次在勸我的時候含著眼淚。
韓媽：是因為我害怕，我害怕過去的慘事又要發生。
企齋：這怪不得你，因為自從美度的母親死了以後，你無形之中就成了美度的母親。
韓媽：我也是這樣想著。她從小就在我身邊長大，我偶一出門她就哭。後來雖然大了，念書，進學校，但是我還是把她當我自己的女兒一樣，自然我沒有這樣的福氣。
企齋：她也當你是自己的母親一樣的。
韓媽：是啊，因為這樣，所以我離不開她，就是你們不給我錢，我也要管她，等她出嫁了再走。
企齋：她出嫁你也不必走，你家裡不是沒有什麼人了麼？這裡自然就是你的家。

韓媽：我也真的把這裡當作我的家了。所以老爺每天去賭去，我會害怕得這樣，我好像真的同十四年前她母親一樣的擔心。或者說還要更加厲害，我怕有一天你會不回來，一直不回來，我要帶著她來找你。

企齋：這自然是不會的。十四年前我的放浪，把她母親害到了淹死在水裡，到現在我還時時難過。但是無論怎麼懺悔，過去事情終是過去了，死去的人也不會活轉來了。我所能做的，就是在美度身上報答她母親對我的愛與好處。我要她快活，幸福。她現在真是越長越像她母親了，是不？韓媽。

韓媽：可不是，因此我也更加害怕；你現在的放浪會像你以前害了她母親一樣的害了她。

企齋：這是怎麼也不會的。我決心要她幸福，怎麼又會害她呢？

韓媽：但是你的賭錢……

企齋：我要她幸福。這幾月來因為我失業了，連她念書都供給不起，你看我心裡是多麼難過！她說要去做小學教員，賺了錢來管家，這使我更加難過了。讓她這樣年輕的女孩，到卑污的社會裡去賺錢養我，你想我怎麼對得住她，我怎麼對得住她母親，怎麼對得住我自己？我心裡越痛苦，越要到外面去賭錢，想贏一點來，供給美度念書。但是輸掉了，我更痛苦，我要刺激，要到賭場去，而且要嫖。每次回來的時候，看見美度那份像她母親的態度與樣子，我心裡就感到對不住她，就感到難過。過去我對不住她母親的一切又回到我的心上來，我弄得怕見她了，於是又出去找刺激，我要忘去這個家。

韓媽：這就是危險了。

企齋：但是我並不覺得。

韓媽：我是覺得的。當初你不是也不覺得嗎？但她母親是覺得的。那時候，我們在鄉下，她夜裡睡不著，我陪著勸她；有時候她叫我先去睡，但是我睡了也睡不著，聽見她咽咽嗚嗚地哭起來，我又起來去看她。啊！她對我可真好。後來你連音訊都沒有了，她常常要來找你，我勸她不必，她一直聽我話。後來我也勸她來找你了，她拼拼擋擋弄點盤費，帶著兩個孩子動身，把大女孩交給我，叫我無論如何不要離開她。我答應了她……（悲泣起來）

企齋：韓媽，不要講這些過去的事情了。你也不必再擔心，今天起我真的不再出去糊塗了，我們又要過著快樂安逸的生活。

韓媽：這很難相信——除非你找到了事情。

企齋：對呀！我說喜事就是這個，我已經找到了事情。

韓媽：真的嗎？

企齋：自然，怎麼你不相信嗎？今天起我們又可以過快樂的生活。你也不必這樣辛苦，隔幾天我們用一個佣人，美度也可以上學了。

韓媽：只要大家快快活活的，我苦一點怕什麼？（稍停）不是我愛說過去的事情，實在老爺好久沒有同我這樣談話啦。近來我更常常想到她母親。我覺得美度越來越像她母親，越覺得她母親可憐，這樣好的人會死得這樣冤枉。（稍停，回憶地）她待我實在好，我隨她到這裡來，每次要走，每次都留著我，最後還把美度托給了我。現在美度也快嫁人啦。我老了，我自己有什麼？只要我看這個家裡大家都快活，我也就快活了。但是老爺忽然又賭起來啦。

企齋：這就因為我要找錢好好地培養美度呀。

韓媽：有錢念書自然很好。但是像美度這樣也通啦，給她好好兒嫁一個人也對得住她娘了。上次那個來說親的，不是說很有錢嗎？為什麼老爺不喜歡。

企齋：我沒有什麼意見，只要美度喜歡就是啦。這個人大概是一個闊少爺的派頭，美度不喜歡她。

韓媽：美度對我什麼都好，只是這種事情，她不肯同我講。我一問到這種事情，她總說還早還早的。我倒覺得這裡來來往往的大學生都差不多，挑一個漂亮一點，有點錢就很好啦。

企齋：但是我總覺得要緊的要人好，錢是靠不住的，什麼時候都會沒有。世界上靠得住只有人，要是沒有美度，我不知道那時候當我知道她母親死了以後，我怎麼能活得下去？現在無論有多少錢，她母親總是不會再有的啦。

韓媽：真的，美度也實在可憐，一直沒有母親。

企齋：沒有母親的孩子是可憐的。不過韓媽，幸虧有你，什麼都管著她。

韓媽：我自然盡我的力量，但是終不是她母親。現在她也大了，只要老爺不天天去賭，她是會很快活的。

企齋：我不早說我今天起不去賭了嗎？我們要過規規矩矩的生活。

韓媽：但是這個你說過不少次了。

企齋：那麼你不相信？

韓媽：除非老爺真有一個好的位子，也許老爺肯聽一句我的話。

企齋：（自得地）的確我已經找到了好事情，在社會局裡。

韓媽：（不信地）不要像上次這樣騙我們呀！

企齋：（高興地）不會，這次是真的。

韓媽：（疑惑地）真的嗎，老爺？（注視著企齋）
企齋：（確切地）真的，你看今天我不是很高興嗎，而且同你講了許多閒話。
韓媽：是的，老爺有許多日子沒有同我這樣談話啦。那麼是真的了！（忽然從注意中覺醒轉來，大喜地）啊！這我可真快樂。啊！美度，美度！（忽然覺到美度不在家）啊，老爺，不知道有多少錢一月？
企齋：（得意地）兩百四十塊錢。
韓媽：呵，那麼美度也可以上學了，我們也不必擔憂啦，我們一定有新佣人雇來，我也可以偷懶啦……

（就在那個室內充滿了快活空氣時候，外面走進兩個人來，前面是仲梅，啜泣著，後面是美度，僵木著，她們像是被恐怖悲哀，以及一切想不透的幕所籠罩著，走得非常遲緩，好像沒有看見企齋與韓媽在屋內似的。企齋與韓媽，本來是在舞臺前中的地位的，這時慢慢退到後右方面去，這正如當時快樂的空氣被新進來的悲哀空氣所迫逼一樣。企齋、韓媽是驚愕了，但是仲梅與美度只是僵木著）

韓媽：（向美度問）美度，你怎麼啦？
美度：……
韓媽：你怎麼啦，什麼事？
美度：……

韓媽：我要報告你一件喜事，美度，你知道老爺已經找到事情。兩百四十元一月，以後你又可以上學了。

美度：……

企齋：（拉美度到自己地方）怎麼啦！美度。

美度：（哇的一聲哭出來）啊，爸爸，素騏被刺啦，他們說是徐寧幹的，現在徐寧捉去啦。

仲梅：（哭得更厲害）……

企齋：素騏被刺啦？

韓媽：素騏少爺？

美度：是的，他們說是徐寧幹的。

企齋：徐寧捉去啦？

美度：是的，他們說是有嫌疑。

企齋：你不要太緊張。美度，坐下來，靜靜地告訴我到底怎麼回事。

美度：（坐下）……

企齋：仲梅，不要悲傷啦。假如事情還不確實，也許素騏沒有死；假如事情的確是真的，哭也沒有用，是不是？

仲梅：（哭泣地）這是已經死定了。

企齋：仲梅，冷靜一點。你先告訴我是在哪裡被刺的？

美度：是在從他家到學校的路上。

企齋：他平常有什麼仇人呢？

仲梅：沒有，就算有感情不好的人，也不會有殺他的仇恨的。
韓媽：會不會為搶他的東西。
美度：他們是這樣猜呢，說是他手上的戒指沒有啦。
仲梅：要是這是真的，那才是我害了他呢。這只戒指就是我送給他的，但是也不值什麼錢呀。
企齋：那麼徐寧？
美度：許多人都說是徐寧幹的。
韓媽：徐寧少爺怎麼會呢？他是他的好朋友。
美度：他們倆老在一起的。今天他們約好在圖書館見面，但是他在路上就被打死啦，戒指也沒有啦。偏偏徐寧晚去，進學校的時候，警察正在查。學校裡有人說是徐寧害的，其實他怎麼會？
企齋：徐寧不會只有我們相信，但是在警察看來，他當然是一個嫌疑。不過這終會查明白的，我們得慢慢想法子。
韓媽：（流淚）可是素騏少爺就這樣死了嗎？
企齋：這實在太可憐啦。
仲梅：（站起要走）我回去了。
美度：仲梅，你回去幹嘛？
仲梅：（嗚咽地）啊！美度，我的心實在太亂了。我不知道怎麼才好。
美度：請你靜一會，讓我們把這件事討論一下。
仲梅：人已經死了，還有什麼可以討論呢？

美度：那麼到底為什麼？到底是誰要殺他呢？

仲梅：我想一定為我給他的一個戒指。

美度：仲梅，你是不是也懷疑徐寧？

（韓媽、企齋，初則低語，現在韓媽悄悄地由外門退下。企齋由內門下）

仲梅：（歇斯底里地）原諒我，美度，我已經對誰都懷疑了。（哭泣）

美度：那麼對我呢，仲梅？

仲梅：你為什麼問我這句話，美度，我奇怪你說這樣不妥的話。

美度：假如你懷疑徐寧，自然也會懷疑到我。假如你懷疑我了，我除了對你洗雪以外，不應當再說什麼話。

仲梅：我怎麼會懷疑到你，怎麼會懷疑到徐寧？但是像素騏這樣的人，這樣健康愉快的人都會突然死去，人還有可靠的嗎？

美度：仲梅，在這個情形底下，你對我怎麼樣我都原諒你，但是我希望你冷靜一點。這件事情終有水落石出的一天，讓我們大家靜心的來等待。我現在同情你，比同情素騏同情徐寧還要進一層。素騏已經死了，一切都結束了。徐寧沒有死，但這事情會水落石出，到水落石出的一天，一切又可以復原了。至於這時候的你，幸福的希望，理想的希望已經斷絕，但是生命還繼續著。仲梅，為我們一直的愛好，你對我的，我對你的，我希望你冷靜一點想想我整個的人，那麼你就會接受我對你的同情。並且對我相信一點，只有你相信我，我才可以接近你。否則你看我的手都是血腥，我怎麼可以來碰你呢？

仲梅：但是……

美度：至於徐寧，我是相信他不會這樣卑鄙的，但是我是很尊重你對他的懷疑。我已經說過我同情你甚至一切，所以讓我們靜靜等待，假如是徐寧幹的，仲梅，我要比你更加可憐，因為你不過失了素騏的肉體，我同時是失去了徐寧的靈魂。

仲梅：那麼你不愛徐寧了。

美度：自然不。

仲梅：但是你是不是要為徐寧辯護。

美度：假如有確切的證據。

仲梅：只要有證據我也願為他辯護，但是現在學校裡都謠傳著是他。

美度：假如你相信是他幹的。而讓真正的犯人逃脫，那麼難道是願意做的事情？

仲梅：這自然不是我的意思。

美度：那麼我們倆沒有什麼不同，我們倆都愛著一個真理一個事實。我們可以大家去求這個事實的真相。

仲梅：但是，美度，你發誓，你沒有騙我。

美度：我騙你什麼？

仲梅：假如你心裡不是這麼想。

美度：想什麼？

仲梅：請你平心說，到底你真以為徐寧不會幹的，還是你知道他幹而為他辯護？

美度：仲梅，這一定是學校裡的謠言把你弄糊塗了，你怎麼對我這樣起來了。我絕不會騙你的，仲梅，我們是中學裡的同學。素騏同徐寧都是我們後來才認識的。在你同素騏感情上好起來的時候，你不是什麼都同我講的嗎？以前有人說，君子之交淡如水，小人之交甜如蜜。假如這句話是對的，我們的友誼是屬於君子，我們的性愛實在是屬於小人的。自從素騏同徐寧因我們的關係做了朋友，我們的友誼反而淡了。現在可不可以讓我們同以前一樣，讓我們互助著求這件事情的真相，仲梅，相信我，在徐寧同你兩個人中間，我絕不以為你比徐寧為輕，我覺得事實是最後的真理。

（守白同劍平上。守白是一個廿餘歲的青年，很清瘦，可是很整潔。雖然是牢獄生活使他憔悴了，但是今天面上滿是愉快的樣子。美度一看見守白，就迎上去。仲梅在揩她的眼淚）

美度：啊！守白。聽說你昨天出來的，本來就想來看你。

守白：我要謝謝你們關心我，啊！（替劍平介紹）這是張美度小姐，這就是張劍平。

美度：請坐請坐。（對劍平）不要客氣好不好？（對守白）啊，你倒是瘦了不少。

守白：仲梅！

仲梅：守白，啊，這位就是張小姐。

守白：這位是李仲梅小姐，也是我們同學。啊，仲梅，你們出去過沒有？

美度：我們剛剛回來。

守白：你們知道不知道素騏……

美度：是的，我們已經知道，所以沒有來看你。
守白：我也因此到這裡來，徐寧被捕了，是不是？
美度：你聽見什麼別的沒有？
守白：學校都說是徐寧幹的，但是我總不相信。
美度：我想這一定是謠言，但是我們也沒有反面的證據。
守白：這是謠言。而且有人說這謠言是素龍發出來的。
美度：素龍發出來的，啊！這是可能的，怪不得……
仲梅：素龍發出來的？那麼難道是他害素騏的嗎？
守白：這也許不會，不過用這個謠言他可以把他的情敵打倒。
仲梅：要是這樣，這不是太凶了嗎？但是素騏到底是誰害的呢？

（韓媽拿茶上）

美度：（走到劍平前）啊，很對不起，張小姐，我們只講我們的事情。
劍平：這怎麼講？我只慚愧我沒有能力幫助你。
美度：守白被捕了，我們也是幹著急，沒有幫什麼忙。他父親也同我父親商量過，但是我父親也沒有能力。

（韓媽下，企齋上）

守白：老伯。
企齋：守白，你出來啦？
守白：昨天出來的。
企齋：你瘦了不少。
守白：是的，但是總算沒有病。啊，劍平，這位是張老伯。
劍平：老伯。
企齋：請問貴姓。
美度：我們是同姓。
企齋：啊，張小姐。
美度：請坐，請坐。
企齋：（走開去，自語地）劍平，劍平，劍平。（看到了守白）啊，守白，你母親現在一定放心啦。
守白：是的，謝謝。
企齋：以後你自己當心一點，雖然為自己的思想，但是你家裡實在太受累啦。啊，她叫張劍平是不？
守白：是的。
企齋：現在她家裡讓她出來啦。
守白：現在總算大家都諒解啦。

企齋：她是叫劍平是不？
守白：是的，老伯……
企齋：寶劍的劍，平仄的平？
守白：不錯，老伯有什麼？
企齋：他有一個哥哥是不是？
守白：是的。
企齋：叫劍曉是不？
守白：是的，老伯認識……
企齋：她們父親死了嗎？
守白：只有一個母親。
企齋：母親還活著？
守白：是的，老伯知道他們嗎？
企齋：是的，我知道她們很多。

（仲梅也有點驚異了。劍平同美度在較遠的地方談話，沒有注意他們）

守白：但是她們是山東人。
企齋：（自語地）啊，是的，一定是的。（對守白）守白，你可以請她到裡面去同我一個人說幾句話嗎？

守白：自然可以。

（企齋由內門下）

美度：（同劍平在談）我想你母親現在也一定……

守白：劍平，老伯說起來好像認識你家似的。

劍平：認識我家？

美度：我父親認識她家？

守白：他叫你一個人進去談談。

劍平：叫我去談談？

美度：叫她去談談。（對劍平）啊！你願意嗎？

劍平：（站起來）就是現在嗎？

美度：對不住，守白，我同仲梅談一會。

（美度偕劍平由內門下）

守白：奇怪，他們會是認識的。

仲梅：啊，你的意思徐寧是沒有罪，那麼到底誰把素騏害死的呢？

守白：這件事情，只有讓我們慢慢調查，回頭讓我們到公安局先去打聽一下。

（美度由內門上，跑到外門）

美度：（叫）韓媽，韓媽。

（韓媽由外門上）

美度：老爺在裡面叫你去。

（韓媽由內門下）

守白：怎麼回事？她是你們什麼親戚呢？

美度：我也不知道底細呢？爸爸叫我出來，叫韓媽進去。啊！（對仲梅）仲梅，你快不要悲傷，素騏已經死了，你難過也沒有用。我是你的朋友，讓我幫助你，你也幫助我；我現在第一步要查明到底是不是徐寧幹的。如果是徐寧幹的，我的情形是同你一樣可憐了，我說過比你失去素騏還深一層；如果不是的，你也一定會當徐寧是你的朋友。

守白：我能夠擔保徐寧絕不會幹這事的。

美度：我不需要你擔保，在仲梅面前我不需要你說這句話。剛才你說這謠言是素龍發出來的，我想這句話是有點道理，假如你是願意幫我忙的，我求你為我們打聽一下，也許可以由此證明徐寧是冤枉的。

守白：我一定去打聽。

美度：仲梅，你要不要去睡一會？

仲梅：（泣）我不想睡。

美度：我希望你振作一點，剛才我也是非常難過，但是自從守白來了，我就比較好一點，我相信徐寧假如是沒有罪的，一定可以出來；假如是有罪的，那麼我也沒有什麼辦法。素騏是可憐的，但是是命運，我們似乎沒有能力挽回這個命運。

守白：但是美度，你太相信法律是準確的了。你似乎沒有想到一個沒有罪的人可以變成有罪，一個有罪的人可以逃過法網的嗎？譬如我，我有什麼罪，我的信仰是為解放大眾，但是罪名可以是擾亂治安，可以說是危害社會。最近我由一萬元保出來了。錢，救我的是錢。你知道錢是萬能的，錢也可以把徐寧定罪。天下冤枉的事情真多著呢？

美度：假如這謠言的來源是正如你所說的，那麼這事情也許真的要……

韓媽：（聲）小姐！（由內門出）啊！小姐，那位小姐就是你的妹妹啊！

美度：我的妹妹？

守白：妹妹？

仲梅：妹妹？

韓媽：小姐，就是我那天同你講的你嫡親的妹妹。我們以為他們已經死在海裡了，誰知她還活著。你母親也活著，還有你哥哥。

美度：真的嗎？韓媽。

韓媽：自然是真的。現在你爸爸也找到了事情，你媽媽也找到了，都是喜事。徐寧少爺一定也就要放出來了，你快放心快活吧。

（美度欲進去看劍平，但是劍平已經出來了）

劍平：啊，我們原來是一家。守白，她是我的親姐姐呢。

守白：這太出意外了。

美度：啊，這是想不到，要是那天韓媽不同我講，我還不知道我是有過妹妹的人呢？啊！劍平，以後我們可以永遠在一起了！

韓媽：可不是？你們倆長得多像。我也瞎了眼睛，連劍平也認不出了。

劍平：隔這麼些年，你自然不認識了。啊，現在老伯，啊，爸爸叫我去叫我哥哥去。守白，他不是說到你家來吃飯嗎？我去找他去，找他到這裡來。

韓媽：那麼你把你母親也快請來吧。

劍平：這樣讓她知道是太突兀了，她會奇怪得生病的，況且我們家裡路也太遠啦，還是今天先找我哥哥來，我們商量了慢慢地告訴我媽吧，好，我去了，就回來的。

守白：我同你一同去。

劍平：你等在這裡好啦，反正我就回來的。

美度：那麼你立刻就來。

韓媽：快點兒來啊！

（劍平自外門下，韓媽伴她同下）

守白：事情實在太奇怪了，美度，我怎麼從來沒有聽你說起。

美度：這是一件傷心事，我自己知道也不過幾天呢？這是命運！仲梅，這樣奇怪的事情都發生了！你說我們還可以捉摸人生嗎？

仲梅：但是這是可喜的事情。

美度：是的，但是我們以為死了十幾年的人都活回來了，那麼素騏也許並沒有死呢！

仲梅：但是這是不可能的，我看見了血，我看見了是屍首。

美度：但是他永遠活在我們朋友的心裡。

仲梅：不，他的確已經消滅了。

美度：我真不明白消滅與存在，剛才是我妹妹，不是存在嗎？但是多年來我們都以為他們死了。他們也許也以為我們死了，但是我們都活著。

守白：美度！你有點被奇突的事迷糊了。

仲梅：但是你們知道的是一個消息，我知道的是一個事實。

美度：那麼什麼是消息，什麼是事實呢？消息是從耳朵來的，事實是從眼睛來的，兩樣都長在人身上，為什麼眼睛一定會比耳朵可靠呢？

守白：美度，你說是哲學上的問題，不是人世上的問題。

美度：我實在不相信素騏是死了。他也許在我們看不見的地方活著，正如我母親同我妹妹哥哥在我們沒有看見的地方活著一樣。

仲梅：那麼除非你相信宗教，說人死了到了天堂。

美度：是的，我正想到這個，為什麼說天堂是沒有呢。

仲梅：就因為我們沒有看見。

美度：但是我們聽見過，聽見中外古今許多人都說過。為什麼一定要看見呢？

守白：美度，你簡直迷信了。

美度：也許是的，守白，但是一個人在奇奇怪怪的命運顛簸下面，我們不迷信能做什麼？今天我們以為活著的人說是死了，死去的人說是活了，人生幾乎一點不能預測，一點不能捉摸，一點不能把握。

守白：人生在歷史之中，我們了解了歷史的演進，我們把握著歷史前進，這就是正確的人生。

美度：是的，生物學叫我戀愛，我們戀愛；叫我們吃飯，我們吃飯；叫我們生孩子我們生孩子。

守白：但是我們是人，我們人類歷史之中，我們要大多數幸福，我們要在所生的歷史上，盡我們的責任，我們要推動歷史。（企齋自內門上，他剛剛沉痛地哭過，我們在他眼睛上可以看出）

美度：啊！爸爸！你怎麼一直不出來。

企齋：我說不出我自己這一剎時的感情，好像是快樂，好像是害怕，好像是在做夢；我像是興奮，像是痛苦，像是悲哀……啊！一切一切，韓媽都講給你聽了？

美度：是的，爸爸。

守白：老伯，這怎麼回事？

企齋：在十四年以前，她母親帶兩個孩子乘輪船來找我，輪船翻了，我們以為他們一定死了。我回到老家，剛剛內戰，火線裡帶著美度出來，她們也沒有辦法給我們消息，以為我們也死了。（稍停）美度那時候本來是叫劍涵，同他們劍平劍曉連在一起的，後來因為受了這個打擊，才把她名字改作美度，我想這樣可以把這痛苦事情忘了。

美度：仲梅，你看我過去的命運吧，這些可憐的日子是怎麼過去的，媽死了，哥哥死了，妹妹死了。

仲梅：美度，不錯，這些都是命運，我也只好怪我的命運。

美度：是的，那麼除了自己努力以外，只好聽命運變化吧。去年我父親失業了，我也失學了。我們過著窮日子。今天好容易我父親有了事情，我也可以繼續讀書，但是徐寧被捉去了。我在這樣命運之中，能夠怎麼樣來解釋？現在更突兀的是我母親妹妹哥哥都碰到了，這些把我弄得糊塗了。我要不相信一切，不相信素騏死去，不相信徐寧捉去，不相信父親找到事情，也不相信我重會到了我妹妹，同時我要會到我母親與哥哥。

仲梅：但是這些都是事實。

企齋：美度，你的心也被突兀的事情驚擾了。

美度：是的，我的心有點變動了。我覺得事實都是命運布置好的夢。仲梅，堅忍一點，像我父親忍耐當初的痛苦一樣，生活還沒有停止，我們要生活下去。

守白：這話是對的，仲梅，死的已經不能活了。我們第一步要尋出謀害素騏的人。啊，美度，剛才說起要證實這謠言的來源，我想起來最好還是你自己向素龍打聽。

仲梅：怎麼？

守白：素龍造這個謠言，要陷害徐寧，目的自然還在你，只要他來看你的時候，你同他親熱一點，他也許會告訴你裡面的祕密。
美度：你是說要我同他親熱，陪他去玩嗎？
守白：這為什麼不好？這是手段。
美度：我不能這樣幹，這是叫我去做戲。
守白：也許是的，但是這是現實的爭鬥，事實是在現實中爭鬥出來的。
仲梅：我覺得這是一個辦法。
美度：爸爸覺得怎麼樣？
企齋：這當然是一條路，但是我不知道你是不是有這份本事？
仲梅：不管怎樣，反正試試沒有關係，假使能夠查出些什麼，自然更好，查不出也沒有什麼關係。
守白：我覺得只有這個辦法，這件事情可以很快的水落石出。
仲梅：美度，就說你不為素騏，為徐寧也應當這樣做。
守白：不要說為徐寧，就是只為素騏，你也應該試試看，來弄明白這件事情。
美度：那麼……好，那麼我就決定那麼做。
仲梅：我想素龍不久會來找你的。
美度：爸爸，你在想什麼？
企齋：我現在心緒激蕩得很厲害。
美度：但總是快樂的心緒了。你說已經有了事情，而且無意之中找到了媽，找到了哥哥與妹妹。

啊，爸，你說的差使是在哪兒？

企齋：社會局。

美度：是多少錢一月……

企齋：兩百四十塊。

美度：爸爸，這樣爸爸怎麼還不能高興起來呢？以後我們又可以過安逸的生活，而且，我們更加熱鬧了，有媽媽，哥哥，還有一個漂亮的妹妹。

企齋：……

美度：爸爸，那麼你還憂慮些什麼？

企齋：我在回想過去，過去不過是一個小小機會上的參差，我們就過了十多年的孤獨寂寞的生活，你就做了十多年沒有母親的孤兒；我想像你的母親，她的生活一定更加淒涼，可憐，孤寂，貧窮……十多年，十多年的工夫，她撫育了一個兒子同一個女兒的長成，這是多麼悲慘的故事。

美度：過去已經都過去了，我們還想它作什麼？我們有未來，未來不都是我們快樂的日子？媽來了，哥哥妹妹都來了，我們可以過熱鬧的生活，爸爸也有了事情……

企齋：但是我老了，頭髮也白了，你母親也老了，一個人最寶貴的時光都交給了悲慘的命運，剩下的還有什麼？要是我們一直同別人家一樣，我在事實上一定有較好的成就，我們夠多麼快樂？

美度：但是你有一個兒子同兩個女兒，他們都是你的，他們要繼續你的力量同生命。爸爸，這些都是未來，所以未來是無窮的；只有過去，過去到了現在就完了。我今天從最悲苦的心緒中出來，但是我現在已經平靜，在命運的手裡，顛簸出我的生命的缺憾與圓滿。媽媽兄妹都復活了，你知道我是多麼高興，自然我是悲痛看素騏的死，也關念徐寧的事情；但是死的已經完了，徐寧的事情，也一定會水落石出，我相信他一定無罪，也相信他一定可以自由……（劍平、劍曉自外門上，韓媽同上）

韓媽：老爸：大少爺來了。

劍平：這位就是爸爸，那位是姐姐。

劍曉：爸爸……

企齋：劍曉，啊，想不到我還能碰見你。

美度：要是在路上碰著，我怎麼也不認識了。

韓媽：不用說你，連我也一點認不出了。

守白：劍曉，早知道你們是一家，你們不是很早就可以會面了嗎？兩方面都是我的朋友。啊！我替你們介紹這位李仲梅小姐，你姐姐的好朋友，這位是劍曉。

仲梅（向劍曉劍平行禮，對美度說）：美度，我先回去了。

美度：仲梅，你何必……

仲梅：我心裡難過……

美度：這個我知道的，但是你回去不是一樣的嗎？在這裡，我的家就是你的家，我們大家熱鬧一下。啊，韓媽，你快出去叫一點菜，買一點酒來吧，今天我們要熱鬧一下。

（韓媽下）

仲梅：美度，但是……（嗚咽不成聲，最後伏在美度肩上哭起來）

美度：一定在這裡，我希望你肯住在這裡，回頭叫守白告訴你家裡一聲，你回去一定更會難過的，晚上我有許多話要同你講。

仲梅：還是讓我回去吧！我看見你們一家團聚，我心裡更加難過。

美度：在這裡，在這裡你現在以為去別處好，但是到別處你更會覺得不好。我很了解你現在的心境，你會感到哪裡都不是你的世界。在這裡待著，仲梅，我的家就是你的。現在我哥哥也回來了，守白也在這裡，對於你的事情大家討論一下。

仲梅：可以討論的是救徐寧。

守白：但是還有謀害素騏的人。

仲梅：但是死的已經完了，怎麼樣也不會復活。剛才我恨謀害素騏的人，我懷疑一切人，我懷疑徐寧，甚至我懷疑美度。但是現在我不，我覺得殺他的只是「命運」。我誰也不恨，誰也不懷疑，我也不想追究殺他的人。他已經死定了，我已經悲慘定了；死的不能復活，悲慘的不會痊癒。那麼何必再叫第三人來死，第四人來永遠悲痛呢？（哭倒在美度身上）

美度：仲梅，但是我要追究，你知道我愛徐寧，徐寧也愛我，不過我更寶貴我同你同素騏的友誼；雖然你不懷疑我，但是我有點懷疑徐寧。假如這的確是徐寧幹的，那麼我會設想徐寧已經死了，在我的心裡死了。我願同你忍受這份同樣的悲痛，永遠同你在一起活在世上。仲梅，想起我們在中學同學的時候，我們不是互相說大家不嫁人嗎？假如這件事真是徐寧幹的，那麼這句話是我們的讖語了……（美度也嗚咽起來了）

（當他們在談話的時候，企齋與劍曉、劍平在舞臺內層低談，但劍曉時時注聽著他們的談話，這時候劍曉忽然站起，走過來了）

劍曉：美度，李小姐……

美度：（回過頭去）……

劍曉：守白，你們都不要再懷疑再不安了。讓我告訴你們，這個殺人犯是我，害徐寧的也是我。

劍平：是你？（反射式的問句）

企齋：是你!?（驚異而不確信）

守白：是你!?（驚異而不確信）

美度：是你！（驚愕得有點愕了）

仲梅：是你！（驚愕得有點害怕）

劍曉：是我！（確實而沉痛的，但有幾分哀頹）

企齋：怎麼會是你？

劍曉：我需要錢！

守白：為救我是不是？

劍平：為那一萬塊錢嗎？

仲梅：但是這戒指只值幾百塊錢呀！

劍曉：他們買了我！

企齋：誰？

劍曉：一個姓劉的叫我殺陳家大少爺，叫我把他手上的戒指拿下來給他。但是我殺錯了。
守白：殺了他們的二少爺？
劍曉：是的。還有一個姓陳的叫我殺死徐寧。
美度：是陳素龍，那位陳家大少爺嗎？
劍曉：也許是的，不過我不知道。但是陳家二少爺死了，他們就造謠說是徐寧殺的，說是為救我。省得這案子從別方面來調查。
美度：但是你，你是我的哥哥……
守白：那麼，仲梅，殺素騏的不是他，是我，因為我，他才要這一萬元錢。
劍平：那是我，哥哥為我去這籌錢的。請你們怪我吧！
劍曉：都不是為你們，是為我的思想與情感。因為我恨這個社會，恨這社會上的不平等。我愛守白的思想，還為我的妹妹。我不願意一個沒有罪的好朋友捉去，死掉，而他是我妹妹的愛人。我殺過人，在軍隊的時候，我殺人，我以為那次革命以後，我們可以平等了，但是死的都是我們的兵士，結果世界還是他們的。他們用種種方法，不斷地殺，殺了成千成萬自己的人，讓自己享福。那麼為什麼我不能殺一兩個人，救我可敬的朋友同自己的妹妹。妹妹實在太苦了，還有母親。母親恨我父親，覺得錢才是可靠的，不讓我妹妹同守白來往；但是守白被捕了，我妹妹的悲痛感動了我的母親；母親給我妹妹自由，但是沒有錢不能給守白自由，所以我要給他自由。我……唉，現在好，我救出我一個妹妹的愛人，陷害了另外一個妹妹的愛人。而且我還害了素騏，我們家裡的朋友，我還害了你，李小姐。
企齋：那麼，這樣說，殺素騏的，正是我了，要是我過去不讓你母親痛苦，你們就不會……

劍曉：爸爸，你不要這樣想，這些都是過去了。這是我。我要去自首去，我要把我生命賠素騏，我要救出徐寧。

美度：但是，哥……

企齋：但是，你……

劍曉：我一定要這樣做，我也不怪姓劉與姓陳的，我是一個戰場上剩下來的生命，死在我是沒有什麼的。在大流血以後，社會國家對我們沒有同情與憐惜，有權的闊人還是這樣殘忍，窮人還是這樣苦，沒有滿足我們一點點理想與希望。憐惜我的只是母親與妹妹，還有像守白一樣的一些朋友。所以我願意為我母親為我妹妹冒險。現在我們已經有了爸爸，母親也有了依靠。兩個妹妹也大了，還有守白與徐寧。我沒有什麼。現在想來，自然這件事是錯的，是很懦弱的行為；我殺了素騏，我害了李小姐。但是可以慰藉的是我不是為自己。啊，李小姐，死的已經完了，你不要過於悲痛，素騏的靈魂會活到別個青年身上來報答你的愛情。假如恨我可以減少你的痛苦，你恨我；假如咒我可以減少你的痛苦，你咒我入地獄。我不求你原諒，但是我原諒你對我永遠的詛咒。

仲梅：啊！我原諒你，我不詛咒你。你殺人是為愛，同我一樣的愛，何況你是誤殺的。

劍曉：謝謝你，那麼好，我現在要去了。

劍平；你上哪裡去？

企齋：你上哪裡去？

劍曉：我去自首去。

美度：這不能，這不能夠……

守白：這不能，這不能……

劍曉：我要去，我一定要去，因為假如我活在世上，我也不會快樂；我怎麼一下子就被一萬元所買，殺死了我們的朋友。

仲梅：但是你本來不知道是你們的朋友。

劍曉：但是我的確被一萬塊錢買去了。

守白：但是你是為我呀。

劍曉：不是為你，是為愛。為愛，我去革命，從軍，打仗；為愛，我被收買，我殺了人；現在為愛，我去就死。劍平，明天你同美度去看母親，帶她同到這裡來，慢慢把我的事情告訴她，她已經有了父親，不久就會快樂的。

守白：劍曉！

劍曉：假如你是愛我的，請你把這份愛給我的父母妹妹，給我整個的家。好，再見。

企齋：（拉住劍曉）劍曉！

劍平：（攔住劍曉）哥哥！

美度：（靠近劍曉）哥哥，我們都需要你。

仲梅：（圍近劍曉）劍曉，我原諒你的。

守白：（逼近劍曉）劍曉，你應當細想你自己的重要。

企齋：讓我靜靜地想方法解決這個問題。

劍平：（哭）不，不，哥哥……

美度：但是殺人的是買你的人，不是你。

劍曉：是我。美度，我不是機器，怎麼隨便可以讓別人買去。現在我去投案了，我絕不說出指使我的是誰，我希望你們讓他們知道，我原諒他們來買我，希望他們原諒他們所恨的人。
企齋：劍曉，你不許去，讓我們想辦法解決一切。
劍曉：爸爸，這是不可能的。你譬如今天沒有碰見我。
守白：劍曉，那麼你應說出收買你的人。
劍曉：你的話我是了解的。假如被收買的不是我自己，在理論上我也是這樣主張。但是現在是我自己，我是一個從來不屈服的人，我是一個有靈魂的人。自己被別人收買了，去殺人；為減少自己的罪，再去加害於人，這是太懦弱了。我不是一部機器，我對於自己的行為必須負責。好，我要去了！

（韓媽匆匆上）

韓媽：老爺，有好幾個巡警來，來問少爺……

（警察五人上。四個握著槍，一個握著手槍，他問話時，其餘四人在他後面作準備動武狀）

巡警甲：張劍曉是誰呀！
劍曉：是我！
企齋：什麼事？

巡警甲：他犯的案子發了，他同陳素龍、劉伯槐殺人。
劍曉：陳素龍，劉伯槐？
巡警甲：是的，現在都在公安局裡。
劍曉：那麼，那是命運注定了他們……
巡警甲：快一點吧。
劍曉：要我立刻就去嗎？
巡警甲：自然。
劍曉：那麼讓我去吧。你們大家不要難過，我的話剛才已經說完了。

（劍曉入巡警隊伍）

守白：（隨在後面）劍曉！
劍平：哥哥！（追到門口，哭）哥哥！
美度：劍曉！（退數步）哥哥！
企齋：劍曉！（隨即倒在安樂椅上）唉！劍曉！
仲梅：唉！
韓媽：（愣在那裡）怎麼？大少爺……

——幕徐下——

#《生與死》再版後記

《生與死》是《三思樓月書》第一種。出版後，先由珠林書店總經售，不到二個月就銷盡。那時候據說劇本的銷路比別的文藝書好，那麼大概是話劇風行之故。其實我的劇本，正如我談戲劇理論一樣，和近來的話劇運動關係很少，雖然我的本意也在想在話劇上盡一點力。我所談的，所寫的，都是自己的愛好，並沒有估計客觀存在的演出上的條件——從現階段的導演以至觀眾——的限制。但事實上近代劇的特質，除了給人們看戲以外，是還可以給人家讀的。雖然這二者效果不同，但是讀劇也是另一種欣賞，與讀詩、讀小說並不相同。所以，說實在話，我的劇作到現在只希望有人讀它，來伴她失意時的淒涼，失戀時的孤獨，或失眠時的寂寞；還希望有溫柔的看護把我的劇本對受傷的戰士靜讀，或者有至親的兄弟、父子、母女，在病榻旁把我的劇本唸給病人聽；甚至我希望在低能校長的小舅子所教的課程中，有學生偷偷地在課桌下陶醉在我的戲裡。我不希望在舞臺上扮演，讓有錢而無處可消磨的人們，於酒醉飯飽舞罷之後，帶著瓜子在我的戲前養她曚曨的睡眼；讓甜蜜的情人們借觀看我的戲為名，到臺前黑暗的角裡享受她們的溫情。這並不是我看不起現在尤其在上海的觀眾，而是我不歡迎看不起藝術的觀眾。我不否認藝術上娛樂的性質，但是藝術的娛樂都是高尚的欣賞，一切高尚的欣賞都需要誠意、忍耐與學習。如果一個人永遠沒有這些誠意與忍耐，那他永遠不能從藝術上獲得高尚的享受。

為這些存心，所以當許多藝術團體來接洽演這《生與死》的時候，我毫不考慮的都拒絕了。此處所謂考慮，自然是考慮這個藝術團體的能力。我知道有許多劇本，布景大，人物多，但其中的心理變化，故事演進都很容易把握，而《生與死》則與這個相反。職業劇團要考慮到「生意」，知道用點布景以及時新刺激與笑話可以與文明戲與大世界分點觀眾，同時以較多經驗的演員，演較單純與容易的戲，所以演出的成績也比較優良。業餘的藝術團體容易考慮到的是物質條件，一看《生與死》人物很少，布景不難，就以為是容易上演的劇本了。但是一到上演，往往連一個人物也沒有演出，等於化粧談劇，而劇詞還不讓人家聽清楚！這因為沒有顧到精神條件。所以我對於一切想演出《生與死》的團體與朋友，總告訴他們這是不討好的事情，也就是「不是生意經」。有一個職業戲劇家朋友，他讀了《生與死》以後，告訴我其中對待激衝的部分不夠激烈，恐怕不夠引起觀眾的興趣。這句話當然有它的一方面的道理，但是我覺得這個條件倒不在觀眾，而在演員。因為對待激衝激烈的戲是最容易造成演員的成功。一好一壞，一進一退，一弱一強，一智一愚，一成一敗的個性激衝是最容易演的戲。而《生與死》裡面，人物在活動的是在某一種情境中的某種情緒與思想，這裡人物的行動都是其思想、情緒的結晶，與情境的反應。這裡面並沒有一個現成的壞人，也沒有一個現成的好人，也沒有一個完全成功與完全失敗的人，可以在一個舞臺面上作明顯的對待。但是裡面有情緒的、思想的衝激，有許多不同的愛與不同的恨，有許多同樣的情感在不同的思想中所產生的不同的情緒，還有同樣的思想在不同的情境中產生的不同的情緒。要表演這些激衝與摩擦是一件難事。演員表演不出這種激衝，就會使觀眾感到落寞的。我知道有許多明顯而簡單的情感的對待，譬如一個好人和一個壞人的糾葛，一個有錢的與一個無錢的的衝突，一個體格魁梧者與一個矮子，或者一個膽大者與一個膽小者的摩擦，是容易讓演員成功，也容易演出，同時也容易博得觀眾歡迎。但是我的思想竟在更深的情感與更久的人性。而掘到最後，這些情感與人性，大家在無意之中竟會有點相仿，因此也更失去了我戲中激衝的成份。我的失敗也許在這裡，而我的成功也許也在這裡。實在說，自從我在鄉村中看《癩痢頭挨打》……等木偶戲以來，一直到大世界魔術中丑角的表演，與無數電影中的插穿，這些簡單的，明顯的摩擦與激衝實在有點看膩，我總覺得我不應當將自已看膩的東西，重新拿出來給別人來看了。

這樣說，我的戲還是要人在戲院來看的。自然，我並不是沒有這個企圖；但是我所相信的，讀這個劇本的人，一定大多數是愛讀我作品的人，而演這個戲的則不盡然，而且大多數還為演出的便利。而演出的便利是物質的，外表的，並非是演出成功的便利，因為這是精神的，內心的。前者著手問題，後者是效果問題；前者的條件只是有限的，後者則是無限的。那就是為什麼我喜歡有愛我作品的人來讀，反而不喜歡不一定是為愛我作品的人來演了。

但是《生與死》終於在一月十六日由文藝劇社演出了。原因是他們排演一個多月以後，方才通知我，使我沒有法子拒絕他們。因為這是一群喜愛這個劇本的人，在種種困難之中排練，要把它拿到舞臺上去試試。其中嚴巖先生尤其使我感動，他為這部《生與死》可謂費盡心力。

以文藝劇社演出成績而論，演員演技的不夠是無可諱言的，但我是不討厭幼稚的人，獨討厭不認真。因為成熟原是從幼稚而來，一切的幼稚前都有成熟。唯有不認真是最可怕的事，是所有藝術的大敵。我知道而且看見有許多稍有名的演員與導演以及畫家們，他們憑他們的小聰明在胡幹一切，不知道努力刻苦與實做，結果多流於文明戲月份牌的腔調。這是一個末路，是無以自拔而且永不會進步的末路，正如禮拜六派的文藝一樣。而文藝劇社的演出，可取的還在他們的認真。

第四幕本來是導演的難題，我在劇本中特別寫出這節奏與韻律；當然要營造我這些空氣的變幻是不容易的，也何能怪文藝劇社沒有成功。

第二幕素龍的演出，導演手中的素龍，已經完全不是我劇本中的人物。但我了解導演的用意，他是努力要加強激衝來引起觀眾的同情；而中國話劇界到現在為止，導演似乎特別注意用激衝作為吸引觀眾的方法。

這裡並非有劇評的目的，我只是提到這個劇本曾經有人認真地嘗試過，而報告我從本質上所感到的話罷了。

以後我很不希望有人來排練這個吃力不討好，賠錢無效果的戲。我想讓愛讀的人來讀讀吧。這並非我的古怪，而是當人家感到這個劇本吃力不討好，賠錢無效果的時候，我衷心會感到無底的歉愧。有人責問我，為什麼自己對於戲劇老愛說空話，而自己不不幹呢？不，如我有時間與餘力，我也有一天會下場，那時候，讓我自己去吃力不討好吧，嘗嘗自已的苦果，雖是報應，但衷心沒有無底的歉愧，也許是件較快樂的事情。

初版中有些錯字，這裡大都改正了，有一些是文藝劇社導演嚴巖先生指出的，特此在這裡誌謝。

一九四一，一，二〇，晨一時。

母親的肖像

母親的肖像

時：現代
地：中國
人：李莫卿，五十幾歲
　王朴羽，比莫卿大二、三歲
曉鏡，莫卿繼室，廿八歲
李卓榆，莫卿長子，三十歲
李卓梅，莫卿長女，廿六歲
李卓梧，莫卿次子，廿一、二歲
李卓桐，莫卿幼子，十六、七歲
女傭
醫生

第一幕

時：深秋

景：李家的客廳，後面是落地玻璃窗，內附紗簾，外披講究的絨簾，玻窗旁有玻璃櫃一，內列古董瓶碗之類，右面有門通外，左面有門通內，陳設很富麗，沙發一套，圍著圓桌放在舞臺之前右，左面置鋼琴一架，琴上面放著花瓶，瓶中有秋菊一束。沙發後面，靠右牆上，放著一隻茶几。幕開時，李卓梧站在几上，向右牆上掛一幅女人畫像；卓桐坐在沙發上看書；卓梅在奏琴。

卓梧：怎麼樣？你們看，又太高麼？

（卓桐站起來，手裡還拿著書，轉過身子來看，卓梅在琴鍵上發一個問號似的聲音，也回過頭來）

卓梅：還可以過去一點，再向左面移一點。

卓梧：（往左面移了一點）這樣怎麼樣？

卓梅：（走過來看）我看還可以高一點。

卓梧：（往上掛一點）……

卓桐：好了，好了。

卓梅：這樣很好。
卓梧：就這樣啦。

（卓梧從几上下來，搬几到玻璃櫃旁，然後走到卓桐旁邊）

卓桐：我覺得我們母親真是漂亮。
卓梧：舅舅這張畫，實在畫得不錯。
卓桐：（他把手裡的書放在桌上，笑，看看他的姐姐）很像姐姐。
卓梧：有一點像，我想母親那時候同姐姐也差不多年紀。
卓梅：我不像母親，在這張畫裡，母親似乎是一個非常沉靜聰慧純潔的姑娘。但是，靈魂的深處好像有許多寂寞似的。
卓梧：這實在是一張了不得的作品。一個畫家同其他藝術家一樣，需要有崇高的理想，同時還要表現崇高理想的技術，從這張畫看來，舅舅兩方面似乎都具備了。
卓桐：為什麼舅舅早不把這張畫拿出來呢？
卓梅：這是他的傑作，他珍藏著，最近因為我時常奏那支母親所寫的〈秋天的玫瑰〉，所以他說掛在這裡可以讓我們看看。
卓梧：我很奇怪父親同母親的結合會是幸福的，母親是一個音樂家，父親呢，是一個珠寶商。
卓梅：我想這是因為母親性情好。我記得我小的時候，父親總是不在家，一忽兒到南洋，一忽兒到美國，一年不過回來一次，只有我同哥哥陪著母親，她好像生活得很好，除了教我鋼琴時候嚴厲一點，平常總是沒有一點脾氣。
卓梧：但是她所作的曲子裡，一點沒哀怨的音調。
卓梅：我想那時候幸虧有舅父，他那時還是江南美術高等師範的校長，學校離我們家很近，他常常來看我們，後來還請母親到他學校裡去教鋼琴，但是在有幾支曲子裡，譬如〈秋天的玫瑰〉，就深藏著寂寞的嘆息。
卓梧：那麼我們喜歡藝術，恐怕都是受母系血液的遺傳。舅舅同母親不是都有藝術天才麼？
卓梅：這是說你自己也有繪畫天才了。
卓梧：不是說我自己，我的意思是說至少你是有音樂天才的。
卓梅：要說天才，恐怕還是我們的哥哥，他那時候不過十來歲，對於繪畫音樂都有興趣，對於聲音顏色的辨別力已經很強……

（王朴羽從左門上）

卓桐：舅舅。
朴羽：你們已經把你們母親的肖像掛好了麼？
卓梧：我們正在說你這張像畫得好呢？
卓桐：我們正在說那時候母親的美麗。
朴羽：的確，你母親實在美麗極了。但是最了不得的還是她的天才。
卓梅：我很奇怪，父親從來沒有提起過一點點關於母親的事情。

卓梧：在舅舅沒有來以前，我們真不知道我們是這樣一個母親的兒女。
卓梅：我不知道父親為什麼從來不告訴我們母親是怎樣一個人。
朴羽：不要怪你父親，他是一個珠寶商，南洋、美國來回地走。工夫固然沒有，而且也不能了解你母親。在你父親的心目中，她不過是一個美麗溫柔的姑娘就是了。
卓梅：但是我相信在她靈魂中間一定是寂寞的。
朴羽：那自然，你們看，我在這張畫裡面，就努力想表現這一點，像這樣一個有天才的女性，你父親自然不會對她有半點了解。所以也難怪她心底永遠有一種寂寞。這在〈秋天的玫瑰〉這個曲子裡就可以覺得。卓梅，你現在奏〈秋天的玫瑰〉好不好？

（卓梅奏〈秋天的玫瑰〉，朴羽、卓梧、卓桐坐在那裡靜聽，直至曲終）

朴羽：怎麼樣，看著你們母親的畫像，聽著你們母親所寫的曲子，更覺得好像你們母親活著一樣了。
卓梧：我們雖然記不起母親，但是從這張畫像，這個曲子，也的確能夠想象一點。

（外面有李莫卿聲音）

朴羽：好像你爸爸已經起來了。啊！今天是你哥哥到的日子。
卓梧：是的。但是車子坐不開，我同二哥不預備到碼頭去接。

卓桐：舅舅，你說今天帶我們去寫生，那麼我們就去吧。
卓梧：我們已經什麼都預備好了。
朴羽：你們哥哥要來，我想還是下一星期去吧。
卓桐：船聽說十點多才到，他們接回來恐怕要在中午，我們正好去畫畫去。

（朴羽下）

卓桐：姐姐，你同我們一同去嗎？
卓梅：今天我不去了。
卓桐：你一個人在家有什麼意思，一塊兒去吧。
卓梅：我又不會畫畫，去了反而搗亂你們。
卓梧：那麼你同父親一同去接哥哥麼？
卓梅：也許，但是也不見得。

（李莫卿從左門上）

莫卿：啊，你們已經把你們母親的肖像掛好了。
卓桐：爸爸，我們正在說這張畫像的好處。
莫卿：母親終是母親，還有什麼好處壞處。

卓桐：我們都在說，母親都比我們幾個孩子漂亮。
卓梧：我覺得舅父畫這張畫像實在是非常的成功。
莫卿：你又是說書呆子的話，畫像只要像就是了，還有什麼成功不成功。（忽然看見桌上的書）這是什麼書？（他看看封面）《孤島的狂笑》，孤島還有什麼狂笑不狂笑？卓桐，你怎麼老是看這種不三不四的書？（他忽然看見牆上的日曆）今天是星期日？卓梅，星期日，你怎麼不同他去公園？
卓梅：同誰？
莫卿：咦，同沈可成呀，他不是約你麼？
卓梅：我已經拒絕了……
莫卿：拒絕了，這算怎麼回事？
卓梅：爸爸，你不說哥哥今天要來麼？我想同你去接去。
莫卿：這，你去接不接有什麼關係？
卓梅：是我嫡親的哥哥，多年不見了，怎麼就同我沒有關係？
莫卿：但是他來了以後每天可以碰見，沈可成這個機會可不能再錯過了。
卓梧：爸爸，你要知道姐姐很討厭沈可成這樣的人。
莫卿：要你多什麼話！
卓桐：（私下同卓梧說）我們走吧。
（卓梧、卓桐拿著畫具下）

莫卿：你討厭他，為什麼討厭他？你是女人，他是男人，還有什麼討厭不討厭？
卓梅：難道說我隨便什麼樣男人都可以嫁了。
莫卿：不是這樣說，卓梅，你是女人，你知道女人……
卓梅：你以為女人一定不如男人麼？
莫卿：你又是這樣。我知道女人在二十歲以前什麼都比男人行，比男人聰明，比男人好看，比男人有志氣，有野心，也比男人肯用功努力。但是一過二十歲就慢慢不行了，慢慢不如男人起來了。（他忽然看到桌上翻著的《孤島的狂笑》，注視起來。忽然站起）這真是好話！你聽！（他拿桌上的書讀）「女人不是紅木家具，是沙發，彈簧一壞就沒有人要了。」這真是妙話，你看，連書上都是這麼說。
卓梅：爸爸，但是我並不要嫁人。
莫卿：不嫁人？女人不嫁人就是不插花的花瓶，世界上造花瓶就是為插花。
卓梅：（她指玻璃櫃說）但是這裡的花瓶並不插花，世界上好的花瓶都不插花。
莫卿：但是那是古董。這些古董以前也是插花用的。像你這樣的漂亮，難道喜歡做老古董麼？
卓梅：不過我可以告訴你，我不喜歡這個沈可成。
莫卿：不喜歡？為什麼不喜歡？這都是你母親不好，把你教成這樣！（走開去）你是女人，他是男人，為什麼不喜歡？
卓梅：但是我們是人，不是狗。
莫卿：人同狗也沒有什麼大分別？大家是生物。所不同的是人要花錢，所以人要賺錢，所以嫁人要嫁有錢的人。
卓梅：我以為這因為人有愛情，人有趣味的不同。
莫卿：人就是人，還有什麼趣味不趣味？
卓梅：我是學音樂的，叫我嫁一個地產公司的經理，這自然不會幸福。
莫卿：我倒以為這是最幸福的事。比方你母親，（他望望牆上的畫像）同我結婚不是很幸福嗎？這因為藝術家不會賺錢，一定要靠別人養他。我聽說歷來藝術家都靠有錢的人養活，是不是？
卓梅：但是我沒有母親這樣好的性情。
莫卿：那麼你自己去找一個理想的對象。你看，你中學畢業的時候，有多少人追求你，我勸你挑一個人好嫁了，你都不要；等你到大學讀書，我就同你說過，我送你到大學讀書不是為你讀書，是叫你找一個丈夫，但是許多人追求你，你又不嫁；現在大學畢業了，教書，教書還有什麼好機會。追求你的人也越來越少，一年不如一年，做父親的怎麼不要為你著急？現在我替你介紹沈可成，像他這樣的人來追求你，你再不要，那麼真是只好做古董了。
卓梅：我真不知道沈可成哪一點了不得？
莫卿：會賺錢呀。會賺錢就是了不得。人之所以異於禽獸，就是人發明了錢，所以誰會賺錢誰就是了不得。
卓梅：有錢有什麼了不得，家裡沒有一本書，一幅畫！
莫卿：書畫，這算得了什麼，有錢都買得來。
卓梅：但是我相信他連書畫都不會買。

莫卿：所以要娶你啊。
卓梅：再說他的年齡也太大一點。
莫卿：年齡，年齡難道也是問題？你看你母親死了以後，有多少年輕的姑娘都要嫁我。你現在的母親不是你的同學麼？沒有比你大幾歲。你可以問她，她嫁我倒是幸福不幸福？一個人有了錢，心寬體胖，自然會長壽，長壽就是年輕。比方我活到八十歲死，你活到五十歲死，我的五十歲不正是你的二十歲麼？
卓梅：那麼我想我也許會活到五、六十歲，比長命的人，我還正年輕呢。
莫卿：所以我要你嫁一個有錢的人，嫁一個有錢的人就可以挽回你的青春。

（蔡曉鏡上，她打扮得非常鮮艷，但並不落俗）

曉鏡：你不是要洗澡麼，莫卿？回頭就要到碼頭去接你大少爺，還不快一點去洗。
莫卿：現在水熱麼？
曉鏡：很熱，你快去洗去吧。

（莫卿拿起桌上的書，看了看，面上浮著淺笑下）

曉鏡：他又是同你說沈可成嗎？
卓梅：（點點頭）

曉鏡：沈可成，沈可成，那麼你一定不喜歡他？
卓梅：我想我不會喜歡他。
曉鏡：那麼也何妨嫁他，正如我嫁給你父親一樣。
卓梅：我不懂你的意思。但是據我推測，你是上我父親的當的。
曉鏡：為什麼？
卓梅：我始終不明白你。
曉鏡：怎麼？
卓梅：你是我的同學？
曉鏡：是的。
卓梅：你對我父親也一直很恭敬？
曉鏡：是的。
卓梅：他比你大二十多歲？
曉鏡：是的。
卓梅：那麼怎麼就嫁給了他？
曉鏡：因為有一兩次來看你，你不在家，他要我嫁給他。
卓梅：於是你就嫁給他？
曉鏡：是的。
卓梅：我不懂你的心理。
曉鏡：我說過我不過是為錢。

卓梅：我不相信你光是為錢。
曉鏡：我還有是玩世。
卓梅：也不光是為玩世。
曉鏡：還有，我是玩弄男子。
卓梅：玩弄男子，那麼你應當永遠同沒有世故的男子講戀愛，不應當嫁一個年齡比你大許多的男子。
曉鏡：自然我還有別的緣故。男子，卓梅，在我的眼中，男子都是小孩子。我覺得女性天賦有偉大的母性，以母性的眼光看男子，比我們大三、四十歲的男子也是小孩子。
卓梅：你真是在玩世。
曉鏡：我承認。
卓梅：但是我總還相信愛情。
曉鏡：你自然，你有一個愛人。但是愛人不一定要做丈夫，愛人不做丈夫，這愛人對你永遠有偉大的愛情。
卓梅：這是證明你也有愛人的。
曉鏡：有過，也許現在還有。女子本來是愛情的奴隸。但是男子……
卓梅：男子怎麼樣？
曉鏡：男子只是事業的奴隸。你看達偉愛你，是不是？
卓梅：是的。
曉鏡：但是不同你結婚。

卓梅：這因為他要等經濟上可以使我們家庭幸福的時候。還是為愛我。

曉鏡：不，這也是為事業，恐怕結了婚於他事業有妨礙。

卓梅：你以為他不愛我麼？

曉鏡：自然是愛你，也許他愛你是不會變的。但是男子總是為事業。男子要結婚是為事業，戀愛也是為事業，養孩子也是為事業。

卓梅：但是我覺得有許多男子只是為女人生活，他的一切只是為博女人歡喜，雖然不一定為博太太歡喜。

曉鏡：是的，有那麼一種男子，但這可說是一種最低能的男子，他的事業就是玩女子。

卓梅：你是說有許多藝術家都是低能的男子了。

曉鏡：藝術家，他愛你不過以為你可以給他安慰，你可以使他成藝術家。他並不肯犧牲什麼，沒有一個男子肯為女子犧牲什麼的。你相信嗎？

卓梅：也許。但是我們何必一定要男子為我們犧牲，我總以為女人嫁一個人總要興趣相投，大家一同工作努力。

曉鏡：你這是太理想了，這種幼稚的夢，我以先也做過。但是男人不，男人妒忌太太比妒忌什麼人都厲害。不瞞您說，我的愛人就是一個很有天才的畫家，我也是學畫的；那麼我們應當很幸福了，但是並不。他妒忌愛人比妒忌誰都厲害，他只希望我為他削鉛筆，買顏色，用內行話去讚揚他。好像我學畫的目的只是一輩子替他削鉛筆，買顏色，對他讚揚罷了。

卓梅：於是你就遺棄了他？

曉鏡：不，後來他到歐洲去了。不肯帶我同去。

卓梅：不愛你了？
曉鏡：但是他要我等他，等他回來了跟他，再替他削鉛筆，買顏色。
卓梅：是他沒有錢帶你同去？
曉鏡：他有錢，同這裡一樣有錢。
卓梅：是他家裡不答應你們同去？
曉鏡：不，完全不是，這只有一個理由，那是妒忌！他妒忌我會比他有成就。
卓梅：他是你們北平同學？
曉鏡：是的，自從他出國以後，我就轉學到上海來了。
卓梅：我想還是他不愛你之故。
曉鏡：不，他願意同我訂婚或者甚至結婚，但是他不願意我同他一同到歐洲學畫，於是我決心同他決絕，後來我連上海地址都不給他了。
卓梅：到上海以後，你就忘掉他了？
曉鏡：不能，我不能忘他，我也許終身不能忘他。因為這是我第一次愛，也是我最後一次愛。我現在恨他，我想報復。
卓梅：你想報復，那麼你為什麼放棄了畫？照我想，你應當更加努力，將來用你的成績去折服他。
曉鏡：卓梅，我以先也有這種想頭，但是這是不可能的。因為這社會究竟是男人的，在男人統治下，我們女人實在沒有希望。
卓梅：但是這是藝術，藝術是每個人可以努力的，不是男人們可以專有。

曉鏡：是的，我就是這樣想，所以當他出國以後，我就同我父親說，叫父親供給我到歐洲去，我想同他競爭，看將來究竟誰的成就大。但是我父親不肯，父親肯供給他兒子揮霍，不肯供給他女兒求學。你看男人的社會！

卓梅：於是你就玩世？

曉鏡：是的。

卓梅：所以你也勸我玩世？

曉鏡：不。我的意思是你應當抱定宗旨。如果你想藝術上有點成就，千萬不要同男人講戀愛，你應當去深造，到維也納或者巴黎，好好埋頭去用功。如果你想嫁人，那麼與其嫁給你現在的愛人，還不如嫁給沈可成，讓他做金錢的奴隸，你來做金錢的主人。讓他做獵狗一樣去賺錢，你來花錢。

卓梅：（想了一想）我畢業時候，也曾對父親說過到巴黎去，但是父親不答應。

曉鏡：也不答應？那麼他為什麼供給你哥哥。

卓梅：他先說不放心我一個人出去。

曉鏡：這是男人的漂亮話。

卓梅：我就說，好在我哥哥在歐洲會來接我。但是他說他供給兒子已經不容易，再不能供給我了。

曉鏡：這就是男人社會！但是現在，卓梅，假如你的確對音樂有興趣，我可以為你設法。我有能力支配你父親的錢。不過你應當有一個決心，你決計不愛任何男人，你決計不嫁任何男子，因為一結婚你就完了。男人的生命是從搖籃到墳墓，女人的生命一到丈夫的床上就完了。

卓梅：你太憤世了。

曉鏡：那麼你不肯放棄達偉。
卓梅：是的，我愛達偉，我這樣棄絕他，不是使他太痛苦了麼？
曉鏡：那麼女人真是愛情的奴隸了！
卓梅：也許是的。
曉鏡：但是卓梅，你母親是音樂家，你現在請想想你母親賦予你的天才，你難道就為這種愛情犧牲你的天才麼？
卓梅：是的，我對音樂不會放棄，我相信達偉也不會阻止我在音樂方面發展。
曉鏡：但是你不想去深造？
卓梅：假如你是愛我的，那麼你供給我多一點錢，我要帶達偉同去。
曉鏡：你不想學學我的愛人，同他叫我等他一樣，你叫他等你，等你回國了你嫁給他。
卓梅：那麼我們的青春？
曉鏡：青春，卓梅，你怎麼不想到藝術的成就是用生命換來的，也豈止青春。為你音樂的天才，請你不要寶貴別的。你的愛人，我相信不會等你的。但如果真是愛你，自然他應當等你，世界上有多少女子這樣在等她們男人！
卓梅：你的意思要在我的愛人身上，報復你對你的愛人的憤恨。
曉鏡：不，不，我只是要你為我們女人吐氣，至於我，我如果要報復，我永遠在我自己身上尋求。
卓梅：但是你在我父親身邊，你只是個金錢的奴隸。
曉鏡：不，女子只是愛情的奴隸，可是永遠是金錢的主人。
卓梅：那麼你嫁我父親就想做金錢的主人，為有權送我去研究音樂嗎？

曉鏡：但是最大的目的還是報復。
卓梅：為報復？
曉鏡：是的，今天我願意講給你聽。不瞞你說，一想到你父親就是我愛人的父親，我就不想拒絕做你父親的太太了。
卓梅：什麼！你的愛人就是我的哥哥？
曉鏡：一點不錯，現在我就預備同你到碼頭去接他去。
卓梅：那麼我父親知道麼？
曉鏡：他不會知道。知道了我也要他不相信，除了我要他相信的時候。
卓梅：這樣說，你……你……

（李莫卿上，帶著曉鏡的大衣）

莫卿：怎麼，我們早一點到碼頭去吧。
曉鏡：好，卓梅，你也一同去嗎？
卓梅：好的。

（李莫卿走到飯廳）

莫卿：張升，把車子開出去。

卓梅：（私下地）我一同去於你有不方便麼？
曉鏡：不會，不會的。
（卓梅曉鏡從飯廳下。舞臺暫空。一陣汽車響）

——幕徐下——

第二幕

時：晚前幕一星期。
景：同第一幕。
（幕開時，曉鏡坐在沙發上，卓榆不安地在室中來回地走）
卓榆：那麼你是有意嫁給我的父親的？
曉鏡：是的。
卓榆：你忘了你藝術的生命？
曉鏡：在你們男子的世界中，我再不相信女子會有藝術的生命。
卓榆：那麼你現在已經看輕你自己了。

曉鏡：我有什麼看輕自己，我看輕的是你們男子：虛榮，妒忌，陰狠！

卓榆：虛榮，你想做寶珍珠寶公司董事長的太太；妒忌，你妒忌我藝術方面的成就；陰狠，你為對我的報復有意嫁給我的父親。

曉鏡：不錯，我也有虛榮與妒忌，我也有陰狠。但是我的虛榮是想做一個有希望的藝術家的母親；我的妒忌是妒忌你是男子，因為你是男子，所以你可以多有機會求你藝術的進步；陰狠，是的，我要掌握著你家的財產。但是這些都是因為愛。

卓榆：因為愛？

曉鏡：是的，為愛。為補救我在愛情方面的損失，為補償我在我所愛的男子身上的犧牲。

卓榆：為愛，哼，你有愛情？

曉鏡：自然，女子的生命都是愛情。

卓榆：但是你忘去了我們的愛情，我們的理想。

曉鏡：我們的愛情？我們中間有什麼同樣的愛情？理想？我們中間更沒有同樣的理想！過去我迷信我們相同的愛情與理想，一直受你欺騙，但是最後我可覺悟了。我給你的愛是從我愛藝術份上分給你的；你呢，想把我的愛充實你的藝術。我的理想是互助，互相勉勵，一同努力；你呢，你只是叫我幫助你，叫我犧牲自己幫助你。

卓榆：我不想同你爭論這些，但是事實上我愛你。我出國六年，雖然你沒有回我信，但是我一直愛你，我沒有愛過別人，可是你嫁了別人。

曉鏡：我嫁了人，但沒有愛過人；你沒有愛過人，但只愛你繪畫。

卓榆：但是我愛著你，希望永遠同你在一起，你可連信都不回我。

曉鏡：自然，當我發現你的愛的理想是這樣同我不同的時候，我難道還等你回來同我結婚麼？六年，六年的時間在年輕女人是寶貴的，你離開我這樣遠，隨便誰，隨時都可以在你心上代替我。

卓榆：但是事實上並不，我還是愛你。

曉鏡：這因為現在我是你的母親。

卓榆：廢話。

曉鏡：這因為我沒有老，如果我一個人生活著，對藝術失去自信力，對你沒有期望，每天擔憂，沒有錢，沒有滋養，我早已失去了青春。

卓榆：曉鏡，你為什麼這樣看我？我們的愛情是有歷史的，在我們心中，永遠有一種說不出的東西連鎖著。

曉鏡：這也許是的，因為我還愛著你。

卓榆：但是你嫁了我的父親。

曉鏡：如果我嫁了別人，你要怎樣說我呢？請你想想，在我們初戀的時候，同學中有多少人追求我？但是當你出國以後，再沒有一個人追求我了。同你同居了幾個月，我像是額上刺字的罪犯一樣，再不能有人的追求。這是女人，女人的命運。

卓榆：但是我愛你，我需要你。

（卓榆拉曉鏡的手，手指上有金剛鑽發亮。卓榆吻她的手背）

曉鏡：是的，我也愛你。

（曉鏡沒有拒絕，還用另手撫卓榆的頭髮。就在這時候，卓榆把曉鏡擁在懷中，吻她。曉鏡不但沒有拒絕，反熱烈地吻他）

曉鏡：我愛你，卓榆，一直愛著你。

（卓榆已投在曉鏡的懷中）

卓榆：真的，曉鏡？

曉鏡：真的，我一直沒有對你撒過謊。

卓榆：那麼以後你不離開我。

曉鏡：只要你不離開我就是了。

卓榆：真的，曉鏡？

曉鏡：真的。

卓榆：那麼讓我們走，我們要到遠處去，那面創造新的世界，我們忘去過去，我們照我們理想生活，我們繪畫，我們工作……

曉鏡：不，這是不可能的。

卓榆：（他站起）為什麼呢？

曉鏡：卓榆，請你想想過去，我們在北平初戀的時候，你叫我同你到國外旅行，我聽從你，於是我就把我的一切都給了你。等你出國的時候，我叫你帶我同去，你無論如何不肯，這裡面愛情的變遷我是知道的，為此我傷心過，為此我才不回你信。現在你叫我跟你走，你想這是我的幸福麼？

卓榆：但是我們到底是相愛的。

曉鏡：是的，可是男人的愛情同女人的愛情並不相同，女人愛男子是男子的第一個印象，這印象在我們心頭不會有什麼變化。可是男子呢？男子愛女子則是不斷的新鮮印象，哪一天女人新燙了頭髮，或者新換了衣裳，你會立刻去愛慕她。剛才你握到我的手，因為我的手，今天有新的打扮，你就吻我，如果我在這幾年每天洗衣燒飯，變得非常粗糙，你還會來吻我嗎？

卓榆：那麼你是存心誘惑我罷了。

曉鏡：是的，但是為什麼我誘惑你，不誘惑別人？這因為我愛你。不瞞你說，這幾年我對於性愛真是懂得了。男人看女人不過是一件藝術品，這裡面有美的距離，女人如果不保持這個距離，男人決不會再愛這個女子。所以女子必須每天修飾，常常換新鮮衣裳，使男子看起來有點距離，但是同你在一起過活是怎麼樣呢？你會知道太太每一件衣裳，每一種打扮……而且我要老，我是女人，男子老了還是男子，女人老了就不是女人，只是一個無人注意的生物。

卓榆：那麼你怎麼說不離開我？

曉鏡：我的意思是永遠在這屋頂下同你在一起。

卓榆：那麼你的意思是說一面做我父親的太太，一面做我的情婦。
曉鏡：是的，男子留給女子固定的社會地位也就只有這兩種。
卓榆：你要父親同我都為你犧牲？
曉鏡：為我犧牲，這笑話了！到底是我在為你們犧牲，還是你們為我犧牲？
卓榆：你要兩個丈夫，父親同我。
曉鏡：但是我只有一個愛人。
卓榆：但是我們是父子。
曉鏡：在女人心中，男人不過是男人。
卓榆：這是不可能的。我一定要離開你。
曉鏡：這是我知道的，你本來已經離開過我。
卓榆：但是我愛你，曉鏡。
曉鏡：我也愛你。

（曉鏡的語氣非常溫柔，態度非常甜美，卓榆終於投入曉鏡懷裡，他們諧和地接吻）

卓榆：（他突然掙扎站起）這是罪惡！這是罪惡！我要不愛你，我一定要不愛你！
曉鏡：（態度泰然，甜美地說）但是我可永遠愛你。
卓榆：（頹然坐下）曉鏡，你太殘忍了。
曉鏡：不，殘忍的不是我。你離開我叫我等你，難道不夠殘忍麼？

卓榆：曉鏡，假如是這樣的話，我只好告訴父親，說你是我以前的愛人，而我現在還愛著你。
曉鏡：這樣，你希望你父親把我讓給你麼？
卓榆：為什麼？我要讓他知道他娶你是可笑的。
曉鏡：這也很好，給他一點痛苦，那麼讓我告訴他，我想比你來說還便當些。
卓榆：我要他棄絕你……
曉鏡：於是我流落在街頭，等你的捨施。
卓榆：不，不，我也要不愛你。
曉鏡：我知道你要不愛我，也許你一直沒有愛過我；你父親雖也不是愛我，但是要他棄絕我，卓榆，這是不可能的。卓榆，老實告訴你，一個美麗的女子，如果把她所有的聰明用在一個比他大二十多歲的男子身上，這個男子不過是三歲的小孩了。現在，我想你父親也快回來了，到底由你告訴他，還是由我告訴他？

（這時，從飯廳裡幽幽地走出一個人來，他手裡拿著兩三本雜誌，第一本翻開著，一面走，一面好像很用心地讀裡面的文章。忽然抬起頭來。那是朴羽）

朴羽：啊，是你們兩位在這裡？
曉鏡：不錯。是你在飯廳裡看書麼？
卓榆：舅舅，你沒有同卓梧他們到公園去畫畫麼？
朴羽：你說不去，我也不去了，他們三個人興趣很好，我叫他們自己去。卓梧的畫將來一定很有希望，最近兩張風景畫，似乎很受你的影響。
卓榆：那麼，你沒有去，一直在這裡面？
朴羽：是的，我在裡面翻翻新到的雜誌，今天我的心臟又覺得很不舒服。
卓榆：那麼你一定聽見我們的話了。
朴羽：怎麼，什麼話？說我的壞話麼？
卓榆：舅舅，請你不要裝傻了。這些天來，我看你時時注意我的行動，跟著我。
朴羽：自然，我非常關心你。但是，怎麼啦，你的態度有點奇怪，到底是怎麼回事？
卓榆：剛才你難道沒有聽見我們的話？
朴羽：哪一句話？
卓榆：是關於我們相愛的話。
朴羽：啊，你們相愛的話？這有什麼稀奇呢？難道你舅舅還反對年輕人講戀愛麼？安靜些，孩子，你舅舅雖是老了，但是並不落伍。
曉鏡：你既然已經聽見我們的話，那麼你不覺得奇怪麼？
朴羽：奇怪？這有什麼奇怪呢？我也年輕過，我也戀愛過，我也苦悶過。
卓榆：那麼我希望你把這事情告訴我父親。
朴羽：我？不會的，卓榆，您放心，我已經老了，你看，身體又不好，整夜失眠，心臟漏血，腎臟有病，還有多少日子生命？我沒有家，沒有一個親人，你父親讓我住到這裡來。我真是幸福極了，好像你們都是我自己的孩子一樣，我只等待我死，怎麼還會管年輕人的閒事。
卓榆：不，舅舅，這是我，我們要你去告訴他。

朴羽：為什麼？
卓榆：為我父親。
朴羽：我告訴他無非是叫他痛苦，叫他發怒，叫他受罪，叫他……
卓榆：那麼為我。
朴羽：為你，我告訴他有什麼結果呢，叫他恨你，怪你。
卓榆：為我良心上的難受。
朴羽：良心？你以為你在道德上有什麼不好麼？啊，沒有，沒有，道德上的原則是不可損人利己，你沒有損人也沒有利己。這些愛情的事只有自己可以解決。你舅舅一生沒有幹過藝術以外的事，現在不要談這些，我們談談你藝術上的收獲吧。你看，（他拍拍他手上的雜誌）這裡有你畫展的批評，他們對你是怎樣的恭維？

（曉鏡接朴羽手中的雜誌去讀）

卓榆：我很奇怪，像你這樣的藝術家，會這樣沒有情感，對於什麼都沒有興趣，對於什麼都沒有好奇。難道我們的事情不能使你動動心嗎？
朴羽：也許就是因為這樣，使我不能成為一個藝術家。但是，卓榆，你應當有更多的理智來控制你的情感。
卓榆：你是說我的畫麼？
朴羽：是的，我批評你的畫，但是你的畫也正反映你的性情。

曉鏡：卓榆，這裡也是說你那張「幻滅」最成功。
朴羽：但是，我的成就，遠沒有舅舅的一半。
曉鏡：不過我相信你到舅舅現在的年齡，一定還有更多的成就。
卓榆：可是就憑這張我們母親的肖像，已經不是我所能達到了。畫這張畫的時候，不是同我差不多歲數麼？
朴羽：但是你知道，這以後我幾乎沒有畫過一幅我自己滿意的畫。

（莫卿憤憤地自外上，把帽子放在桌上，沉著臉來回地走）

莫卿：這像什麼話，真是豈有此理。
卓榆：爸爸，什麼事？
莫卿：（沒有理誰，只是在房中來回地走）這算是怎麼回事，不要臉的小畜生！
朴羽：怎麼啦，莫卿？
莫卿：這叫我怎麼辦，朴羽？（他向飯廳走去）好，你來，我來同你商量商量。

（莫卿走進飯廳，朴羽跟他進去，莫卿叫朴羽關門。朴羽關門。卓榆愣在那裡，曉鏡泰然望望門又望望卓榆，半晌，卓榆方才說話）

卓榆：好，現在什麼事情都來了。

曉鏡：這不是很好麼？
卓榆：我可不知道應當怎麼樣才好。
朴羽：（聲）不要責備他，不要責備他。
莫卿：（聲）但是這是我的孩子，你看我的孩子。
朴羽：（聲較低）你不要發急，讓我私下去問他。我想……這也是年輕人常有的事……不過他的地位不好罷了。那麼，假如……
莫卿：這個我絕對不可能……
朴羽：那麼我去同他談談……你放心，他一定肯把他的意思講給我聽。
莫卿：那麼就這樣。
朴羽：我想還是不要讓別人知道，保持他一點羞恥之心。保持他一點羞恥之心。

（莫卿開門出，氣憤似較平，朴羽隨出）

莫卿：卓梧他們不在家麼？
曉鏡：他們畫畫去了。
莫卿：那麼，你沒有同他們一同去，卓榆？
卓榆：我今天，今天精神不很好。
莫卿：精神不好？年紀輕輕的，怎麼會精神不好？你替你母親畫像有畫好麼？
卓榆：快畫好了。

莫卿：那麼快一點畫畫好，這就是表示自己做事的精神。（看牆上的鐘）你看我多忙，今天中飯又有應酬。

（莫卿拿了桌上的帽子走了幾步）

莫卿：那麼我去了。你們吃飯好了。

（莫卿匆匆下）

卓榆：舅舅，到底什麼事？

朴羽：是卓梧的事。

卓榆：（如釋重負似的）原來是卓梧的事。

曉鏡：是卓梧的事？

朴羽：是的，是卓梧。你父親說他同公司裡的一個女職員有了關係，而且有了孩子。現在這個女職員家裡的人寫了一封信給你父親。說是要十萬元的賠償費，否則要把這事情公開了。

卓榆：你說卓梧？

曉鏡：這怎麼呢？

朴羽：我也奇怪，但是你們千萬不要說，讓我一個人問他。回頭他來了，你們千萬同平常一樣，不要使他覺得異樣。這孩子這兩天有點不安似的，你們千萬不要去問他。剛才你父親氣得厲害，他說他回家來，本來想來罵卓梧的。傭人說卓梧不在，他才想到讓大家知道了於卓梧難堪。經我一勸，總算氣平下來了。

卓榆：那麼就讓他們結婚好了。

朴羽：恐怕事情不是那麼簡單。

（門外有卓梅、卓梧、卓桐聲）

朴羽：呀，他們來了，回頭你們最好把卓梅、卓桐帶走，讓我一個人問問他。

（卓梧、卓桐拿著畫具，卓梅手上拿著書，同自外上）

朴羽：你們回來了？

卓梅：卓桐還不肯回來，我說時候晚了，才把他們趕回來。（對卓桐）卓桐，現在不是快十二點了麼？

朴羽：卓梧，你畫的什麼，給我看看。

卓桐：他什麼也沒有畫。

卓梅：卓梧，你有什麼不舒服麼？今天連畫畫都沒有興趣啦。

卓梧：沒有什麼，我只是覺得精神不好。

卓榆：卓桐，你畫的畫呢？給我看看。

（卓桐拿畫到卓榆地方。卓榆看畫）

曉鏡：卓梅，那天我同你談的事情，你有考慮過麼？

卓梅：我什麼都不想。我想，不想是最快樂。

曉鏡：但是我一直沒有忘記你的問題，你來，我們到樓上去談談。

（曉鏡拉卓梅自內進）

卓榆：好！的確很有味。有印象派的味兒。啊，我替我們新媽媽畫的像也快畫好了，你願意去看看嗎？

卓桐：去，去。二哥，我們看哥哥畫的肖像去。

卓梧：……

（卓榆帶卓桐自內下，卓梧欲同下，但被朴羽叫住）

朴羽：卓梧，來來，我有話同你講。

卓梧：什麼事，舅舅？

朴羽：卓梧，這兩天我看你心境很不好。你有什麼事？不可以同我談談麼？

卓梧：沒有什麼事。
朴羽：卓梧，我雖然是你舅舅，但是也是你最好的朋友，有什麼事儘管同我說。
卓梧：的確沒有什麼事。
朴羽：那麼連我都不肯告訴了。
卓梧：……
朴羽：我想我住在這裡已經有兩三年了，一個孤老頭兒，一定使你們討厭了。
卓梧：不，不，舅舅，我們當你是我們母親一樣。自從你來了以後，我們又有了母愛似的。怎麼會討厭你呢？
朴羽：的確，卓梧，我愛你們同你們母親愛你們一樣。你看，自從你母親死了，我一個人在外頭流浪，教書，現在我老了，我沒有家，沒有孩子，所以我想到你們，我回到你們這裡來。我把你母親的孩子都當作我自己的孩子。那麼你有什麼事不能同我講呢？難道怕我同你父親說麼？不會，你放心，有什麼事，我一定設法幫助你，假如你有錯，我會告訴你。一個人誰沒有過錯，只要肯改就是了，而且有許多事情，自己以為是錯了，可是實在並沒有錯，許多愛情上的事常常是這樣。你告訴我，什麼事我都可以幫助你。
卓梧：（歇了半晌，從懷裡拿出一封信來）舅舅，那麼你不要告訴別人。
朴羽：不，不，你儘管相信我。我發誓不告訴一個人。
（卓梧把信交給朴羽，朴羽閱信）

朴羽：那麼你去看過她麼？
卓梧：沒有？因為我怕。
朴羽：為什麼怕？自己做的事情，自己應當負責。
卓梧：但是，舅舅……
朴羽：你愛這個女人麼？
卓梧：不，不，實在不，舅舅。
朴羽：她有幾歲了？
卓梧：不知道，我想總比我大好幾歲。
朴羽：她結婚過了麼？
卓梧：不知道。
朴羽：那麼你就使她有了孩子？
卓梧：不知道，我自己都不知道。
朴羽：你不愛這個女子？
卓梧：我不相信我自己愛她。
朴羽：或者你先愛她，現在討厭她了？
卓梧：不，不，我一直沒有愛她。
朴羽：那麼你就同她有了孩子？
卓梧：……
朴羽：你什麼地方碰見她的？

卓梧：她是父親公司裡的職員。

朴羽：很好看？

卓梧：也許，但是我不相信我愛她，這是誘惑！

朴羽：唔，但是你們是怎麼樣開始來往的呢？

卓梧：有一次我到公司去，父親不在，她就招呼我等一等，同我談了一回話。後來又有一次，我從公司出來，她也出來，她要我陪她走，後來她請我吃飯。吃飯時候，她約我第二天看電影……

朴羽：你去了？

卓梧：我去了，那天我請她吃飯，她說她會燒菜，約我禮拜天到她家去。

朴羽：你去了？

卓梧：我去了。

朴羽：她家有什麼人麼？

卓梧：沒有，她住在一間公寓裡。那天吃了一點酒，後來，後來我就不知道怎麼回事，聽見她對我說愛我了。於是……

朴羽：於是你們就發生了關係。

卓梧：（點一點頭）……

朴羽：就一次麼？

卓梧：就一次。

朴羽：你以後沒有去過？

卓梧：沒有。我怕。
朴羽：她沒有寫信叫你去麼？
卓梧：但是我沒有去，我告訴她我忙。
朴羽：（想了一會）那是幾個月以前的事情？
卓梧：三個月。
朴羽：這封信呢，是什麼時候收到的？
卓梧：沒有幾天。
朴羽（想了一想）那麼你希望她嫁給你，還是同她斷絕關係。
卓梧：嫁給我？這怎樣可以？第一我現在不想結婚，第二我相信我不愛她。
朴羽：你說的都沒有騙我？
卓梧：沒有，一句也沒有。
朴羽：那麼好了，你把這封信給我吧。
卓梧：舅舅，那麼你不要告訴別人。
朴羽：自然不會，你放心。
卓梧：那麼你想我不理她是一個好辦法麼？
朴羽：你自然不要理她，但是你知道她已經寫信給你父親，要十萬元的賠償費？
卓梧：你說我父親已經知道了？
朴羽：是的，但是你不要怕。
卓梧：那麼叫我怎麼辦？

朴羽：你放心，一切我會替你設法。以後，只要你以後肯好好當心你的前途就是了。

（飯廳裡已有人在布置碗筷。卓梧似乎還有話想說，但是朴羽中止了他）

朴羽：現在你千萬不要憂慮了，快樂起來。你去，去叫你哥哥他們吃飯了。

（卓梧下，朴羽搖搖頭步入飯廳，菜窗裡已有人遞菜進來了）

——幕徐下——

第三幕

時：晚前幕數天。

景：同上幕。

（幕開時，卓梅坐在琴前奏琴，朴羽坐在沙發上看畫。突然窗口有一陣風吹來，幾乎把卓梅琴上的琴譜吹走，卓梅用手去整理琴譜時，琴聲戛然中斷。朴羽好像打了一個寒戰，他抬頭看看正在飄動的窗簾，似想去關窗，但又感到沒有力量。他怠倦地開始發言）

朴羽：秋天好像已經很深了。
卓梅：可不是，今年的秋天好像特別短似的。
朴羽：一個人的生命，也同這季節一樣，像我這樣，秋天似乎特別短。
卓梅：（深思地）如果把人生分成四季，我想每一個人總差不多吧。
朴羽：不是的，人生的季節比一年的四季還多有變化。
卓梅：對於女人，我相信春天總是短的！
朴羽：你有這樣的感覺麼？
卓梅：我想每個女人都一樣的。
朴羽：卓梅，花已經開過了，那麼過夏天的人生吧。
卓梅：夏天的人生，什麼是夏天的人生呢？
朴羽：努力結果吧。愛權的搶權，愛利的爭利，愛結婚養孩子的結婚養孩子。
卓梅：那麼愛音樂呢？
朴羽：那自然也是夏天的果實。
卓梅：舅舅，那麼你的意思也是不能兼收兩種果實了。
朴羽：這是有環境限制的，假如我有能力挽回莫卿，或者曉鏡的思想……
卓梅：那麼我還是多過一些春天的生命。
朴羽：但是你的年齡呢？卓梅，用人造的花朵以抵抗天然的季節，這難道是可能的麼？
卓梅：……
朴羽：（歇了一回）那麼你同達偉商量過麼？

卓梅：是的。
朴羽：他的意思呢？
卓梅：他說叫我等他，等他有點辦法，同我一同好好去研究音樂。
朴羽：但是曉鏡給你的條件是什麼呢？音樂的生命與結婚的生命隨你選擇。
卓梅：舅舅，你真的也以為兩種不能兼有麼？要真是這樣，我決定放棄我生命的一種了。
朴羽：自然這是互相妨礙的，但是生物有兩種使命，一種是完成自己，一種是延續種族。一個人也只好在兩種之中求調和。
卓梅：但是曉鏡以為男子只知道完成自己，所以叫女子去延續種族，假如女子想完成自己，就只好不同男子來往。你以為男子都是這樣自私麼？
朴羽：這也許有道理，但是一切只好在矛盾之中求調和。

（窗外又有一陣風吹來。朴羽打了一個寒噤）

朴羽：卓梅，你替我關上窗戶好不好？
卓梅：（站起去關窗）舅舅，你今天身體似乎又不很好。
朴羽：這是秋天，蕭索的秋天！
卓梅：舅舅，你休息一會吧。

（卓梅拿一隻靠墊替朴羽靠好，又搬一隻擱腳凳給他）

朴羽：卓梅，謝謝你。你們待我都這樣好，我不知道要怎麼報答你。我總以為像我這樣的老頭子，到這裡來，一定會使你們討厭的。但是……

卓梅：舅舅，你不要這樣想了，你是帶著母親的愛情來看我們的。

朴羽：秋天，啊，秋天！卓梅，你願意為我奏那曲〈秋天的玫瑰〉麼？

（卓梅到琴邊坐下，奏〈秋天的玫瑰〉，朴羽望著牆上母親的肖像，出神地聽〈秋天的玫瑰〉。但一曲未終，突然有粗礪的聲音打破了這恬靜的空氣）

莫卿：（聲）你們幹什麼，吃飽了飯，整天幹無聊的事情。

卓梅：爸爸又在發脾氣了？

朴羽：你去看看，是對卓梧發脾氣麼？

（卓梅下）

莫卿：（聲）都不是東西！

（莫卿上）

莫卿：都不是東西！
朴羽：怎麼啦？卓梧的事情解決了麼？
莫卿：你不要提那件事了，她要敲詐，我不給，我一個錢也不給。讓卓梧一個光桿的人給她好了。
朴羽：那麼你以為這於卓梧是幸福麼？
莫卿：我管不了這許多。你看我的名譽，我的財產，我血汗賺來的錢！我管不了這許多，而且既然他們已經有了孩子，這女人總是他自己喜歡的。
朴羽：但是卓梧並不愛她。卓梧還是一個不懂世故的小孩子，而女的已經是離婚過的人了，這是誘惑，你知道！而且孩子也不一定是卓梧的。卓梧不愛她是事實。
莫卿：通奸就是通奸，還有什麼愛不愛，我已經決定了，我不給，一個錢都不給。算我沒有兒子，算我沒有兒子！
朴羽：錢，莫卿，譬如生意上少賺一點錢，為兒子的幸福，算了。他也是偶爾上了一個女人的當。
莫卿：不，我已經決定了，你不用再說這件事了。（氣憤地來回地走）全不是東西，全不是東西！
朴羽：莫卿，我們都老了，老了，一個人只能老一次，有許多小事情想開一點吧！
莫卿：（坐下）小事情，你說小事情？這個畜生……這個畜生！啊，怪不得他要替她畫像。這個畜生。你知道麼？昨天晚上一點多鐘，我回來的時候，他……他竟會從我的房間裡出來，穿著睡衣，光著腳，這個畜生。
朴羽：怎麼？你是說……
莫卿：我是說卓楡，他……他……他居然趁我不在，半夜三更到他母親的房間裡去。
朴羽：不會的，你也許看錯了。

莫卿：看錯？怎麼會，我叫他，他跑進自己房間就關上了房門。
朴羽：那麼你太太呢？
莫卿：她不知道，她說她睡著了，什麼都不知道。
朴羽：那麼……
莫卿：那很明顯，是他進去了，一聽見我的聲音就跑了。
朴羽：這好像不可能，不可能。
莫卿：幸虧我還早回來，要是我再晚一點鐘，再晚一點鐘，這還成什麼話？你想想，這還成什麼話？

（卓梅上）

卓梅：爸爸，哥哥跑了。
朴羽：跑了？
莫卿：跑到哪裡去？
朴羽：（對卓梅）你怎麼知道的？
卓梅：這是他留給我們的信。

（莫卿攫信閱讀）

朴羽：這封信是寫給你們的麼？

卓梅：是的，寫給我們弟妹的。

莫卿：還好，還好，他倒還有點羞恥。

（莫卿把信遞給朴羽）

朴羽：（讀信）卓梅，卓梧，卓桐：為我個人的理想，我必須離開你們了，我一時不會回來。父親已經老了，我既然無力使他快樂，希望你們肯好好安慰他的老境。後會有期，盼各自努力。卓榆

（卓梅接信再細閱）

朴羽：莫卿，卓榆已經走了，你也不必再見怪他。

莫卿：（沉思地）我不懂，我真的不懂。卓梅，你去叫你母親來。

（卓梅下。莫卿陷於沉思中）

朴羽：莫卿，你也不必多想了。不懂，對的，我們對於這個世界，到底懂得多少？我老了，病也深了。到現在我才覺悟到我對於這個世界並沒有懂得，沒有懂得，一點也沒有懂得，回憶

過去，自以為懂得些什麼，那才真是可笑呢。

莫卿：老了，是的。朴羽，你沒有一個孩子，你也許不會懂得這個心理。一個人老了，所有的期望都在孩子身上，但是孩子長大起來，好像隨時隨地都在同父親作對似的。

朴羽：現在卓榆走了，我想他沒有帶去什麼，他要到處流浪，同我一樣的，同我一樣的！莫卿，那麼你想想卓梧的幸福吧，為什麼不肯花一點錢給那個女人，把這事情解決了呢？

莫卿：不，我決不。我公司的小職員，向我這裡敲竹槓！

朴羽：但是為你兒子的幸福。

莫卿：兒子，我寧使不要兒子！這群畜生，一個一個的都給我走吧。譬如我一個都沒有養。

朴羽：那麼你也不希望卓榆回來了？

莫卿：朴羽，你以為他永遠不會回來麼？

朴羽：不會的，除非他到了老年，到了老年，像我到這裡來找你一樣。

莫卿：……

朴羽：那時候我是早已死了。

莫卿：那麼那時候，我也總已經死了。

朴羽：也許，但是卓梅、卓梧、卓桐總可以同他碰到。啊，假如你還有孩子，你還有孩子，萬一你還有孩子，到那時候他們會不認識這個大哥……

（卓梅、曉鏡上）

莫卿：曉鏡，你知道卓榆走了麼？
曉鏡：卓梅已經告訴我了。
莫卿：你看過那封信麼？
曉鏡：我看過，但是我還是不知道他為什麼要走？
莫卿：啊，那也許是我不好，是我不好。啊，我為什麼不設法去找他，我要把他找回來，我已經老了，只有這一個孩子總算完成了高等教育，我怎麼可以讓他走。我要到公司派人去找，到碼頭上，車站上，旅館裡去找。卓梅，你叫張升把車子開出去。我要立刻去找去。

（卓梅下。莫卿站起穿大衣後，匆匆下）

曉鏡：他為什麼忽然走了呢。
朴羽：你以為他不會離開你麼？
曉鏡：不是……我想，我想……
朴羽：正如他想不到你當初會不等他去嫁別人一樣。
曉鏡：朴羽，那麼我們的一切你都知道了。
朴羽：自然，我不早說過麼？
曉鏡：那麼，那麼是你叫他走的。
朴羽：我，我怎麼會呢？一切事情都在你一個人身上，昨天晚上，不是莫卿看他從你們房子裡出來麼？

曉鏡：……

朴羽：你們到底有沒有把問題解決。

曉鏡：沒有，我們的問題難道是十幾分鐘就可以解決麼？

朴羽：只有十幾分鐘麼？

曉鏡：所以沒有把問題解決。

朴羽：但是你知道一個問題不解決，就會生出更大的問題。

（卓桐上）

朴羽：卓桐，你同你大哥睡在一個屋子裡，你沒有看見他走麼？

卓桐：我沒有。

朴羽：他同你同時候睡的麼？

卓桐：是的，但是他睡了不久就偷偷地起來，輕輕地走出去了。

朴羽：那是什麼時候？

卓桐：那不過十點鐘。

朴羽：他出去了，什麼時候又回到房間裡來的呢？

卓桐：我已經睡著了，什麼都不知道。早晨醒來，就看見兩封信。

朴羽：兩封信？

卓桐：是的，一封是叫我祕密地交給母親。

（卓桐從袋裡拿出一封信。朴羽接信）

卓桐：舅舅……

朴羽：你現在到別處去好不好？

（卓桐下。朴羽把信交給曉鏡）

朴羽：那麼你騙我，你們有三、四個鐘頭的幽會！

曉鏡：不止，過去我們有一年的同居！

朴羽：那就是說昨天你們發生了不應該有的關係。

曉鏡：你以為這是不應該麼？

朴羽：是的，假如有了孩子。

曉鏡：有了孩子？有了孩子？！

朴羽：這就成了一個大悲劇。

（大家沉默了。曉鏡拆信閱讀）

朴羽：可以唸給我聽麼？

曉鏡：自然可以。（唸）為整個家庭的幸福，我想只有離開你最好，致力於藝術就是我的愛你。假如你是愛我的，請你以母親的立場愛我的弟妹。

朴羽：那麼他是愛你的。

曉鏡：也許，但總不是愛我藝術的生命。

朴羽：那麼現在你怎麼樣想呢？

曉鏡：啊，你想莫卿不能把他找回來麼？

朴羽：找回來又怎麼樣呢？你想你可以跟他走麼？你想他真會以自己的青春搶他父親的女人麼？假如真是這樣，你想這是幸福的麼？

曉鏡：那麼，你的意思是我永遠不能見他了。

朴羽：也許，也許在他老的時候。（突然大聲地）也許在你肚中的孩子長得像卓桐一樣大的時候。

曉鏡：……

朴羽：你現在到底還愛他麼？

曉鏡：我？你問我？

朴羽：是的。

曉鏡：我不知道自己。我相信我一直是愛他的。但是自從他離開我以後，我對他的愛的確掩蓋了一層特別的東西，使我看不見自己對他的愛，我要玩世，我要報復，我要……唉！

朴羽：那麼現在你是報復成功了。

曉鏡：但是自從昨天晚上以後，他好像揭去了這層東西，又使我看到我對他的愛，朴羽，你想女人真是這樣的懦弱麼？

朴羽：男人也是一樣的懦弱。這因為人是生物，生物要擴充自己的生命，也還要繼續種族的生命。
曉鏡：是的，我想是的。那麼我就聽憑生物的命運。啊，我要去追他，我要去追他。
朴羽：這不是幸福的途徑。偉大的愛情是犧牲自己。
曉鏡：還叫我犧牲自己？
朴羽：永遠是犧牲自己。
曉鏡：為誰呢？
朴羽：為我們後代的幸福。
曉鏡：但是我沒有後代。
朴羽：你已經做了他們的母親，他們都是你的後代。
曉鏡：你是說卓梅、卓梧、卓桐嗎？
朴羽：是的，你的愛應該給他們，正如卓榆在給你信所說的。
曉鏡：但是愛情是自然的，我對他們只有一點友誼。
朴羽：可以幫助他們的地方幫助他們吧。
曉鏡：這就是愛情嗎？
朴羽：我想這總也算是愛情的衣服。
曉鏡：那麼我有什麼不肯幫助他們呢？
朴羽：假如你是肯的，我要同你談談卓梧的事情。
曉鏡：卓梧的事情？啊，我幾乎忘了，是他同女職員的事情麼？
朴羽：是的。這件事我已經仔細考查過。事情完全是女的引誘卓梧。

曉鏡：為什麼不是卓梧引誘她呢？
朴羽：曉鏡，你難道還不承認卓梧是一個純潔的小孩子嗎？但對方是已經離過婚的女人。年齡不也比卓梧要大三、四歲嗎？
曉鏡：這就是批評的標準嗎？
朴羽：事實上卓梧的確沒有半點愛她。她也不見得愛卓梧，不過因為卓梧是有錢人家的兒子。
曉鏡：但是卓梧已經同她有了孩子。
朴羽：你相信她肚子裡的孩子一定是卓梧的嗎？這不可靠，十分之八不可靠。
曉鏡：那麼你要怎麼樣呢？
朴羽：女的敲詐，要錢。
曉鏡：莫卿的意思呢？
朴羽：不給。寧使讓他們結婚，他以為卓梧應當對自己的行為去負責。但是這絕不是卓梧的幸福，你知道卓梧雖然是二十歲以上的人，但一點世故都不懂，還是一個小孩子。莫卿可惜他的錢，碰巧現在又發生卓榆的事情，他的脾氣我是知道的，我沒有法子勸他，所以我想只有我去為卓梧交涉了，但是這是需要錢的事情，你願意負這個責任麼？
曉鏡：要多少數目呢？
朴羽：我不知道，但是卓梧整個的生命，我以為不能再計較金錢的數目了。
曉鏡：但是太大的數目，我也不是立刻可以辦得到的。
朴羽：但是你可以支用，你不必怕莫卿將來知道，因為當他知道的時候，事情已經辦好了，最多也不過是怪你，或者以後對你用錢有點限制，其他還會怎麼呢？

曉鏡：那麼讓我考慮一下。

朴羽：曉鏡，我不希望你再有什麼考慮，因為這是唯一的辦法。你如果答應的話，我帶著卓梧去交涉去，現在就要去了。因為不瞞你說，我這幾天看到卓梧的不安的神情，實在太為他痛苦了。你看他平常不是頂高興畫畫麼？現在畫也不畫了，每天出去，出去，但是又立刻回來，心裡像擔著重大的心事，好像一個待判決的罪犯一樣，這樣的心境不是一個少年人所能負擔的，是不是？

曉鏡：好，那麼朴羽，我答應你。

朴羽：那麼我先謝謝你，曉鏡。你的事情希望你再想一想，凡是我可以效勞的地方，我都願意為你去辦。我已經老了，凡可以為比我年輕的人做一點有益的事，在我都是幸福的安慰。

曉鏡：（興奮地）好，好！你去，你快同卓梧去辦去，我等你消息。（哀傷地）朴羽，實在說，在我，放棄了藝術的生命，我還有什麼呢，我所能夠安慰自己的，恐怕也只有做點這種事情了！

（朴羽下，曉鏡望著「母親的肖像」痴坐著）

——幕徐下——

第四幕

時：晚前幕三個月左右，已是深冬。
景：同上，唯桌上多一瓶殘梅。

（幕開時，卓梅坐在琴邊奏〈秋天的玫瑰〉，朴羽自內門出，輕輕地坐在沙發上。卓梅一直沒有發覺，等朴羽發出呻吟聲時，才回過頭來，看朴羽坐在那面，於是過來問他）

卓梅：舅舅。舅舅，怎麼？你今天覺得好一點嗎？
朴羽：我是沒有希望的了。
卓梅：但是醫生說你應當長期的睡在床上，你怎麼又到這裡來呢？
朴羽：睡在床上又有什麼希望？一個人快死的時候，應當多享受一點生的意義。能夠靜靜地坐在這裡聽你奏〈秋天的玫瑰〉，那就是我最大的安慰。你不要管我，你去奏你的琴，我這樣子很好……

（朴羽忽然喘氣起來）

卓梅：你看，你又氣喘了。

朴羽：不要緊的，卓梅。

（曉鏡自內上）

曉鏡：朴羽，你怎麼又起來了？

朴羽：你在找我麼？

曉鏡：我到你房間裡去，你不在，我知道你又到這裡來了。卓梅，你父親昨天又要我勸你。

卓梅：勸我嫁給沈可成？

曉鏡：是的。

卓梅：你沒有替我說這是不可能麼？

曉鏡：我沒有說，我只說這件事情只好慢慢來。

朴羽：卓梅，那麼你還沒有決定你自己的宗旨？

卓梅：難道你也以為戀愛與事業有這許多衝突麼？

曉鏡：卓梅，為什麼你一定不聽我過來人的話，一定要發這些疑問呢？

朴羽：曉鏡，你以為你一個人的經驗就可以決定另外一個人的幸福麼？

曉鏡：幸福，我知道。我現在也很幸福。卓梅面前也擺著這樣的幸福，那是沈可成一條路；如果是為愛藝術愛美，那最好丟開男子。

卓梅：你還是這句話。

曉鏡：是的。女人嫁給男子，那就是走最便當的路。男子不過是一只獵狗，你叫他去俘獵金錢，去俘獵虛榮，俘獵事業，俘獵成功，那是最好的事。但是你必須約束自己，約束自己，不要發展自己，好像你的生命完全為你男人生存一樣，那麼他就終身會為你奴役。甚至你也不要太愛你的小孩，你要好像只是有他的緣故去愛你的小孩。

朴羽：你一定不相信達偉的愛情不是這樣自私麼？

曉鏡：那麼，他還等什麼？愛卓梅就同卓梅結婚吧。

卓梅：但是不結婚，也還是因為愛我，他沒有錢，生活沒有穩定，事業沒有成功，結了婚不反而使我痛苦？

朴羽：這意思是你們一定要等，等到有了錢，或者有了地位的日子方才可以結婚了。

曉鏡：讓你的青春在這秋天的玫瑰上消磨。

（莫卿自內上）

莫卿：啊，你們都在這裡。怎麼，朴羽？你為什麼又起來了呢？

朴羽：我有什麼呢？一個人，同這世界沒有關係。早死一天，晚死一天對別人沒有牽累，那麼我想還是照我所喜歡的做吧。

卓梅：舅舅，你實在太消極了。

莫卿：你想今天再請這劉大夫來看看好不好？

朴羽：不用，不用。他不是說過這不是藥力所能挽救麼？

莫卿：啊，卓梅，今天晚上沈可成請你吃飯，你難道不預備去麼？

卓梅：假如爸爸以為我應當去，我去就是了，但是這於我們別的問題有什麼關係呢？

（卓梅厭憎地下）

莫卿：朴羽，你替我勸勸她，這孩子實在太古怪了。沈可成今年至少賺了兩百萬，許多事情我必須同他合作。我已經老了，沒有一個人可以幫助我，兒子，都學藝術，只會花錢，學壞；你看沈可成就專心致志在事業上，沒有半點嗜好。

朴羽：怎麼？卓榆的消息還是沒有？

莫卿：沒有，各方面我都去打聽過，都不知道。現在算是完全絕望了，我的痛苦也已經過去，我只希望卓梅，你知道，沈可成才是承繼我事業的人。兒子，你看，卓梧同卓桐都只配畫畫，那麼將來怎麼樣？所以我只希望卓梅，假如她嫁給沈可成，那麼我一生的事業有繼續，兒子們也不會餓死，是不是？

曉鏡：啊，你想得實在周到。但可惜卓梅一點也不想嫁給沈可成。

莫卿：這所以要你們勸勸她了。啊，朴羽，你又喘氣了。去歇歇吧。

（莫卿取帽子）

曉鏡：你出去麼？

莫卿：是的。

曉鏡：那麼晚飯回來吃麼？
莫卿：回來。

（莫卿下）

曉鏡：那麼卓榆真的不會回來了？
朴羽：我想是的。
曉鏡：那麼為什麼信也不來一封呢？
朴羽：自然，他不會有信來。他願意把他這裡的生活當作死去了。啊，你現在有點想他了？
曉鏡：是的。
朴羽：那麼你在愛他。
曉鏡：自然，難道我愛他的父親？
朴羽：那麼你後悔沒有聽他的話，去跟他走了。
曉鏡：這個我不會後悔，一個女子嫁給這樣的一個藝術家，不過是做他的沙發，他疲倦的時候在你身上靠靠，把我彈簧靠壞了也許就不要我。但是嫁給一個志趣在賺錢的男人則是做他的保險箱，永遠不會壞，也永遠不會放棄，除非他連保險箱裡的錢也不要了。
朴羽：那麼你何必還想念這個遠飛的人呢？
曉鏡：這因為，因為……因為你的話已經說中了。
朴羽：因為你愛他？

曉鏡：這最多不過心理的因素，而現在是事實上的……

朴羽：你是說你已經，已經有了孩子。

曉鏡：是的，這是他的。

朴羽：（害怕地）真的麼？唉，這是罪惡！

曉鏡：罪惡？你以為這是罪惡麼？

朴羽：是的，對於你的孩子。

鏡曉：也許，但是這是愛的結晶。

朴羽：你們愛的結晶？可是你們愛的結晶將永遠細嘗你們戀愛的悲苦。

曉鏡：朴羽，為什麼你這樣憤激？你看你又氣喘了。

朴羽：是的，我又氣喘了。我算是完了，我希望比我年輕的人都快樂，都有一個幸福的生命。但是，你們個個會是這樣，這樣的……曉鏡，你看，我是隨便什麼時候都能死，這是醫生的話。我在這個世界上，有什麼呢？一個人，一個人……不，不，為什麼我是一個人，為什麼我是一個人？曉鏡，請你快把卓桐、卓梧、卓梅叫來，我要對他們說，對他們說……

曉鏡：你不要急。我就去叫他們去。

（曉鏡欲下）

朴羽：不，不。（歇一會）曉鏡，我先要謝謝你幫卓梧的忙，要是你不籌劃這兩萬塊錢，卓梧一生的幸福算是完了。現在他的前途是光明的，這光明的前途是你為他開的。

曉鏡：那是你，朴羽，是你為他開的。你看你的病重發了，那完全因為奔走卓梧的事情而起的。

朴羽：但是這是我的本分。

鏡鏡：你的本分？

朴羽：我已經老了，你看，為比我年輕的人的幸福，犧牲一點是值得的。但是我要死了，我知道我就快死了，我死了以後，還有誰會像他們母親一樣去愛他們呢？

曉鏡：……

朴羽：曉鏡，這是我要求你的，正如卓榆求你一樣。你肯答應我麼？

曉鏡：我？你是說我？

朴羽：是的，為愛。為你愛卓榆，為卓榆愛你。

曉鏡：為這份愛再犧牲下去。你以為女子永遠應當為愛犧牲下去嗎？

朴羽：不，不，男子也是一樣。

曉鏡：男子，哪一個男子在為愛犧牲？

朴羽：就說卓榆，卓榆的流浪不是為愛而犧牲麼？

曉鏡：不！我不承認。他只是為他藝術的生命。

朴羽：為什麼你永遠相信男子是這樣自私呢？

曉鏡：是的，我永遠相信男子是自私的。

朴羽：那麼我呢？

曉鏡：你，你有什麼犧牲，你不過是一個好人，對誰都好。還有是你的孤獨與病痛。我相信一個孤獨的人，或者一個有病的人，他對任何人都有更多的同情心。

朴羽：（喘氣）……

曉鏡：你又喘氣了，我看你還是裡面去歇一會吧。

朴羽：不，（歇一會）我同你說，曉鏡，你知道我同這裡的關係？

曉鏡：你是她們的舅舅。

朴羽：就只是舅舅麼？（想了一會）好，現在讓我告訴你，曉鏡。我不是他們的舅舅。我，我是他們的父親。他們，他們都是我的孩子。

曉鏡：誰？你是說誰？

朴羽：我說他們。

曉鏡：你是說卓梧、卓桐、卓梅麼？

朴羽：還有卓榆。

曉鏡：……

朴羽：你不要奇怪。讓我詳細告訴你，我是他們母親（他望望牆上的肖像）的表哥，在她還沒有同莫卿結婚的時候，我就愛了她。但是她因為她的家庭關係——那時候她的家庭快破產了，只有莫卿可以幫她，而莫卿一定要娶她，於是她就嫁給了莫卿。她嫁給了莫卿時候，肚子裡已有了卓榆，以後，以後莫卿時常到國外去，我就，我們就繼續著我們的生活。

曉鏡：那時候你在做美術學校校長？

朴羽：是的，不久她就在那裡教鋼琴，我們的生活雖然很可憐，但總算還甜蜜。

曉鏡：那麼為什麼你不叫她同莫卿離婚，同你結婚？

朴羽：我們也早想過，但是外面都知道我們是兄妹了，我們的環境還有這個可能麼？我們有社會，有交際，有名譽，有事業的關係。這樣一直到她死了，她一死，我就開始流浪，多少年來各處奔走，我永遠在悲苦之中。你知道我想念的是什麼？

曉鏡：是她們母親。

朴羽：是的，但是更甚的是這群孩子……於是我不能畫畫，我不能工作，我患了這不死不活的心臟病，最後我回來，帶著這絕症的身體，求莫卿收留我，做他們的教師。

曉鏡：那麼他們都不知道？

朴羽：不知道，沒有一個人知道，我多少次都想告訴他們，但是我都忍住了，因為這是罪惡。這會使孩子們痛苦，尤其會使莫卿痛苦。現在我快完了，我想找一個人來告訴，我要求那個人來同情我，同情莫卿，同情我們的孩子。

曉鏡：那麼我同卓榆的事情太像你們的了。

朴羽：是的，要是我早知道你同卓榆的事情，要是我回來的時候，你還沒有嫁給莫卿，我一定要來破壞你們的。自從卓榆回來以後，我才知道你們的過去，那時候我唯一的希望是你們可以用朋友的感情，在一個屋頂上過活。後來知道這是不可能了，我想了一夜，想勸他暫時到遠處工作一些時候，可是那天晚上你們就出了事，第二天早晨他就走了。

曉鏡：你又喘氣了，朴羽，你去歇一會吧。

朴羽：不，曉鏡，我要你答應我以後讓卓梧、卓桐有幸福的前途。

曉鏡：這個我怎麼能擔保呢？

朴羽：儘你的愛，儘你經濟的力量。

曉鏡：好，好，我答應你。你現在去休息吧。

朴羽：那麼，我要求你幫助卓梅立刻同達偉結婚。
曉鏡：幫助她們結婚？
朴羽：是的，這只是錢。讓她們結婚一同到歐洲去研究藝術吧。否則，不是達偉的結局同你一樣，就是卓梅的結局同她母親一樣，這是不是太慘了？我們已經是完了，嘗遍了苦，嘗遍了辣，難道叫我們代代的子孫都逃不出這個命運麼？
曉鏡：難道錢是這樣萬能麼？可改變我們所有的命運。
朴羽：不，不。我們的命運已經不是錢可以改變了，但是當命運還沒有發生威力的時候，用點錢去運動他，我想的確是有效的。
曉鏡：好，好，我答應你。
朴羽：最後，我要你的愛交給你肚子裡的人，這是你的希望，是你永遠的寄托。
曉鏡：是的，是的，這是我的命運，也是女子的命運。
朴羽：謝謝你，曉鏡。那麼現在請你把卓梅、卓梧、卓桐叫來，怎麼樣？我要見他們，萬一我忍不住要說出我是誰，你禁止我，你暗示我。

（曉鏡下）

朴羽：（望著牆上的肖像）現在，我知道我的日子也完了！到底我們的愛是罪惡的呢，還是道德的呢？唉，誰知道！那面是過去，過去都在目前，目前的又都成了過去，那是玫瑰般的過去，但只是秋天的玫瑰！永遠是秋天的玫瑰。但是世界沒有完，他們還要活，還要活下去，活下去，活下去！

（曉鏡、卓梅、卓梧、卓桐上）

卓梅：舅舅！
卓梧：舅舅！
卓桐：舅舅！
朴羽：卓梅……我是一個孤老頭兒，沒有一個親人。住在你們家裡，沒有去處，幸虧你們都待我很好。但是現在我快完了，你知道我快完了……
曉鏡：我去打電話請一個醫生來。
朴羽：不用，不用，曉鏡，我現在很好。
卓梅：那麼你到床上去歇歇。
朴羽：不，不，我有事情求你們。你知道我是一個孤老頭兒，沒有結過婚，沒有孩子。所以看見你們我真是羨慕極了，我把你們都當我自己的孩子一樣。現在我快完了，你們每人肯叫我一聲爸爸麼？

（卓梅、卓梧、卓桐彼此看看）

朴羽：論我的年齡，該有人叫我祖父了，但是我一生竟連一聲爸爸都沒有聽見過。叫我，卓桐，你先叫我。
卓桐：爸爸！
卓梧：（他避開朴羽的視線）爸爸！
卓梅：（她低下頭）爸爸！
朴羽：謝謝你們，我現在快樂極了。啊，卓梧，你看你母親的肖像，那是我唯一的傑作。我唯一的傑作！啊，你去拿下來讓我看看好不好？

（曉鏡自內下）

卓梧：……
朴羽：卓梧，你去拿下來。

（卓梧搬茶几過去，於是站上茶几去拿肖像，卓桐過去幫他）

朴羽：這是我的傑作，我一生只有這一張畫是我最滿意的。

（卓梅接畫交給朴羽）

朴羽：（接畫）傑作，我的一生也只能畫這一張！啊，卓梅，假如我死了，我希望這張畫讓我帶到棺材裡，我什麼都不要，只要這張畫，這是我唯一滿意的畫。但是遠比不過你哥哥的作品。啊，曉鏡呢？她上哪裡去了？

（曉鏡自內上）

曉鏡：我已經打了電話，醫生就快來了，你去歇歇吧。
朴羽：醫生，你還是去叫醫生！曉鏡，卓榆替你畫的一張畫呢？
曉鏡：在樓上，怎麼啦？你去歇歇吧。
卓梅：舅舅，去歇歇吧。
朴羽：不，我這樣很好。啊，卓桐，你到樓上去把那張畫拿來，那是一張好畫，掛在那面（指牆上掛「母親的肖像」的地方）你們可以永遠紀念你的哥哥。

（卓桐自內下）

朴羽：卓梧，你現在心裡很快活了吧？
卓梧：是的。
朴羽：再沒有不安的事情了？
卓梧：是的。
朴羽：這你要感謝你新媽媽，你想她怎麼樣想盡方法，挪出兩萬元來給那個女人。

卓梧：是的，我永遠感謝著你們。
朴羽：感謝你媽，說你感謝媽。
卓梧：是的，我感謝媽。
朴羽：卓梅，我想我有一個消息你一定會快活。
卓梅：關於我的？
曉鏡：是的，卓梅，我已經決定幫助你同達偉結婚，幫助你們兩個人一同去研究藝術。
卓梅：那麼你也相信這事不會衝突麼？
曉鏡：也許衝突，但是這種衝突是人類的命運，不，是生物的命運，一方面要擴充自己，一方面為後代犧牲自己。
卓梅：我實在太感謝你了。

（卓桐捧畫上）

朴羽：卓梧，把這張畫掛在那面。（指掛「母親的肖像」的牆上）那是一張好畫，一張好畫。

（卓桐遞給卓梧，二人幫同掛畫）

朴羽：卓梅，現在我要求你奏一曲〈秋天的玫瑰〉給我聽聽。

（卓梅奏〈秋天的玫瑰〉，朴羽傾聽著。曉鏡看著自己的肖像掛上去。時朴羽已漸漸萎悴下去，等卓梧、卓桐掛好肖像後，才發現朴羽已經垂危）

卓梧：舅舅！

卓桐：舅舅！

（卓梅離琴座過來，曉鏡擬出去打電話找醫生，但在門口正遇到女傭引著醫生進來）

曉鏡：醫生來啦！

（醫生上，女傭伺在門口，大家靜候醫生走到朴羽身旁。望著他拿聽筒放到他的心臟去）

醫生：他已經完了！

曉鏡：啊！

卓梧：舅舅！

（曉鏡愣在桌旁，卓桐跪在朴羽所坐的沙發邊）

（卓梧屈膝倒在朴羽座前，卓梅兩手掩面，倒在長沙發的靠手上，站在門口的傭人亦伏倒在門框上）

——幕驟下——

一九四一，七，二三。

《母親的肖像》後白

「三思樓月書」四月份誤期，到六月份為止，本年度只出五冊。預定七月休息，八月就應當出書，本書脫稿後本可於八月出版，但是我當時竟連跑印刷所的心緒都沒有，所以一直延到現在，現在已經是九月了。

自然專計較出版的準時，並非我的理想，我的理想還在我可以按月好好寫作，但是我的生活近來實在夠淒慘，幾月來我幾乎無時不為人為已奔走，請教了醫生，又請教律師；跑完了醫院，又跑「衙門」。從四月到現在，我勉強完成了這《母親的肖像》，以外只寫一些不想再寫下去的帽子；這種寫寫拋掉的帽子，少說說也有四、五萬字。這使我第一次感覺到，一個人心緒的紊亂於寫作有這樣大的影響。

這本《母親的肖像》我改改撕撕也不止一次、兩次，現在雖然完成，但是離我理想的成績實在太遠。寫東西有時候同裁衣裳一樣，裁壞了再也無法改好。之所以還勉強保存著，因為我在裡面總算還抓住我想有的主題。

在《孤島的狂笑》出版後，有幾個讀者認為我太侮辱女性，其實我所諷刺的只是孤島上極小一個階層的典型。現在我在這裡為女性爭論了，而所指男性則是整個的。假如讀者認為我對男性的自私攻擊得太凶，那麼請看《孤島的狂笑》吧。但是諷刺女性與攻擊男子都不是我的主旨，我覺得人性往往是獨斷與自私，但人性也往往有公平與利他。我覺得整個得人性已經是一個笑劇，同時也是一個悲劇！

現在我希望生活可以改變到一個軌道上面來過，那麼我要在沉靜的夜裡，好好地來寫三篇計畫中的小說，以完成今年「三思樓月書」十部的計畫。過去我曾經提及今年我要將舊有的長詩與一本談戲劇美的東西出版，但是我現在又想擱下了。原因是發排、校對種種，於我目前寫作實在太有妨礙。如果讀者諒解我這點苦衷，那麼且允許我寫完這三部後，再謀出版吧。日期也許趕不進年內，但明年總可以見到的。至於明年應出的月書，我想暫時停頓了，我要開始寫一部比較長的東西。自然，藝術的價值並不是度量衡可以測量，但這是我多年的欲望，我希望一年中可以將它完成。

但一切預期都不可靠，總要等我寫成了才算，因為寫作的事，並不是還債，也不是近代工廠的生產，可以有一個準確的預算。到現在，我連把自己當作手藝工人都不敢了，我開始覺得，我原來還是非常原始的一個農夫，不光是靠著手足的勞力在生產，還要靠著天時的命運。

最後，我竟想不出什麼話可以讓我感謝錢仁康兄，他特別為我這個劇本製作這曲《秋天的玫瑰》鋼琴Solo。這Solo不但完成了本劇的象徵，而且我相信，它常會在愛好者的琴鍵上，喚起這劇本與劇中人物的記憶。

一九四一，九，六，夜。

徐訏文集・戲劇卷02　PH0249

母親的肖像

作　　者　徐　訏
責任編輯　陳彥儒
圖文排版　蔡忠翰
封面設計　王嵩賀

出版策劃　釀出版
製作發行　秀威資訊科技股份有限公司
114 台北市內湖區瑞光路76巷65號1樓
電話：+886-2-2796-3638　傳真：+886-2-2796-1377
服務信箱：service@showwe.com.tw
http://www.showwe.com.tw
郵政劃撥　19563868　戶名：秀威資訊科技股份有限公司
展售門市　國家書店【松江門市】
104 台北市中山區松江路209號1樓
電話：+886-2-2518-0207　傳真：+886-2-2518-0778
網路訂購　秀威網路書店：https://store.showwe.tw
國家網路書店：https://www.govbooks.com.tw
法律顧問　毛國樑　律師
總 經 銷　聯合發行股份有限公司
231新北市新店區寶橋路235巷6弄6號4F
電話：+886-2-2917-8022　傳真：+886-2-2915-6275

出版日期　2021年4月　BOD一版
定　　價　480元

Printed in Taiwan

國家圖書館出版品預行編目

母親的肖像/徐訏著. -- 一版. -- 臺北市：釀出版,
2021.04
面； 公分. -- (徐訏文集. 戲劇卷；2)
BOD版
ISBN 978-986-445-446-4(平裝)

863.54 110000009

讀者回函卡

感謝您購買本書，為提升服務品質，請填妥以下資料，將讀者回函卡直接寄回或傳真本公司，收到您的寶貴意見後，我們會收藏記錄及檢討，謝謝！

如您需要了解本公司最新出版書目、購書優惠或企劃活動，歡迎您上網查詢或下載相關資料：http:// www.showwe.com.tw

您購買的書名：____________________

出生日期：________年________月________日

學歷：□高中（含）以下　□大專　□研究所（含）以上

職業：□製造業　□金融業　□資訊業　□軍警　□傳播業　□自由業

□服務業　□公務員　□教職　□學生　□家管　□其它____

購書地點：□網路書店　□實體書店　□書展　□郵購　□贈閱　□其他

您從何得知本書的消息？

□網路書店　□實體書店　□網路搜尋　□電子報　□書訊　□雜誌

□傳播媒體　□親友推薦　□網站推薦　□部落格　□其他________

您對本書的評價：（請填代號　1.非常滿意　2.滿意　3.尚可　4.再改進）

封面設計____　版面編排____　內容____　文／譯筆____　價格____

讀完書後您覺得：

□很有收穫　□有收穫　□收穫不多　□沒收穫

對我們的建議：____________________

____

____

____

請貼
郵票

11466
台北市内湖區瑞光路 76 巷 65 號 1 樓
秀威資訊科技股份有限公司 收
BOD 數位出版事業部

(請沿線對折寄回，謝謝！)

姓　名：＿＿＿＿＿＿＿＿ 年齡：＿＿＿＿ 性別：□女 □男

郵遞區號：□□□□□

地　址：＿＿＿＿＿＿＿＿＿＿＿＿＿＿＿＿

聯絡電話：(日)＿＿＿＿＿＿＿＿ (夜)＿＿＿＿＿＿＿＿

E-mail：＿＿＿＿＿＿＿＿＿＿＿＿＿＿＿＿